作者像

作者简介

米歇尔·冉刻（Michel Zink），法国著名中世纪研究学者，文学家。1945 年 5 月出生，1964 年考入法国巴黎高等师范学院，1967 年在古典文学高级教师会考中获第一名。1970 年获巴黎大学博士学位，1975 年获国家文学博士学位。先后任教于图卢兹大学和巴黎索邦大学，1994 年当选为法兰西公学教授（法国中世纪文学教授席位）。2000 年当选为法兰西学院金石美文学院（Académie des Inscriptions et Belles-Lettres）院士，2011 年当选为法兰西学院金石美文学院终身秘书长。美国艺术与科学学院（American Academy of Arts and Sciences）外籍院士，瑞典皇家文学、历史、博古学院（Royal Swedish Academy of Letters, History and Antiquities）外籍院士，奥地利科学院（Académie autrichienne des sciences）、葡萄牙科学院（Académie des sciences de Lisbonne）与美国中世纪研究院（Medieval Academy of America）外籍通讯院士。获瑞士巴尔赞奖（Prix Balzan）、法兰西荣誉军团司令功勋勋章（Commandeur de la Légion d'Honneur）、法国学术棕榈叶最高功勋勋章（Commandeur dans l'ordre des Palmes académiques）。

内容简介

《游吟诗人》是法国当代著名中世纪文学研究专家、法兰西学院院士米歇尔·冉刻（Michel Zink）近年之力作。作者从第一手拉丁文原始资料入手，通过对“源起”及“诗人小传”的引用和深入分析，使一种沉埋于历史风尘中的中世纪游吟诗人重现于世。这不仅是“一部诗歌史”，也是对中世纪游吟诗人的生命礼赞。读者会惊讶地发现，游吟诗人当年风趣、幽默，荒诞不经的爱情和生命故事，散发出如此惊人的艺术魅力，诚如作者所说：“同样一个风趣的故事，如果被讲成一个冷笑话，或者漫不经心地讲述一个令人心碎的故事，则会更有趣。”而回归作者的创作初衷，如开篇题记：“对于往昔时光，我心怀大爱，/ 所爱只是虚无，因为一切都已不复存在。”一言以蔽之：正是出于这种对“往昔时光”及“虚无”之“大爱”，作者通过不朽的文字，让“不复存在”的中世纪“游吟诗人”的生命及诗歌得以复活长存。

[法] 金丝燕　董晓萍　主编

“跨文化学导论”丛书之八

游吟诗人

[法] 米歇尔·冉刻（Michel Zink）著

王以培　译

中国大百科全书出版社

图字：01-2022-4479
图书在版编目（CIP）数据

游吟诗人 / （法）米歇尔·冉刻著 ；王以培译. --
北京 ：中国大百科全书出版社，2022.7
（“跨文化学导论”系列）
ISBN 978-7-5202-1204-5

Ⅰ. ①游… Ⅱ. ①米… ②王… Ⅲ. ①诗歌研究—世
界—中世纪 Ⅳ. ①I106.2

中国版本图书馆CIP数据核字(2022)第148794号

出 版 人 刘祚臣
策 划 人 曾 辉
责任编辑 闫运利
封面设计 程 然
责任印刷 魏 婷
出版发行 中国大百科全书出版社
社　　址 北京阜成门北大街 17 号　　**邮政编码** 100037
电　　话 010-88390969
网　　址 http://www.ecph.com.cn
印　　刷 北京汇瑞嘉合文化发展有限公司
开　　本 787mm×1092mm　1/32
印　　张 16.875
字　　数 279 千字
印　　次 2022 年 10 月第 1 版　2022 年 10 月第 1 次印刷
书　　号 ISBN 978-7-5202-1204-5
定　　价 88.00 元

［法］金丝燕 董晓萍 主编
“跨文化学导论”系列
“跨文化研究”丛书（109）

教育部人文社会科学重点研究基地重大项目
“跨文化学理论与方法论”
（项目批准号：16JJD750006）

青海省人民政府-北京师范大学高原科学与可持续发展研究院与
北京师范大学跨文化研究院“丝路跨文化研究”重大项目
（项目批准号：19JJD750003）

综合性研究成果

教育部人文社会科学重点研究基地
北京师范大学民俗典籍文字研究中心
青海省人民政府-北京师范大学高原科学与可持续发展研究院与
北京师范大学跨文化研究院“丝路跨文化研究”重大项目组

资 助 出 版

“跨文化研究”丛书
编辑委员会

序言

跨文化学导论，以多元、多学科、多语种为架构，以“多”组合的“跨”为研究平台，将理论研究与扎实的个案研究相结合，整体形成“跨文化学导论”丛书。

参与这一理论架构的每一位学者，都是各自学科的代表。他们在跨文化学的平台上，参加学科建设，写各自的“导论”，这符合跨文化研究新学科的要求，此前并无先例。

跨文化学的学科发生地在中国，这是必然的。几十年前，跨文化研究活动已在中国大地兴起，在北京大学和南京大学得到开拓，在北京师范大学得到发展，经过坚持不懈的努力，直至今天，已打下一定的基础。

跨文化学的学科建设有三个维度：

一是研究维度。建立跨文化研究的国际化网络，定方向、定点、定期、定人、定主题，铺设跨文化研究的理论框架。

二是教学维度。建立跨文化多点式的国际化教育基地，举办跨文化学研究国际暑期学校、创设高端博士生研修课程，联合培养硕士和博士，加强高级访问学者、青年教师和博、硕研究生的交流。

三是出版维度。已有五条轴线：

※ 中法合作学术期刊《跨文化对话》

（乐黛云、[法]李比雄主编）

※ 中法合作“远近丛书”

（乐黛云、[法]金丝燕、董晓萍主编）

※ 中法合作“跨文化研究平台”丛书

（乐黛云、[法]金丝燕、董晓萍主编）

※ 教育部人文社科重点研究基地“十三五”规划重大项目研究成果

“跨文化研究”系列丛书

※ 教育部人文社科重点研究基地重大项目综合性研究成果

“跨文化学导论”丛书

（[法]金丝燕、董晓萍主编）

方法论是跨文化学的聚焦点，也是一种思想原则，包括“跨文化性”、“文化转场”与“跨文化对话”。

专业研究的精微、思想创新的引领，是跨文化学的灵魂。老一代学者已经留下经典。超越文本的单语化，尽量多语化，至少双语化。国际性是跨文化学产生影响的方式。

跨文化学的工作目标，既为今天和明天，也为长时段的历史研究提供当时已经书写而非追述的学术文献。

2021 年 1 月 30 日

目 录

对于往昔时光，我心怀大爱，

所爱只是虚无，因为一切都已不复存在。

——奥萨斯·马尔什（Ausiàs March）

引　言

读游吟诗人，可追溯到诗的源头和要求严格的诗歌[1]。而“游吟诗人”一词，甚至比游吟诗人本身、那些伟大的旅行者更广为流传。数世纪以来，多少历史风尘将它遮掩、扭曲！而今，人们可以用8世纪末的游吟诗人，或10世纪末一名失意的大胡子吉他手，抑或12世纪毫不犹豫选择以此自我命名的诗人来形容游吟诗人的风格。“游吟诗人”让人依稀想起爱情与诗歌的理想精神，而我们有理由相信，在真正的游吟诗人身上，这两者之间的联系并不像人们想象的那么明显。

---

[1] 原文 une poésie exigeante，“要求严格的诗歌”。在中世纪，对于诗歌本身及诗人、读者，都有严格要求；不是所有诗人都可以读诗、写诗。何况大多数平民百姓，尚不识字。——译注。另，译文中除标明“原注”外，均为“译注”。

而是否有必要追忆这个名称？“游吟诗人”，正是通过他们，人们才得以将那些最古老的抒情诗完整保存在现代欧洲语言，确切地说就是罗曼语中，也就是保留在这些从拉丁语口语演变而来的语言中。这种语言在但丁之后，为了方便起见，我们统称为奥克语；而但丁这位伟大的智者，游吟诗人的伟大赞美者，他在《论俗语》[1]中，根据各种语言对“是”的不同说法，辨别出奥克语（oc）、奥依语（oïl，法语）[2]和西语（sì[3]，意大利语）。

从 12 世纪初到 13 世纪末，游吟诗人创立了一种诗风与爱情观，其影响广泛而深远，遍及整个欧洲，至今尚未完全消失。而仅凭这一点就足以将“游吟诗人”铭刻在记忆中。倘若这是一本历史书，这本书只须为此提供证明。然而，这是一本关于诗人与诗歌的书，它的价值仅在于邀请读者阅读这些以古语和半外语写成的古老

---

[1] 《论俗语》，原文引拉丁文 *De vulgari eloquentia*。作者在本书中直接引用了相当数量的拉丁文诗歌及词句，并译成法语。译文中为保留作者原貌，同时方便读者阅读，将拉丁文诗歌原样保留，而将文中引用的拉丁文置于注释中。另，所有译文均译自法语。

[2] 奥克语（oc）、奥依语（oïl）存在于法语之前，是拉丁语向法语过渡时期的语言。

[3] 西语，原文 sì，早前意大利语的一种。

诗歌，其中充满着对已然被遗忘的人物与事件的影射，而这些诗歌距离我们如此遥远，仿佛只是出于偶然、惊奇和错误才触动我们。

这些“过去的诗歌”，也就是写于过去的诗歌，想要领会，须付出努力。而这个词语可以体现并时常散发出往昔的魅力。与自发的、轻佻的魅力相反，这种魅力被普遍分享，并广泛接受；而对于这种感人的、主观的、略显幼稚的魅力，历史学家们却激烈否认，并将其掩盖在作为历史学家可以找出的各种冠冕堂皇的理由之下而拒绝承认，没有它，谁也不会对这段历史感兴趣。转向游吟诗人，人们就是要将过去的这两种诗意结合起来。

这难道不正是他们的直接继承者在中世纪所做的：将即兴、内在的诗意表达与对过去的迷恋相结合么？奥萨斯·马尔什，这位15世纪加泰罗尼亚的杰出诗人，迟来的正宗传人，令人尊敬的游吟诗人的直接继承者，就此写下了这组诗歌：

Aixi com cel qui’ n lo somnis delita,
E son delit de foll pensament ve,
Ne pren a mi, quel temps passat me té

L' imaginar, qu' alter bé noi habita.
…
Del temps passat me trob en gran amor,
Amant no res, puy es ja tot finit.

梦里寻欢的人们，
那狂欢与之相随。
我亦如此：过去缠绕着我的灵魂，
除了幻想，我无处安居。
……
对于往昔时光，我心怀大爱，
所爱只是虚无，因为一切都已不复存在。

让·福瓦萨尔（Jean Froissart），14世纪著名的编年史作家，也是一位了不起的诗人。他以一种令人惊艳的方式，将编年史与诗歌，记忆和历史，世界史与个人历史，书写的历史和主观幻梦及想象的历史奇妙融合，并由此创作了一首诗歌，诗中讲述了他如何在一个梦想时代找回了青春：

风流韵事让我想起
过去的年代。

但引文仍缺乏足够的说服力。如何让人们相信，对过去诗歌的关注会令人愉悦，让人受益良多，而当人们沉浸其中，不致于上当受骗，就像游吟诗人本身和他们最初的读者那样？

诗歌提供了从自我到他人的重生的经历，如众所周知的那样，波德莱尔（Charles Baudelaire）曾说："虚伪的读者，我的同类，我的兄弟！"尽管远离那个时代，尽管存在文明的差异，这种重生还是出现了，更加激动人心，同时也更不确定：它是不是骗人的？重生显而易见。这些古老的诗歌并非为我们而作。他们的作者如何能想象到我们的今天？然而，将我们隔开的距离与我们必须要克服的困难，让我们从中获得更多的乐趣，产生更强烈的兴趣。当历史及文献学研究使我们或多或少得以恢复他们的诗歌世界，找回他们当初在那个时代的感受（总是不同于我们最初所把握的那种感觉），我们就会发现，所有这一切与我们最初对他们的想法渐行渐远。而他们仍持续对我们说话，甚至走得更远，继而通过一种全新的理解，给我们最初的快乐平添了一份精神愉悦。总之，我们从中又有新发现。

的确，过去所有的诗歌，甚至所有的艺术都是如此。当我们转向游吟诗人，这种真实给我们以强烈冲击。首先，由于他们与诗歌的复杂性观念所保持的关系。和通常情况一样，我们按照文学艺术的规律，从简单到复杂，针对诗歌发展过程中活生生的典型，对其进程作一番自然梳理。从最古老的、不朽的诗歌艺术中，我们总体发现一种单纯之美。在古典时期，像《圣经》及荷马史诗这样的书籍，它们如此伟大，以致于为了证实对正义的追求而折损了这种美。浪漫主义时代，在早期诗歌与民间表达中，曾一致寻求这种被视为自发的、天真的艺术。浪漫主义曾相信并确认了中世纪的诗歌发展线索，在鄙视中世纪诗歌，将其视为粗鄙之前，曾因为同样的理由爱它。然而游吟诗人的诗歌，这如此古老的诗意，最先融入欧洲新语言的诗歌，是狂热的精英主义且精雕细琢。它不仅在社会学意义上毫无大众性可言，且恰恰相反，不是以其单纯，而是以其深邃、复杂打动人心。

然而，在艺术上，对诗意的复杂性进行统一概述并非易事。如同在语言学的思考上，最无知无能的讲述者，也懂得本能地尊重其母语的最复杂的规则——这种规则也许只有借助最抽象的思维才能被阐述和解释。正如封达尼尔（Fontanier）所说，有一天，人们在交易大厅里发表演说时的遣词造句，会超过最智慧的演说家；同样，这最古老的诗歌并不排斥那些从不写作的民众在实践中的用语，而时常呈现出一种极其复杂的格律，就像在象征性的语言中一样。在中世纪的欧洲，斯堪的纳维亚的吟唱诗人就是其中一例。游吟诗人诗歌之复杂，尽管并不要求诗人是一位智者，但至少要求他是一位书面语的学徒，而这并不否认浪漫主义的解读，后者对于其中散发出的自然清新十分敏感，这也不是浪漫主义的错。

这种复杂性并非如北欧诗歌那样自然，但可以肯定，游吟诗人制定了格律的形式，并且在其创作方法中，修辞学从未缺席。借用保罗-让·杜莱（Paul-Jean Toulet）在《苏珊娜与温和的吉罗杜克斯》（*Suzanne et le Pacifique Giraudoux*）中的话说，他欣赏游吟诗人贝特朗·德·伯恩（Bertrand de Born），因为他全部的作品仅用了一个隐喻。可以肯定的是，他们沉湎于文字游戏，借用外来语，将词语旧貌换新颜，个中奥秘，只有当今一流的语词学家才能理解。然而，现实的、给人印象深刻，有时甚至很极端的难题还在于他们在诗歌中进行的那些有关爱情与诗歌问题的思索，以及由此陷入的不知疲倦的讨论。这些难题通过他们的努力得以延伸扩展，并使这些讨论更具体、包含更多暗示，即便在诗的形式上也是如此。最终，这些初试身手的诗歌，以其创作方式进入了它一无所知的拉丁诗歌传统，而这种方式同样令人困惑，造成了它与其继承者在所有创作方法上的割裂。

简言之，这种罗曼语的早期诗歌的复杂性并非自发的、无意识的，而类似其语言本身，是一种深思熟虑的复杂。正因为如此，它既不令人惊讶，也不会让人困惑，因为我们早已习惯于当代诗人将诗歌融入一种晦涩、模糊的形式，并从中看出伊夫·博纳富瓦（Yves Bonnefoy）所说的“诗歌及其自我意识”。因此，对我们而言，游吟诗人对于复杂性的探索毫无疑问是幻想的，但却是执着的，与我们对诗歌的观念一致。

这便是阅读游吟诗人的一个理由。总体来说，不仅是为了来一场令人心碎并与自我重逢的循环往复的运动，而且通过阅读，我们可以了解过去作品的全貌，而它提供了一个“密闭循环”，甚至在其中平添了特殊一笔。这种诗歌如此古老，这些最初的罗曼语诗歌，从一开始就呈现诗歌的特性，而与此同时，相对于过去而言，这种被设定的诗歌也承载了一段往昔。这是一种不断回归自身，回归自身所创造的理念的诗歌。

这都是一些抽象思考。在这一切中，本书所宣称的诗歌历史又在哪里？首先，是否仅仅是一部诗歌史？

也许正相反，诗歌史是他们创造的一系列事件，是由记忆和想象编造的历史：荷马眼中的特洛伊战争；查理曼和他继承者的统治；中世纪英雄史诗中的十字军东征；巴尔扎克的《乡村医生》中，一位老兵眼中的拿破仑战争。

而到了 1865 年，加斯顿 · 巴力斯（Gaston Paris）将中世纪文学史长卷之一命名为《查理曼时代的诗歌史》，他从不同角度理解“诗歌”，而意味着书中所述，不是查理曼的历史，而是中世纪那些描述查理曼的诗歌的历史。而《查理曼时代的诗歌史》不是诗歌所描述的查理曼的历史，而是诗歌本身的历史——抑或文学史。

最终，与这些正面感受相反，构成诗歌历史的并非历史史实，而是“历史”感兴趣的特殊事件，所有文学传奇就像诗歌史一样被描述，而诗歌史也许就是由那些除了在传说中，而从未发生在别处的历史构成。

对于游吟诗人而言，也许所有这些感受都混合交织，且不得不混为一体。游吟诗人的诗歌是写给历史的另一个版本——通常不是写给大历史，而是写给诗人个人及他们身边的人，他们的庇护者、保护人的历史。这些人往往作为大人物，参与到大历史中，一些游吟诗人本身也是如此，作为他们之中最早的前辈参与到历史中。而后，游吟诗人的诗歌有了自身的历史，诗歌的传播、影响及其抄本收藏的历史，我们由此可以认识它们。而最终，它们迅速成就了诗歌在叙事方面的别样历史。

游吟诗人的历史，首先由他们的生命、他们的旅行、爱情、相遇，及诗人生涯和作品构成。游吟诗人的诗歌史也是他们的艺术、影响，尤其是诗歌抄本的历史；那个伟大时代已然结束，却被保存在这些抄本中。游吟诗人的诗歌史也是被分割的伟大历史，由诗中所描述的丰富历史构成。诗人从中获取灵感并评述历史，一些抄本将它们收藏保存。与此同时，它们也是充满想象力的自传体文本，以诗歌描述梦想的生活，这些文字以历史形式转述了游吟诗人的诗歌。

游吟诗人的诗歌史也是社会大戏的一幕，其中每个人都在戏中扮演角色，而诗歌与爱情提供了游戏规则。

他们带着认真、带着幽默，想象并投入这场社会游戏，满怀激情，并保持距离，一如人们玩所有的游戏。

这便是人们试图追寻、编织的全部历史线索。

第一章

“请听，他创作了下列诗歌”

古典修辞学在叙事方法上分两种：一是按照自然顺序，二是按照人为顺序。自然顺序包括开头、持续，直到结束；人为顺序从中间或结束开始，而后重新回到过去，倒叙先前发生的事，就像《奥德修纪》以及模仿它的《伊尼德》[1]。

我们的游吟诗人的诗歌史将从头开始，也不会把我们带到很远[2]。然而，在此情况下，这种自然顺序本身也是人为的。因为游吟诗人的历史就是他们的诗歌史。这些诗歌眷写在抄本上，我们只有通过这些抄本去了解它们。它们的作者通常也是如此。鉴于他们也在其他原始

---

❶ 《伊尼德》（*L'Enéide*），古罗马诗人维吉尔的代表作，又译作《埃涅阿斯纪》。

❷ 这里应指“我们的诗歌史”将限定在一定时间范围内。

资料中被提及，若没有这些收录他们诗歌的抄本，我们通常不会对那么多诗人如此感兴趣。我们也只有从这些抄本来追溯他们。他们的历史就像诗人的经历，想要重述，只有依照修辞学旧有的人为顺序：从结束开始倒叙。

这也是为什么在以下中世纪文学作品中，总是以抄本的介绍和研究作为开头。而照此顺序书写，是否有些出人意料？如果按照自然顺序，是不是应当先介绍作品与作者，然后再说版本，就像谈一件附属品，纯粹的物质支撑，它使作品得以流传至我们的时代？不，文献学家之所以这样选择顺序，不仅是出于逻辑，而且出于需要。这种不同的顺序其实是为了让人设想，在解读抄本之前，作者与作品已然被确认、诠释，并独立存在于抄本之外。

这种人为的顺序还服从于另一种强制的必需。直到14世纪，人们还没有我们今天所拥有的诗文抄本。我们已知的这些作品，其创作和被抄录的时间持续了数十年甚至更久。而对于这一段生活，我们一无所知，与此同时，我们试图将它重现，并确定作品的创作日期。

这种状况总体增强了游吟诗人诗歌的收藏与传承的特色。第一代游吟诗人可追溯到12世纪初，甚至11世纪末。我们收藏的抄本源自13世纪后半叶和14世纪，因此包含了稍晚一些的诗歌，而前提是有证据表明这些诗歌确实存在。

一名诗人有这样三种方式来传播自己刚刚完成的诗歌[1]。可以自己唱，这就突显了诗与歌协调一致的重要性，不仅要有创作才能，还要有一副好嗓音。也可以雇一名艺人来唱自己的歌。游吟诗人饶弗莱·于戴乐（Jaufré Rudel）就在一首歌的末尾明确说出了他雇用的这位艺人的名字，他派遣这名流浪艺人向他的朋友胡吉·勒·布兰·德·吕西尼昂（Hugues le Brun de Lusignan）唱道：

Senes breu de pargamina
Tramet lo vers, que chantam

---

[1] 本书中提及中世纪游吟诗人的作品，大多用"歌"（la chanson），而非"诗"（le poème），原因之一是，诗起初是用来唱的，如我们的《诗经》。其二，游吟诗人的诗与歌在字意及内容上都存在明显区别，下文作者将详细论述，这里不赘言。但须要说明的是，由于汉语中"诗歌"一体，故译者在译文中，没有完全按照原文的"诗"与"歌"一一对应，而根据上下文，选择译为"诗歌"或"诗"与"歌"或"歌谣"。无他，消除误解与隔阂。又如将下文 les chansonniers（歌集）译为"歌谣集"。凡此，下文恕不一一说明。

En plana lengua romana,
An Hugon Brun per Fihol.

没有羊皮纸，我就用歌唱
寄出这封信，
用简明的罗曼语，
通过中间人菲奥勒，
唱给胡吉·勒·布兰听。

而最终他还是将诗歌写在了一小卷羊皮纸（rollet）上。这无疑是第三种方式，诗歌由此传遍四方。游吟诗人相互应和，互相引述，人们甚至产生这样的印象，即他们每个人都知道所有其他诗人的作品。而到一定时候，人们就开始系统性地收集这些歌谣，将它们录入抄本，其中包含众多游吟诗人的作品。我们将这些抄本统称为“歌谣集”。

这些歌谣不仅包含第一代游吟诗人之后一百或一百五十年的作品——它们只和其中最后一代诗人处于同时代，而且还收录了许多从周边地区采集的歌谣。第一代游吟诗人是利穆赞人和阿基坦人。这些歌谣很快就在奥克语地区整体传开，从奥弗涅大区到比利牛斯山，从大西洋到阿尔卑斯山，而且很快超出了语言边界。邻近地区也用当地方言接受了这些歌谣，加泰罗尼亚人、隆巴德人、威尼斯人于是拥有了奥克语版的歌谣集。在《神曲》中，但丁不仅说起佩里戈尔的游吟诗人阿尔诺·丹尼埃尔（Arnaut Daniel）和贝特朗·德·伯恩，还提及另一位伟大的奥克语诗人索尔戴勒·德·芒杜埃（Sordel de Mantoue）。第一篇用奥克语书写的关于游吟诗人诗歌艺术的论文就出自一位名叫雷蒙·维达勒·德·贝撒路（Raimon Vidal de Besalù）的加泰罗尼亚作者的手笔。许多重要的歌谣集都被意大利语（通常是威尼斯语）所收录。

稍后，在一些偏远地区，收集和抄写这些歌谣集所付出的巨大努力，同时提振了收藏事业与文化融合。这便是适于诗歌普遍性的系统性劳动成果，人们以这种原本是外来的、一定程度上也是古老的能量，尽力掌握并拯救了诗歌。此外，最重要的非意大利语歌谣集之一流露出类似的心愿：这或许反映在亨利二世·德·罗戴（Henri II de Rodez）的个人诗集中，在 13 世纪 80 年代，他满腔热忱，试图在他的宫廷里重建上世纪游吟诗人的世界，结果他破产了。

我们只有通过这些歌谣集的品味和选择来理解游吟诗人，通过其中对诗人、诗歌的选择及以继承者出现的顺序了解他们，通过阅读诗歌和诗集提供的简介来认识他们。

如何说起阅读与简介？难道抄本与单纯的复制诗歌是两回事？当然是的。首先，与保存行吟诗人[1]的法语歌谣集不同，一些游吟诗人的竞争者，他们用奥依语，甚至非常地道的奥克语，尤其是那些用意大利语抄写的诗人，很少给诗歌谱写旋律，很多只是文本的收集。我们是否应该相信，那么多著名诗歌的旋律都是通过口口相传？当然不是。出资者与抄写员很可能认为保存旋律没那么重要。或许因为远离家乡，这些诗歌获得一种更辽阔的外部眼光，而对歌中的实际生活却漠不关心。或许旋律只是在口头陈述时，作为对文本的必要支撑。或许在诗歌发展进程中，到了13世纪就开始与音乐相剥离，而这个时代的抄本传递了一种观念，它们只是对往昔诗

[1] 行吟诗人，原文trouvère，指中世纪法国北方的行吟诗人。不同于书名及贯穿全书的troubadour，后者指12世纪、13世纪法国南方的游吟诗人。

歌的回顾。

作为补偿，相当一部分抄本将歌谣与散文体的作者传记结合起来。每个游吟诗人都有一个生命（vida，奥克语）故事。一些关于诗歌的背景介绍——假设每一首诗歌都在此背景之下创作完成，对诗歌进行阐述，并意识到其创作“源起”（razo，奥克语），而以“源起”（razos）给这些评述命名。vida（生平）和 razos（源起）[1] 出现了两百多次，涉及一百多位游吟诗人，几乎占到我们所了解的游吟诗人的三分之一。一些“小传”仅两三行，而另一些占了好几页，几乎构成了一部关于诗人的小小说。

它们怎么会出现在抄本中？谁创作了它们，为了什么用途？起初，它们看起来像是在吹牛，在做预先的解释或推测，以此“赢得声誉”[2]，让游吟诗人或江湖艺人在吟唱诗歌前朗诵。正如吉尔汉姆·德·拉·托尔（Guilhem de la Tor）的“生平”所说：“因为想演唱他的歌，他向评论界发表了一篇演说，比他的诗歌还要

[1] 在此之后，这两词在本书中大量出现，作者均直接引用奥克语的 vida 和 razos，为方便阅读，译者略去原文，仅保留中译“生平”和“源起”。

[2] “赢得声誉”，原文引拉丁文 captatio benevolentiae。

长。”他们的语调通常散漫、幽默，带有嘲讽意味。而歌谣集中的“生平”和“源起”通常是成系列的，由少数作家完成。游吟诗人尤克·德·圣-西尔克（Uc de Saint-Circ），生于凯尔西（Quercy），但生活在意大利，他获得自己给自己写“生平”和“源起”的特权，并在贝尔纳·德·文塔杜尔（Bernard de Ventadour）的“生平”写作中署名，提及其实是错误的资料来源[1]。另一部分关于萨瓦里克·德·莫雷翁（Savaric de Mauléon）的创作“源起”中明确说到，在复杂的情感背景中，这位伟大的领主，游吟诗人（萨瓦里克），亲自在贵夫人和他本人（尤克）之间传话送信。另外还有一位签名者米盖尔·德·拉·托尔（Miquel de la Tor），他是佩尔·卡德纳勒（Peire Cardenal）的“生平”作者，自称“作家”，由此人们可以另起炉灶，再写一本书。而作者也可以不留名：卡德内（Cadenet）的“生平”作者只是证实了他对游吟诗人的行为举止有着直接认知（“他所做的一切，我都亲耳听见，亲眼看见”）。

由此呈现的一系列故事那样感人、风趣、曲折、滑

[1] 源于贝尔纳（Bernard）爱上的子爵夫人的儿子，文塔杜尔子爵。

稽，令人震惊。

佩尔·维达勒（Peire Vidal）爱上一位贵夫人，绰号母狼，一天夜里，他披着一张狼皮在她的城堡周围转悠，被狼的气味所刺激，一群牧羊犬差点将他撕成碎片。夫人大笑不已，他的丈夫也是，他还把佩尔带到一个隐蔽处，请来医生给他疗伤，直到痊愈。

高斯伯尔·德·布瓦西博（Gausbert de Poicibot），一位还俗僧侣——“出于对女性的欲望”[1]，后来离开了他的女友，前往西班牙。返回途中，他又萌生了“对女性的欲望”，于是去拜访一位妓女：正是他的女友，她没了生活来源，也找不到其他生计。失望之余，二人双双进了修道院。

贝特朗·德·伯恩被亨利二世——英格兰国王普兰达热内（Henri II Plantagenêt）长时间围困在他的城堡中，最终被迫投降。在被押送至监狱的路上，他从国王面前经过，国王大怒，对他说这一次想要自救，必须交出全部的精神。因为他曾宣称自己精神之强大，未曾用到过一半。而贝特朗回答说，他的精神已全部耗尽，当他听

[1] “出于对女性的欲望”，原文引拉丁文 per voluntat de femna。

说年轻的亨利国王——亨利二世的儿子夭折。亨利二世则因回想起丧事而悲痛至昏厥。作为回报，亨利二世归还了他的城堡。

佩尔·维达勒爱上了马赛伯爵夫人。一天早晨，他潜入伯爵夫人的卧室，趁她熟睡，偷走了一吻。开头她也回吻他，还以为是自己的丈夫，而后猛然惊醒，看见是他，夫人勃然大怒。他吓得抱头逃窜，一口气跑到码头，登上一艘去塞浦路斯的轮船，在那里他娶了一位妓女，据说是君士坦丁堡皇帝的女儿，之后他也以“皇帝”自居。

佩尔·卡德纳勒从小被他的父亲送进俾伊[1]大教堂，父亲想让他将来成为一名司铎。但成年后，他渴慕尘世虚荣，因为感受到快乐、美丽与青春，于是投身于诗歌创作。

饶弗莱·于戴乐，布莱[2]王子，爱上未曾谋面的的黎波里[3]伯爵夫人。随后，他作为一名十字军骑士前往圣地去见她，却病倒在船上。当人们把他送下船，他就死在

---

[1] 俾伊（Le Puy-en-Velay），法国中南部上卢瓦尔省省会。

[2] 布莱（Blaye），法国布莱地区，现属于吉伦特省的一个市镇。

[3] 的黎波里（Tripoli），希腊共和国伯罗奔尼撒阿卡迪亚首府。

了的黎波里。她来到他的床边，他死在她的怀里。因为他的死亡给她带来无限悲伤，她当即出家，进了修道院做修女。

吉尔汉姆·德·卡贝斯达尼（Guilhem de Cabestany）爱上了他的领主雷蒙·德·卡斯戴尔–鲁西荣（Raymond de Castel-Roussillon）的妻子，而这位妻子也爱上了他。有一首诗歌专门写到，为了警告她，她的丈夫在一次狩猎中杀了他，并挖出他的心让妻子吃掉；当最终呈上这天然美味佳肴，这位妻子尝了，对丈夫说，这心味道如此鲜美，以致于吃了它就再不想吃任何别的东西了，说完便从窗口纵身一跃。人们知道吃心的故事在中世纪就有好几个版本。而我们同时了解到，在现实生活中，雷蒙·德·卡斯戴尔–鲁西荣死后，吉尔汉姆·德·卡贝斯达尼还活着。

吉尔汉姆·德·拉·托尔诱拐了米兰一位理发师的妻子，将她骗至高姆（Come），她死在了那里，而他痛苦得发了疯，想象她只是假死，目的只是为了离开他。十夜之后，他去了坟地，把那年轻女子从坟墓里挖出，抱在怀里，亲吻她，求她告诉他，她究竟是死是活。而后，有人让他相信她可以复活——但不能吃，不能喝，也不能再说话——如果他每天读诗篇，念一百五十遍“我们在天上的父”[1]，并在饭前施舍七个穷人，在一整年内不间断。他这样做了。当发现这秘诀并不奏效，他陷入绝望而任由自己死去。

萨瓦里克·德·莫雷翁，饶弗莱·于戴乐和艾利亚·胡戴尔（Elias Rudel）三人爱上同一位贵夫人。一天，他们三人和她围坐一桌，她温柔地看了萨瓦里克一眼，捏了一下饶弗莱的手，又用脚踢了一下艾利亚。而萨瓦里克是个大领主，他召见了游吟诗人高赛勒姆·费迪（Gaucelm Faidit）和尤克·德·拉·巴舍勒利（Uc de la Bachèlerie），为这三人创作了一首对话体诗歌，在诗中讨论这三种爱意何者为大。诗中这样发问：“高赛勒姆，三位年轻的情人……”[2]

我们回到抄本。有时在一部诗集里，“生平”和“源起”集中在特殊一辑，置于抄本开篇，就像歌谣集R（亨利二世·德·罗戴诗集），第1—3页，最终就像在歌谣

[1] “我们在天上的父”，原文引拉丁文 pter noster，或指《马太福音》（6:9-13）主祷文：“我们在天上的父，愿人都称你的名为圣……”

[2] “诗中这样发问：‘高赛勒姆，三位年轻的情人……’”此句原文引拉丁文 E la cobla del deman comessa：“Gaucelm，tres jocs enamoratz…”

集 E，第 189—210 页，或者像中间部分 P，第 39—52 页一样。人们所能想象的最具特点的设计，是按照威尼斯抄本的“歌谣集样式”，其中每个游吟诗人的诗歌都是用黑墨水书写，而之前是用红墨水写的诗人生平。散文体叙述与诗歌在形式上交替出现。如法比奥 · 齐内利（Fabio Zinelli），为强调“生平”与“源起”也采用了这种方式。按照习惯，“生平”的结束语通常为：“请听，他创作了下列诗歌”（贝尔纳 · 德 · 文塔杜尔），“这里抄录了他的许多诗歌”［纪霍 · 德 · 波尔内勒（Guiraut de Borneil）和许多别的诗人］，“他的诗歌写在下面”，“他创作的歌谣抄录在此”［艾利亚 · 德 · 巴尔乔勒（Elias de Barjols）］，“他创作了许多好歌，一些篇目抄录在此，您即将听见”［雷蒙 · 乔丹（Raimon Jordan）］。至于“源起”，最后的结束语总是：“他以此为主题，写下如是歌谣（le sirventès[1]）……”

此外，在这些抄本中，游吟诗人的第一首诗歌开头的第一个字母大写，紧接在“生平”之后，被刻写在约

[1] le sirventès，奥克语，指 12 世纪、13 世纪，游吟诗人创作的政治或道德讽刺诗。

4×5厘米的金箔上，这些交织的、螺旋状或垂落的花体字环绕着游吟诗人的肖像。这些肖像不求画得多么像，而力图呈现一种姿态或相貌特征，反映出游吟诗人的身份和历史背景。有穿着道袍的修士、骑在马上的大贵族，面孔罩着柱形尖顶头盔，从武器即可辨认出他们的身份：死在的黎波里伯爵夫人怀里的饶弗莱·于戴乐；骑在马上的吉尔汉姆·德·卡贝斯达尼，背对画面，不让人认出他是谁，以防因疏忽大意而丢了性命。诗人的故事和肖像就这样与他们的诗歌连在了一起。

总之，在歌谣集的筹划中，会有一种教学上的忧虑：推荐的读本须兼备诗人传记和对诗歌的解释，因为我们相信，由此可以追溯到游吟诗人的诗歌源头，并找到拉家德（Lagarde）和米夏尔（Michard）[1]的方法。这也确认了他们拉开距离看待这种诗歌的眼光，而这丝毫不影响他们教学读本的信誉。

文献学家、批评家、文学史家尤其将“生平”和“源起”作为游吟诗人的文献资料认真研读。这些资料是否确切？这些诗人的故事是否可信？有时，部分可信。

---

[1] 拉家德和米夏尔（Lagarde et Michard），文学教材的编撰者。

由于有档案资料可以核实，人们已确认在关于游吟诗人的地区和社会来源上，“生平”的确很少出错，还不时有些意想不到的细节也被证实是确切的。高赛勒姆 · 费迪的“生平”告诉我们，在利穆赞的于泽尔克[1]，有位有产者因为赌博破产而成了一名江湖艺人，被人强迫吃喝而变成一个大胖子，他娶了一位生活悲惨的阿莱女子为妻，结果妻子比他还要胖。所有这些看起来像是在开玩笑。然而，一份资料似乎可以证实，高赛勒姆 · 费迪确实在阿莱结了婚，大约是在 1165 年。

而对“生平”和“源起”的兴趣，并非来自对这些小细节的确认，而是来自大方向上产生的想象，这是一种由诗歌引发并试图对它做出解释的想象。这种想象似乎要将叙事的方式换成一种对世界诗意的领悟，而产生一种反向的诗意想象。这种对世俗经验的变形或许正是故事的核心：看准叙述的目标，使用一种语言，将世界的烙印瞬间打在上面，而不去兜圈子讨论或叙述。以这种思维方式来看待游吟诗人的诗歌，人们就可以排除一直

[1] 利穆赞（Limousin），位于法国中部地区。于泽尔克（Uzerche），今科雷兹省的一个市镇。

以来对它们的优越感。

人们之所以带着一种优越感来看待这些诗歌，有这样几个原因。首先，由于把它们看成可以从中找到可靠信息的历史文献，而最终人们发现，诗中所说的一切全都不可靠。人们指责诗人按照自己的方式，通过添枝加叶，或从自己身上借用一个细节，来渲染美化部分情节。或者换句话说，人们抱怨他们本性难移，却从不感激他们的纯朴与想象力的渗透。

其次，人们还指责游吟诗人风格单调，约定俗成，而不去品味他们惊人的魅力，或者干脆不承认人们对他们的欣赏。事实上，这种叙事风格与形式接近“生平”和“源起”，也很容易模仿，就像编辑从让·布提埃尔（Jean Boutière）那里发现的一篇“生平”，如此简明扼要：

> 佩尔·布莱蒙·勒·托尔（Peire Brémon le Tort）曾是维也纳的一名穷骑士，一位杰出的游吟诗人，在所有上流社交圈受到一致好评。

还有一些已然包含叙事的萌芽：

吉尔汉姆·德·蒙当哈哥勒（Guilhem de Montanhagol）曾是一名普罗旺斯骑士，一位杰出的游吟诗人和了不起的情人。他向鲁内勒（Lunel）城堡的饶塞朗德（Jausserande）夫人献殷勤并为她创作了许多优秀诗歌。

如果说“生平”美化了吉尔汉姆和饶塞朗德夫人的爱情，如果说“源起”将其中的一首歌与这场爱情风波相连——这爱情充斥着不忠不和，羡慕者的敌意，嫉妒的丈夫的报复与威胁——那么在这种情形下，人们见证了“生平”和“源起”的扩充与发展。而如此悠长、丰富，跌宕起伏，“生平”和“源起”依然完全忠实于这细微的叙述，其中词句简洁，环环紧扣，均以连词“和”连接贯穿彼此。为什么这些貌似毫无艺术性的故事却散发出如此魅力？因为它们平和一致的语调，和对所有论证、强调的事实的敌意所形成的反差，反而激发出故事里的生动、幽默、悲惨，或心理的复杂多变。同样一个风趣的故事，如果被讲成一个冷笑话，或者漫不经心地讲述一个令人心碎的故事，则会更有趣。

然而，这是否会让人对他们期望过高？对心理的复杂多变过度解释？因为导致误判“源起”的最根本原因在于，它们貌似提供了一个贫乏的解读，相对于如此丰富的诗歌，其解读如此贫乏。这些艰深、紧张、简约、讽喻的诗歌，小心翼翼地避免陷入逸闻趣事，而在主体中强烈呼吸（毕竟一首诗歌需要一个主体，而每个人都可以将它据为己有）。“源起”意识到，如果去掉这些传记内容，导致的唯一结果就是对于建立在此基础上的诗歌的误解。

这条线索或可被看作是与编年史的差异及诗歌进程的一部分。“生平”及“源起”为13世纪的文本，14世纪面世，其中最主要的诗人生活在12世纪，即便是稍后出现，也都被记录在这个时代诗歌体系的发展进程中。而在13世纪，诗歌经历了演变。与歌唱表达爱情的抒情诗并存的，是从道德感化及讽刺诗中发展出的一种朗诵诗歌。其作者总体感受到一种以个人名义登上舞台并参与诗中的需求，通过现身说法，证明诗中所说的真实存在。这种倾向迅速将其诗歌演变成第一人称的自我之诗。面对爱情的理想，作为游吟诗人和他们的模仿者，诗人不再追求自我的理想化。相反，他们努力将自己的逸闻趣事戏剧化，常常描绘出一幅自黑的肖像画，继而变成一幅讽刺漫画。这场运动开始于12世纪末的法国，结束于13世纪。在这方面最具特点的是于特伯夫[1]的表现手法，随后才出现维庸[2]，而在整个欧洲存在一种平衡，例如在西班牙，代表人物是西塔（Hita）的本堂神甫原·瑞兹（Juan Ruiz）。

正是在这一时期，这样的背景下，人们撰写并收录了“生平”和“源起”，它们受到这种诗歌新观念的影响，而这种观念很大程度建立在自传体的逸闻趣事上，建立在自信或虚假的自信上，并在这些诗歌中运用不恰当的手法，重振了一种截然不同的观念。

而他们运用的手法果然不恰当么？倘若怀着仁慈之心阅读，人们就会发现，他们对这些诗歌的评论基本都很刻薄，而这样的认知是通过叙事推论，而非出于我们通常意义上的批评分析。他们用少许文字集中注解，而这些注解本身成了一段故事。有什么好惊讶的？其中没有什么可以扰乱中世纪的阅读。时代的神学注解，在说教的形式下，难道不只是从《圣经》中抽出几个单词并

---

[1] 于特伯夫（Rutebeuf），法国中世纪游吟诗人，生活在1230—1285年。

[2] 维庸（François Villon），法国中世纪抒情诗人，生活在1431—1474年。

穷尽它们的意思吗？注解采用故事形式而非抽象论述，这与基督通过寓言来教诲不是同样的道理么？

我们将进一步看到，“生平”和“源起”通常具有强大的能力，并直指问题核心（通常所说的痛点所在），触及它们所引述的诗歌的主要影响。然而此时，我很乐意请它们来上一堂轻松的方法论课。也正因为如此，在深入主题之前，我对它们作了一番漫长的回顾。

这本书想谈谈游吟诗人，同时避免沉重的说教和冰冷的书卷气的分析。至于诗歌，它不照自明。除非有真切感受，否则人们不懂诗歌。然而，关于过去的诗歌，人们只有读懂，才能感受。怎么办？我选择了一条曲折的道路，通过绕道迂回，与诗人及诗歌重逢，试图进入这些诗歌的内心深处，这胜于文学史常用的简单化的定义及分类，而对此，许多学术著作都轻车熟路，许多教科书已清晰阐明。至于我，也勉强凑合着做了一点尝试。然而这一次，我从“生平”和“源起”受到启发。这本书无关乎学术。它不会去冒险做系统性的概括总结，也不想统领或更新文学史。它讲述诗人的历史，并希望由此带我们进入诗人的内心。

第二章

“我将写一首虚无之诗”[1]

Lo coms de Peitieus si fo uns dels majors cortes del mon e dels majors trichadors de dompnas, e bons cavalliers d' armas e larcs de dompnejar; e saup ben trobar e cantar. Et anet lonc temps per lo mon per enganar las domnas.

普瓦蒂哀（Poitiers）伯爵[2]，这位全世界最殷勤的男子，最伟大的猎艳高手之一；武艺高强的优秀骑士，不乏施展魅力的手段。他擅长创作诗歌并演唱，长期

---

❶ 原文为拉丁文 Farai un vers de dreit nien。

❷ 普瓦蒂哀（Poitiers）为地名，位于法国中部克朗河畔。这里普瓦蒂哀伯爵，即普瓦蒂哀地区的伯爵。如“基督山伯爵”指基督山（一座海岛）这个地方的伯爵。

在世界各地巡游猎艳。

这是最早的著名游吟诗人的小传，人们在两部歌谣抄本中见到。说实话，略显冗长：接下来说的，不再是普瓦蒂哀伯爵，而是他的后代。

> Et ac un fill, que ac per moiller la duquesssa de Normandia, don ac una filla que fo moiller del rei Enric d' Engleterra, maire del rei Jove e d' En Richarte del comte Jaufre de Bretaingna.

> 他有一个儿子娶了诺曼底（Normandie）公爵夫人，他们有个女儿，后来嫁给英格兰亨利皇帝，成为“年轻的国王”（Jeune Roi）[1]、理查（Richard）殿下和布列塔尼的乔夫瓦（Geoffroi）公爵的母亲。

这四五行潇洒的文字并不那么确切，所描绘的这位，不仅是曾用欧洲现代语言创作的最古老的诗人——我们

---

[1] 原文 Jeune Roi，指路易七世，又名“年轻的路易”（Louis le Jeune）。

熟知他的姓名和作品，同时也是那个时代最伟大的王子之一。对于同时代的编年史作者来说，他动荡的一生取之不尽，用之不竭。而这四五行潇洒的文字要点在于：他是个诗人与好色者。同时，他还是阿里艾诺尔 · 德 · 阿基坦（Aliénor d' Aquitaine）的祖父，狮心王理查和他的兄弟们的曾祖父。

为何这才是要点？因为挑衅，带着溢美之词的反讽和玩世不恭的语调。这种挑衅、讽刺和玩笑常常由于游吟诗人对爱情的升华与赞美，和他们自己承认让他们深受折磨的激情暴力、矫揉造作，以及不时显露的诗艺炼金术而被人遗忘。这些要点，即使不在多数情况下，也在众多篇幅中呈现于“生平”和“源起”。如果说首位游吟诗人的人格及作品就出了意外和丑闻，这就使得普瓦蒂哀伯爵诗歌的继承者将叛逆当成了一种尊崇的规则。

“全世界最殷勤的男子，最伟大的猎艳高手之一。”“生平”如是说。“殷勤的”，是指宫廷男子被赋予的道德品质、良好教养和优雅举止。然而“猎艳”，这也是良好教养和优雅举止么？这是一名优秀骑士，非常“阔绰”，也就是“慷慨大方”：具有这两种贵族品质。然而，普瓦蒂哀伯爵的“慷慨大方”并不表现在拥有财富，而表现在 domnejar 上。domnejar 指向女人（domnas）献殷勤，献出美丽心灵并试图诱惑，这里我们本可以用另一个更粗俗的字眼。

接下来的便是毫无保留且不带任何嘲讽的赞美。这才是最重要的，它触及诗歌的功勋，普瓦蒂哀伯爵由此作为诗人出现在抄本中，名副其实，配得上这篇小传。人们在其他游吟诗人的“生平”中也发现了这句话，他知道如何“创作并演唱”[1]。

“trouver”，根据已收录的词源，即“创作诗歌”[源自拉丁文“tropes”，原本指利摩日（Limoges）圣-马尔蒂阿勒（Sanit-Martial）修道院礼拜仪式上有节奏的拉丁文诗歌]。这是从奥克语“游吟诗人”（troubadour）和法语“行吟诗人”（trouvère）派生的动词。而相对于“trouver”是创作诗歌，“chanter”就是创作旋律？好像也不是。

当然，游吟诗人两样都成。他们最早是以歌手（chantaire）身份出现；“游吟诗人”一词起初似乎带有贬义。然而，在大多数情况下，倘若他们中的一员以“我

[1] 原文引拉丁语 trobar e cantar。而 trouver 本身在法语中意为“找到”。

将歌唱”“我想歌唱”开场时，则表示说“我将写一首歌”“我将创作一首诗”，普瓦蒂哀伯爵也是如此，他在开场白中说：“Farai un vers de dreit nien（我将写一首虚无之诗），Farai un vers pos mi sonelh（我将写一首诗，只因我昏昏欲睡），Farai chansoneta nueva（我将作一支新颖小曲）。”［而这首歌未必一定出自纪尧姆九世（Guillaume IX）之手，也许是他的儿子纪尧姆十世（Guillaume X）写的］。

在这种情况下，他的小传中所说的演唱很可能就是纯粹的歌唱。如饶弗莱·于戴乐的“生平”所说，“他创作了许多旋律优美，但词句贫乏的诗歌”，于是人们明白了游吟诗人的创作，同时包含语言和音乐。而与此相反，佩尔·德·奥维涅（Peire d' Auvergne）似乎只谈论歌唱能力。他在指责纪霍·德·波尔内勒的时候说，他“好像一只干燥的羊皮袋，在古老的水波上哼着悲伤而单调的歌”（sembla oire sec al solelh / ab son chantar magre dolen，qu' es chans de vielha porta-selh）；他还指责贝豪勒（Peirol）（仅在歌谣集 A 一个特殊的诗节中），“一边唱，一边咳嗽”（e can vol chantar va tossent）；而他却自我夸耀：“唱歌抑扬顿挫”（canta de sus e dessos），也就是说毫无疑问，他的音域广阔。所有这些评论也都适用于自然旋律本身。和其他人一样，佩尔·德·奥维涅也经常在“创作”上雇用歌手（chantar）。

然而，一位编年史作者说，普瓦蒂哀伯爵有着江湖小丑的行为举止。他自然坚持自己演唱自己的作品。否则，他向“同伴”所说的，将失去很多滋味。

普瓦蒂哀伯爵创作诗歌并演唱。当然。除此之外，他还能做什么？“长期在世界各地巡游，为了骗女人”。爱情与诗歌相结合，这游吟诗人的雄心壮志与艺术转而变成了嘲讽。贝尔纳·德·文塔杜尔说他“比别的歌手唱得都好”，因为他是更虔诚、更认真的情人。而普瓦蒂哀伯爵用他的诗歌才能“巡游猎艳”。

的确如此：这位普瓦蒂哀伯爵走过世界很多地方，骗过很多女人。而要说前者就是为了后者，说他耗尽生命只为骗女人，这未免过于短视。在谈及他的后代时，还是传记说得好：时代更接近他的时代，使传记作者可以了解到更多，然而没有人或几乎没有人不是从他诗人王子的生活曲解他的。这种相对的接近难免犯错。这种错误在贝尔纳·德·文塔杜尔的传记中再度出现——不从有趣的细节上延伸扩展，就像“生平”中喜欢做的那样：我们的纪尧姆九世的儿子纪尧姆十世没有娶诺曼底公爵夫人；是他的女儿阿里艾诺尔·德·阿基坦通过与亨利二世普兰达热内的婚姻，于1152年成了那位“征服者”纪尧姆的家族继承人——诺曼底公爵夫人。纪尧姆十世在第一次婚礼上娶了他父亲的情妇的女儿阿里艾诺尔·德·沙泰勒罗（Aénor de Châtellerault或阿里艾诺尔Aliénor）。如果传记作者知道这些还会对此保持沉默？几乎可以肯定，作者对此一无所知。也正因为一无所知，传记相当公正。

当年编年史作者预先说到纪尧姆、普瓦蒂哀伯爵和阿基坦公爵，然而对于诗人身份，只做了个不经意的暗示，一笔带过。很久以后，他的诗歌才在一些抄本中出现，而这些抄本的编者并不知道还有其他诗歌存在，其中还有几行是在他们看来需要提前阅读的内容。我们正是从这几行开始的。现在来说说被抄本忽略的内容，然后，我们再回到诗歌。

他的“生平”说到这位普瓦蒂哀［或普瓦图（Poitou）[1]］伯爵。这位纪尧姆，第七位普瓦蒂哀伯爵，也是纪尧姆，

[1] 普瓦图（Poitou），法国中西部的一个省，普瓦蒂哀为其中一座城市。

第九位以阿基坦命名的公爵，人们暗中以此为参考，将纪尧姆九世作为最终的称呼。普瓦蒂哀伯爵和阿基坦公爵[1]：那个时代最强大的王子之一。他应当效忠法国国王，然而他的领地——普瓦图、加斯科涅（Gascogne）[2]、利穆赞、昂古穆瓦，在封建领主中是最辽阔的。他生于1071年，他的父亲1086年去世时，他刚十四岁，就成了名副其实的拥有广阔地域的领主。十年之后，他解除了与艾芒卡尔德［Ermengarde，安茹伯爵（comte d' Anjou）[3]弗勒格·勒·海山（Foulque le Réchin）的女儿，1092年与布列塔尼伯爵阿兰·费尔冈（comte de Bretagne Alain Fergant）再婚，他似乎并未接受这份殊荣］的婚约，又与图卢兹的纪尧姆四世伯爵的女儿菲丽帕（Philippa）结婚。

这位纪尧姆四世死于1094年，他的父亲蓬斯

---

❶ 这里所说的普瓦蒂哀伯爵，第七位普瓦蒂哀伯爵，第九位以阿基坦命名的公爵，连同下文所说的“普瓦蒂哀居民的公爵”均为同一人的不同头衔，今天统称之为纪尧姆九世。此人为普瓦蒂哀地区的伯爵，更大范围内的阿基坦地区的公爵。

❷ 加斯科涅（拉丁语 Gascoingna，法语 Gascogne），法国西南部的一个地区，位于阿基坦大区及南部比利牛斯大区。

❸ 安茹伯爵，安茹（Anjou）为地名。安茹伯爵即安茹地区的伯爵。如前文普瓦蒂哀伯爵。

（Pons）伯爵曾在遗嘱中明确表示：若无男性继承人，他的土地就传给他年幼的兄弟，圣-基勒（Saint-Gilles）、尼姆（Nîme）和纳尔博讷（Narbonne）的伯爵雷蒙（Raymond）[1]。而这位纪尧姆四世，蓬斯唯一的儿子，英年早逝，他唯一在世的孩子就是他的女儿，即纪尧姆九世的妻子。然而1095年11月27日，罗马教皇乌尔班二世在克莱蒙（Clermond）号召发起第一次十字军东征，并定于1096年4月15日出征。图卢兹的新伯爵——雷蒙四世被教皇任命为远征军总司令。临行前，他将自己的伯爵领地交给了他的儿子贝特朗（Bertrand）——这个儿子好像是出自其父与普罗旺斯伯爵夫人的婚姻，而这场婚姻因父母为近亲而不被认可。当贝特朗卷入与圣-赛南（Sanit-Sernin）地区司铎的冲突中，纪尧姆九世立即进行干预。1098年，纪尧姆九世占领了图卢兹，并以其妻子的名义将这一方伯爵领地据为己有，且指控贝特朗为私生子，蓬斯遗嘱中的安排并不适合他，图卢兹的遗产因此又重新归于这位唯一的合法女继承人菲丽帕。

[1] 这里指拥有圣-基勒（Saint-Gilles）、尼姆（Nîme）和纳尔博讷（Narbonne）领地的伯爵，名叫雷蒙。

然而，三年以后，1101 年，纪尧姆九世决定启程参加十字军东征，而将圣-赛南的伯爵领地重新卖给了贝特朗。他的出征随即演变成一场灾难。他穿越欧洲历尽艰险，而在君士坦丁堡的漫长等待中，野蛮行事，最终越过小亚细亚半岛。根据奥尔戴利克·维塔勒（Orderic Vital）所述，纪尧姆九世的军队在赫拉克莱（Héraclée）遭遇惨败，到达安提奥什（Antioche）时，境况悲惨。

Pictavensis dux, qui trecentis milibus armatorum stipatus, de Lemovicensium finibus exierat,nimiumque ferox, Constantinpoli obsessa, imperatorem terruerat, pauper et mendieus vix Antiochiam cum sex sociis intrat.

普瓦蒂哀居民的公爵离开利穆赞时，有三万携带武器的勇士簇拥着他，使他骄傲至极，他曾包围君士坦丁堡，威慑皇帝，而到达安提奥什之时，穷困潦倒，仅剩六名沦为乞丐的同伴。

东征未持续多久，在耶路撒冷稍作停留之后，纪尧姆九世于 1102 年回到了普瓦蒂哀，随后又不得不去迎战那些谋反的臣仆，并陷入与他们及其邻人无休止的冲突中，尤其是在安茹[1]地区。1104 年，他指挥了抗击乔夫瓦 · 马尔岱勒（Geoffroy Martel）——安茹老伯爵弗勒格 · 勒 · 海山之长子的战役。这位马尔岱勒曾凭借自己作为长子的身份剥夺了他的继承权，并给予了他的第二任妻子，年轻的贝尔特拉德 · 德 · 蒙特弗尔（Bertrade de Montfort）——法国国王菲利普一世很快娶她为妻，尽管教会反对，她还是成了法兰西王后。而这个儿子后来成了人质——贝尔特拉德把他交给了纪尧姆九世，而纪尧姆九世以释放他为交换条件，要求弗勒格 · 勒 · 海山交出普瓦图前线的数座城堡。若干年之后，1111 年，刚从这些事务中抽身，这位“青年”弗勒格（Foulque le Jeune）就继承了父亲的爵位，坚决打击他们的臣仆吕西尼昂（Lusignan）的胡格 · 勒 · 布兰（Hugues le Brun）和帕尔特奈（Parthenay）的纪尧姆九世的反叛。在这场战斗中，纪尧姆九世在泰勒布尔格（Taillebourg）包围战中受了重伤。

[1] 中世纪时，安茹（Anjou）为一伯爵领地，后成为公爵领地。安茹伯爵支配着附近南特、旺多姆、曼恩等地的伯爵。

然而，图卢兹事变卷土重来。1105 年，雷蒙四世死于的黎波里包围战。他将的黎波里的伯爵领地留给了圣-基勒的贝特朗和他在图卢兹的合法继承人——他年轻的儿子，阿方索·茹勒当（Alphonse Jourdain），生于 1103 年，这是他第三次婚姻，和埃勒维尔·德·卡斯蒂耶（Elvire de Castille）所生的儿子。纪尧姆九世凭借自己的年轻，以及作为贝特朗的同父异母兄弟的优势，启程前往“圣地”，为实现他在图卢兹领地进行改革的宏伟抱负。1113 年，他重新掌控并占领这座城市，直至 1119 年。而这时，来自西班牙穆拉比特王朝[1]的威胁，迫使他去帮助卡斯蒂耶国王。而他刚一出发，图卢兹居民便毫不迟疑地反叛，将蒙特莫（Montmaur）总督纪尧姆关进监狱，并拥戴阿方索·茹勒当伯爵登上爵位。而这时，纪尧姆九世重新联合了阿拉贡（Aragon）的阿方索国王，于 1120 年在古当达（Cutanda）为西班牙的撒拉逊人夺取了一场重大胜利，这一次，他作为胜利者荣归故里。

---

[1] 西班牙穆拉比特王朝，原文 Almoravide en Espagne，11 世纪由来自撒哈拉的柏柏尔人在西非建立的王朝。“穆拉比特”来自阿拉伯语，意为“武僧”。王朝鼎盛时期，其势力范围包括今日之西非、北非，南至塞内加尔及马里，北至西班牙、葡萄牙大部分地区。

这些接连不断的混乱纷争将大胆冒失当成了荣耀，而普瓦蒂哀伯爵或多或少将这一切表现在了自己动荡不宁的爱情生活中，尤其最后一段最为著名。大约在1114年，他劫持了他的封臣沙泰勒罗（Châtellerault）子爵艾梅利的妻子。这位“危险的”诱惑者，人称“莫贝尔乔妮”（la Maubergeonne），或许因为他把她安置在普瓦蒂哀一座名叫莫贝尔乔妮的新城堡里。在生命的最后阶段，他看来与她公开同居。这一公开的丑闻导致他被昂古莱姆主教——教皇特使钱拉（Gérard）再次开除教籍。而在1113年末，普瓦蒂哀主教皮埃尔二世已经开除过一次他的教籍，并对他发出死亡威胁——这一次是因为他亵渎教会的权力。纪尧姆·德·马姆斯伯里[1]曾愤怒地说起此事。1121年，正如人们所说的，他的长子，未来的纪尧姆十世和莫贝尔乔妮的女儿结了婚，婚后，他们的孩子阿里艾诺尔·德·阿基坦于1122年出生。四年之后，纪尧姆九世离世。

---

[1] 纪尧姆·德·马姆斯伯里（Guillaume de Malmesbury，1095—1143），英国大历史学家。其中马姆斯伯里为地名，位于英格兰威尔特郡，地标建筑为马姆斯伯里修道院。

编年史作者为他描绘的道德肖像，与他的“生平”简介所说的，他给人以挣脱一切束缚的印象，如此协调一致：大胆、放肆、丰饶多姿、厚颜无耻；与生俱来的喜剧天赋；对挑衅、丑闻、滑稽，尤其是爱情的独特品味；笑的艺术，以及让人在不该笑的地方发笑；歌唱的艺术。

Hic audax fuit et probus, nimiumque jocundus,
facetos etiam histrione facetiis superans multiplicibus.

他放肆、勇敢，快乐之极，比滑稽的江湖小丑更滑稽可笑。

奥尔戴利克·波维塔勒的这一判断显然不是真的没有好感，但有些含混不清。Audax，相当于法语的audacieux，同时指放肆无礼的勇气；facetus 或 facetia，既是指对微妙的精神境界的提升，同时也指快乐、滑稽、可笑。

滑稽的江湖小丑最终完成了这些歌。奥尔戴利克还告诉我们，在第一次十字军东征期间，勉强逃出一场灾难，终于到达耶路撒冷做祷告时，他从他的不幸中汲取了快乐的诗句。

Miserias captivitatis suae, ut erat jocundus et lepidus, postmodum, prosperitate fultus, coram regibus et magnatis atque Christianis coetibus, multotiens retulit rhythmicis versibus, cum facetis modulationibus.

他是多么快乐而精神饱满，之后又时来运转，常在国王和王子面前，在基督徒的集会上，以欢快的诗风，节奏鲜明的诗句，讲述他当战俘时的不幸经历。

然而，与他同时代的纪尧姆·德·马姆斯伯里却严厉斥责他是一名淫荡的小丑（fatuus et lubricus）：

Postquam de Hierosolyma[…] rediit, ita omne vitiorum volutabrum premebat, quasi crederet omnia fortuito agi,non providentia regi. Nugas porro suas, falsa quadam venustate condiens, ad facetias revocabat, audientium rictus cachinno distendens.

> 从耶路撒冷回来之后……他终日沉湎于罪恶的污秽之中，似乎相信凡事皆出于偶然，没有一样是上帝安排。他从此以一种假装的优雅，给一系列的蠢事润色添彩，并纵情享乐，对他的听众做鬼脸，让人笑掉下巴。

在指责伯爵的这段话中，同时出现了对上帝的怀疑和做鬼脸取悦侧耳倾听的听众们。这位编年史作者暗指他是个恶魔附体的人。那带着优越感的、傲慢、挑衅、轻蔑的、胜利者的笑，正是魔鬼在发笑。恶魔的下巴（rictus），就会咧开嘴哈哈大笑。恶魔的哄笑（cachinnus）即放声大笑。恶魔附体，就像其他一切变脸的人一样，改变上帝的形象。

而纪尧姆·德·马姆斯伯里如此看待普瓦蒂哀伯爵，把他看作十恶不赦的恶魔，这究竟意味着什么？邪恶而精神强大，这是他在加入十字军东征之前。而回来之后，他的更新仅表现在他的 nugas（他干的蠢事，说的空话，这个词有时也指那些轻浮的诗句）多了一层风度翩翩的自负，这让他身边的人大笑不已。这种令人生厌的委婉说法还能指什么，除了纪尧姆向他的“同伴们”说起的那些放浪的诗句？他想让 cachinnus（哄笑）变成一种浪笑，随后这种笑声就爆发了。而这“随后”（Le porro）尚未到达恐怖顶点，这才是“最后”（denique）：

> Denique apud castellum quoddam, Niort,habitacula quaedam quasi monasteriola construens, abbatiam pellicum ibi se positurum delirabat; nuncupatim illam et illam, quaecunque famosioris prostibuli esset, abbatissimam vel priorem, caeterasve officiales institurum cantitans.Legitima quoque uxore depulsa, vicecomitis cujusdam conjugem surripuit, quam adeo ardebat, ut clypeo suo simulacrum mulierculae insereret; perinde dictitans se illam velle ferre in praelio, sicut illa portabat eum in triclinio.

> 最后，他疯狂地说，他将在尼奥尔（Niort）城堡旁边建一些小屋，就像小隐修院里的单人间，在那里建一座妓女修道院：他低声哼唱着说要迅速建立一座座这样的隐修院或修道院（其中的女孩儿属于一位有名的皮条客），而另一方则是达官贵人。同时，他休

掉了自己的合法妻子，劫持了一位(沙泰勒罗的)子爵夫人；他心中的爱情如火如荼，以至于在盾牌上画了一幅轻佻女子的肖像，反复说要将她带上战场，并带上床。

这是精神上的，一种淫荡的精神，它带来的挑衅，令人捧腹大笑。而尤其是它带来的笑，因为那是歌中的笑。普瓦蒂哀伯爵想设计、建造他的妓女修道院，通过哼唱吟唱，持续不断地浅吟低唱；如果愿意，人们也可以跟着八音琴一起咏唱。很显然，这座修道院并未真实存在过，严肃的编年史作者亲口告诉我们，那不过是伯爵荒诞不经的臆想，想象有朝一日创建它（se positurum delirabat），而他只是在歌中，通过歌唱的形式让人想入非非。总之，这座修道院看来只是文学想象的产物，有些特别。对于那画在盾牌上的美女的玩笑，他感觉特别自豪，且津津乐道（dictitans est un frequentatif）。

对此，比纪尧姆 · 德 · 马姆斯伯里更宽容的奥尔戴利克 · 维塔勒补充道，这些诗歌从作者在海外的不幸遭遇中受到启迪，提升了文学品质，其中“那些欢快的诗风，节奏鲜明的诗句”[1]运用了介于滑稽喜剧和诗歌之间的含混词句，因为 facetis 一词和“令人愉快”同样有趣。而这与纪尧姆·德·马姆斯伯里的说法一样含混不清，他还明确表示：“用一种假装的优雅（或“他那些轻浮的诗句”），将浅薄轻浮变得生动有趣，使他最终变得滑稽可笑（nugas…suas falsa quadam venustate condiens，ad facetias revocabat）。”也就是说，他用一种相对温和的字眼指出，他以诗歌的形式开滑稽玩笑。

与他同时代的编年史作者就是这样，只是着眼于纪尧姆九世是个王子，却让我们时时猜想他应当是个诗人，而他们对此毫无兴趣。他们就这样成功说服我们：他们错过了基本要点，也就是此后姗姗来迟的用奥克语写成的“生平”简介中所说的——他是一名杰出歌手，优秀诗人。

在我们所保存的抄本中，在纪尧姆九世名下的十首诗歌可确认属实，它们与编年史作者以及“生平”中为我们所描述的人物形象完全一致。为什么？这些是否令人震惊？为什么人们看到如此多的悖论、冲突与神秘？

---

[1] 原文引拉丁文 rythmicis versibus cum facetis modulationibus。

因为一些诗歌显然是淫秽的，另一些在我们看来，出于骑士精神的要求，显示出一种羞怯的尊重和因所爱之人而产生的颤栗，而对此，作为创作者本身的游吟诗人却浑然不知。因为在一个迫切需要恢复礼法的时代，很难想象人们能以爱情的名义将它逾越；而第一批对纪尧姆九世感兴趣的学者惊讶地发现，这样一个厚颜无耻的淫棍，竟然可以成为一名如此敏锐的诗歌创始人，以如此精妙的词句表达爱情。阿尔弗莱德·让鲁瓦（Alfred Jeanroy）[1]，一位伟大的文献学家，出版了第一部关于纪尧姆九世的诗歌评论，其中有些诗句、诗节他没有翻译。看看这整首诗歌，都是关于对女人的非分之想和她们的保护人对于“诚实的人们”犯下的错误。

> Companho, farai un vers[···] covinen,
> Et aurai mais de foudatz noy a de sen,
> Et er tot mescalz d’amor et de joy e de joven.

---

[1] 阿尔弗雷德·让鲁瓦（Alfred Jeanroy，1859—1954），法国语言学家、小说家、文献学家。

E tenguatz lo per vilan qui nol enten,
O dins son cor voluntiers non l' apren:
Greu partir si fai d' amor qui la trob' a son talen.

伙计，一首诗，你看我怎么写[1]，
其中的疯狂，或大于知觉，
它将充满爱情、青春和喜悦。

那些愚昧人，浑然不解，
或从心里就不想了解：与爱人分别，
他苦不堪言，找不到她，伤心欲绝。

这是出版者倾向于放在作品开头的那首诗歌的头两节，也许在他们看来，无论是非对错，这都代表了古代诗歌的特征和最初的才能。两节三行诗，想告诉我们多少内容！

---

[1] 本书译诗均从作者译成的法语中转译，原书每首诗歌均附上了拉丁语原文。此句原诗法语为：Compagnons，je vais faire un poème[…] de circonstance。其中包含省略号，大意为：看我在怎样的境地之下创作诗歌。

首先，因为这是每节三行的短诗节。不久后，游吟诗人就创作了八到十二行的诗节。纪尧姆九世本人只写到六行。三行是诗节中最短的。而当时还不是，最短的诗节只有两行。两行诗节是必要的，而且足以在两行之间形成对比，它们以诗行的形式出现，连成一个整体。第三行是一种反弹，一种延伸，构成单韵诗，这种反弹是产生诗歌效果的唯一手段：结论，重新开始，悬而未决，触及顶点。所有这些将在后面的三行押韵诗中交替或同时出现：于特伯夫的三行押韵诗节，《神曲》中的三行押韵诗节，先在意大利，随后在法国也非常重要的十四行诗中的三行押韵诗节❶。

纪尧姆九世的三行押韵诗是单韵的。第三行延伸了两行诗节，用同样的韵，以构成诗节❷的雏形。中世纪英雄史诗的诗节长度并不规则，只是准押韵、半谐音的（而后是唯一的韵——要求与最后的音节押韵，准押韵是

---

❶ 十四行诗，又称“商籁体”，意大利文 sonetto，法文 sonnet 的音译。是欧洲一种格律严谨的抒情诗体。最初流行于意大利，后流传至欧洲各国。在法语十四行诗中，通常每行十二音节，以四四三三的排列形式：前两节每节四行，后两节每节三行，前后使用不同的韵。而这里所说的三行押韵诗就包含其中。

❷ 诗节，原文 laisse，阴性名词，特指中世纪英雄史诗（武功歌）的诗节。

指和最后相同的元音押韵）。准押韵的变换，标明这是史诗的下一节。人们会说纪尧姆九世的各行诗歌可以看作是一整节，因为从头到尾押的是同一个韵。其实不然，因为第三行的韵就与前两行不同，这样就界定了诗节的结构，就像音乐结构一样。前两行是十音节诗体。十音节诗体是小调（4/6）或大调（6/4）的顿挫，这就是中世纪英雄史诗的格律。而如果综合他的其他诗歌来看，这并不能确保纪尧姆九世的诗歌有多么古老；无论如何，他的诗歌并不比《罗兰之歌》更新。然而，最早出现的罗曼语诗歌确实有一种格律。这就是现存法兰西最早的诗歌《圣-欧拉尼之歌》（约 881—882）。在 11 世纪中期，《圣-阿莱克西斯的生活》被写成了十音节的英雄史诗。在单韵的十音节诗歌出现之后，我们并不会对游吟诗人采用这种古老的形式而感到惊讶。

但每节的第三行诗句并非十音节，而正是这种不规则说明对诗节的限制。这是十四音节的诗，很长的诗句，相对于前面两行一节的诗体，似乎是要实现一种扩展和持续的效果。而这一次让我们感到震惊。按法语和奥克语的诗歌格律（在这方面，和很多其他方面一样，这两种语言表现一致），在 19 世纪以前，每行几乎从不超过十二音节。而最自然的诗歌格律来源于每行八音节和十音节。然而，尽管有明显的顿挫，内在韵脚的缺失仍不允许将这十四音节的诗句分成两个七音节。我们感到震惊，但可想而知，很多法语流行歌曲的诗节（当然，很多是新近的）是由单独一行长句子一气呵成，有抑扬顿挫，但不可分割。纪尧姆九世的作品证明了这种形式古已有之。

而这里，我们无意再去讨论有关罗曼语诗歌的元初格律，只想阅读普瓦蒂哀伯爵的诗歌，而不必去操心他的作品或他的诗歌是否在他的时代首屈一指。这首诗他称之为自由诗（vers），就像他称呼自己的其他作品。此后，马尔加布吕（Marcabru）和佩尔·德·奥维涅的“生平”都提到，vers（诗）是第一代游吟诗人在创作实践中采用的唯一形式；纪霍·德·波尔内勒是第一个写“歌”的人。博学的专家们整天高谈阔论，却从未说清楚 vers（诗）与 canso（歌）的区别。一个最平常的“诗（vers）”字就让人联想到它的来源，拉丁文 versus，人们认为它比 canso 更有价值。canso（歌）与 cantaire（歌手）一词相关联；而游吟诗人通常更愿意将自己归于“歌手”，超过“游吟诗人”，尤其是在当初，“游吟诗人”还带有贬义色彩。

一句 vers（诗），或一句 vers covinen（适合的诗），适合什么？在适合一种人们总体来说可以理解的背景环境。什么情境？什么背景？在娱乐消遣的人群中。诗人向他的“同伴”说话，就像起初他创作这些放荡的诗句。他说他有两匹绝色母马，但不幸的是，他不能同时负担这一匹和那一匹，他不得不放弃其中一匹。他详细描述了它们令人尊敬的品质，然后问他的同伴，他该选哪一匹。人们细听之后才发现，原来他说的是两个女人，阿涅斯（Agnès）和阿尔桑（Arsen）。

人们将这些诗与纪尧姆九世另一些赞美精致爱情的诗歌相比较，发现普瓦蒂哀伯爵的作品在这个分歧点上存在两种笔调，而这两方面是不可调和的么？在这首诗中，从第二行就宣称“其中的疯狂或大于知觉”，这显然与他异想天开、寻衅滋事的内容相一致。人们将它作为作品的开头，可以对照先前纪尧姆所说的，他将写一首诗，什么也不为，他要写一首诗，只因躺在阳光里，昏昏欲睡。而这便足以从根本上区分这样的诗歌与那些赞美自己精致爱情的诗句？一种根深蒂固的传统，东西方都一样，难道不正是将这种精美之诗与为爱疯狂的形象密切相连么？特里斯当（Tristan）看到有位游吟诗人确曾提到他——不管别人怎么说，就说他与纪尧姆九世是多么相像，这难道不正是这种形象的化身么？在这由狂热胜于理智的基督教的悖论所占据的世界里，这种声音不正是朝向所有逆转敞开了大门？

再看下面的诗歌说些什么！这首诗的成分，他宣称“它将充满爱情、青春和喜悦”。当然，爱情在此，或许是纯粹的性冲动；青春和喜悦，也只属于那些寻欢作乐的人。然而爱情、青春和喜悦仅在数年之后，在纪尧姆九世的直接继承者中，就成了所谓骑士爱情和表现这种爱情的诗歌之三项基本价值。“喜悦”在某种意义上超越了喜悦本身：不是阴性名词 joya，而是阳性名词 joi，它指一种令人不安的冲动，因为爱情是痛苦的。至于青春，并不完全指生理年龄，更多是指精神年龄，它向着爱情奇遇和为爱服务尽情敞开，而与闭门算计和占有毫不沾边。而爱情、青春和喜悦的结合则是对“极致爱情”（la fin' amor，优雅、纯洁、完美的爱情）的最高礼赞。或者说，这种结合似乎出现在“极致爱情”之前，在纪尧姆九世自创的那些声称将成为“极致爱情”的名目之前。毫无疑问，我们正在谈论一首整体淫秽、暧昧的诗歌的开头。乔治·杜彼（Georges Duby）的话提供了最好的依据，他说所谓“极致爱情”不是别的，只是偷欢的骗子手的外衣，掩饰着青年男子粗暴的欲望：瞧，这就是青春！但果真如此，为什么还要把这些写成诗呢？为什么除了低俗歌曲，还要创作别的歌谣在同伴中演唱呢？为什么还要费心劳神，把这一切掩藏在“极致爱情”的面纱之下呢？

如果这些问题都能找到答案，人们将看得更远。而目前关于这些诗歌，我们所能找到的唯一确切痕迹就是这些抄本。一百五十多年来，游吟诗人开花结果，他们的读者、业余爱好者与行家都发现，我们先前引用的普瓦蒂哀伯爵的作品不是在开头，是在游吟诗人作品的中间；而这些作品本身也不在开头，是在说唱艺人的作品中间。看看纪尧姆九世的诗歌与骑士诗歌之间的冲突就知道，在骑士诗歌发展成熟之前，没有什么作品对他是特别古老的。读者开始阅读他的作品，第三行诗云：Et er tot mesclatz d’amor et de joy e de joven（它将充满爱情、青春和喜悦），而据此人们如何能想到，他对这两名女子的评价竟是将她们比作两匹母马。

第二节只是在同样感觉下将读者带到更远，“愚昧人”（le vilain）一词，在他眼里就是那些不是生来粗鄙，就是心里粗俗、粗野之人，不可能读懂这样一首诗，无从理解诗歌与爱情之美妙。而最后一句抱怨道：Greu partir si fai d’amor qui la trob’a son talen（与爱人分别，他苦不堪言，找不到她，伤心欲绝），使这首哀歌与其他有关“分别”的作品格调一致。比如很久以来，在地中海地区流传的一首诗歌，描绘一个爱情之夜过后，情人们歌咏黎明，并由此创立了罗曼语抒情诗的特殊类型。当然，诗人在这“抱怨”中另有盘算，因为他需要区分他的两匹“母马”。而这是怎样的嘲讽！

怎样明确无误的嘲讽。如果人们已开始发笑，如果人们回过头来转向先前的笑，可想而知，那理想爱情的诗歌礼赞出现在纪尧姆九世转向放纵堕落之前。或者设想将纪尧姆淫秽的诗意和所谓骑士精神的诗意相比较，不难发现它们并不像人们所说的那样天差地别，至少它们之间没有任何冲突。对照纪尧姆九世的诗意经历了从淫秽，向精美、委婉而有节制的方向逐步发展来看，这种假说并没有那么武断。一些纪尧姆九世之前的抒情诗残卷传至我们的时代，尤其是摩萨拉布人[1]的哈尔贾斯（Khardjas）[2]作品。这些罗曼语的引文包括阿勒–安达路斯（Al-Andalus）地区高峰及衰落时期的阿拉伯语和希伯莱语诗歌，它们中有的严肃、热情，也有的非常色情。游吟诗人第一批最合适的继承者，一方面热情似火，同时也并不蔑视色情玩笑。道德家马尔加布吕本身也让自己显得粗俗。在一场辩论中，面对反对者，阿尔诺 · 丹尼埃尔证实了一名骑士就很讨厌向艾德纳（Edna）夫人献媚，这与但丁所欣赏的这位大诗人[3]的其他作品截然不同；而此后，他还在自己著名的六节诗中开了个玩笑。皮埃尔 · 贝克（Pierre Bec）收集了一部淫秽诗集，并将它形容为游吟诗人的“反文本”。“反文本”或小短文？喜剧性的戏谑或淫秽的野趣，显著标明了“生平”和“源起”的特征，远比人们从他们诗中所相信的更真切；不仅存在于一些淫秽、色情之作，以及对名著的模仿，也存

---

1. 摩萨拉布人，原文 mozarabe，指在阿拉伯人占领期间采用阿拉伯人的语言和习俗，但仍信奉基督教的西班牙人。
2. 哈尔贾斯，法语 khardjas，西班牙语 jarcha，是中世纪阿拉伯或希伯来语的文学术语，表示一种诗歌形式，产生于 11 世纪的阿勒–安达路斯地区。
3. 但丁欣赏的大诗人这里就是指游吟诗人阿尔诺 · 丹尼埃尔。

在于人们所能找到的抄本中一些独立的诗节（coblas）和歌曲。

游吟诗人的诗歌提升了集体游戏和对话艺术的水平。然而，那些政治性很强的对话和社会活动罕见地突然放弃了这类事物和这种游戏。如果说游吟诗人有时也在他们中间反对爱情道德，那么这种反对从根本上来说，与自由或受束缚的表达无关。像“现实主义”和“理想主义”这种也许是不幸的字眼，先是被阿尔弗莱德·让鲁瓦，之后又被卡尔·阿贝勒（Carl Appel）和德·俄内斯特德·霍普弗纳（d' Ernest Hoepffner）用来说明两种流派，可想而知，它们彼此间的对抗，以及在露骨的想象和语言面前所表现出的惊慌失措：所有这些原本可以融合而给出一种虚假的观念。他们只知道谨慎的含蓄与大胆的放纵，严肃的热情与粗俗的大笑，而这只能说明同一个问题：对女性和她的身体的畏惧。

总之，纪尧姆九世创作这些淫词艳曲并不想在周边种一道树篱，自我孤立于所有别的情诗。然而，人们知道这些诗歌尤其能打动当时的编年史作者，他们认为他的诗歌与他的性格、他的道德完美合一，并超越了他的本土范围，而将其他诗歌打入冷宫。关于作者，“生平”

中说，他“长期在世界各地巡游猎艳”。可以用一首歌概括他的行为与道德特征：Farai un vers pos mi sonelh（我将写一首诗，只因我昏昏欲睡）。根据“生平”和“源起”的明确用途，它们试图对诗歌本身做出解释并提供相关背景资料。这一篇写到诗人如何穿着朝圣者的长衫，穿越利穆赞，遇见两位女子——阿涅斯和艾尔梅桑（Ermessen），她们向他问候致意，而出于自我保护，他打着手势回应。她们以为他不会说话，继而得出结论，他不会背叛同伴，于是将他带回家中，在温暖的炉火边，为他做了美味佳肴，然而在替他脱去长衫之后，忽然间害怕他是在装哑巴，于是让她们的猫来狠狠抓他，并且不让他跑，只听见他痛苦的呻吟。她们这才放下心来，将他留在身边，照顾了一星期：

Tant las fotei com auziretz:
Cent e qatre vint et ueit vetz,
Q’ a pauc noi romped mos corretz
E mos arnes;
E nous pues dir lo malaveg
tan gran m’ en pres.

听着，我抽了她们多少回？
一百八十八回。
我快要断了——
勒紧皮带、马辔；
无法向你诉说，
我染上怎样的病魔！

人们询问这种病。近来研究发现，梅毒从罗马时代已经存在，而它会出现在回答中么？人们注意到，如果这首诗确实是纪尧姆九世所作，而他曾将女人描述成母马，那么，使用“皮带”“马辔”这样的字眼，则暗示这里他将自己比作公马。人们尤其注意到，这是一首单韵三行诗，延续了前两行不押韵，但变换节奏的诗句，因为一行非常短（只有四个音节），另一行跟从它的出处 Companho，farai un vers[…] covinen（伙计，一首诗，你看我怎么写），比开头八音节的诗更长（十二音节，8/4）不对称的顿挫。韵律的雏形（8a8a4b12b）将诗节明确分成两部分，由此即可一目了然，看清游吟诗人的诗歌格律：第一部分更规则（通常为四行诗，交叉韵，或合抱韵[1]）；后面的“结尾”（cauda）形式更自由，也更复杂。

然而，纪尧姆诗歌的最基本形式，就像阿拉伯诗人和阿勒-安达路斯的犹太诗人所采用的形式一样，用 muwwashah 和 zadjal 的韵律。同样的诗歌，最终落点有时包含罗曼语歌谣的引文；同样的诗歌，有时也可以看到游吟诗人的典范，就像模仿“极致爱情”的“理想爱情”（l' amour odhrite）。也正是在纪尧姆九世的这首诗歌里，出现了一些无法理解的咿呀学语，当阿涅斯和阿尔桑向他问候打招呼时，这位“朝圣者”作出的回应语焉不详（Babariol，babariol，babarian），而这些词语在抄本中都有纪录，近乎于阿拉伯语（Tarrababart marrababelio riben saramahart），着实耗费了不少笔墨。这似乎证实了纪尧姆九世自己也听见了他对他的人物所说的那些没有实际意义的语音，而同样表现出色的是，一位抄写员将它们译成了阿拉伯语。

这首诗歌众说纷纭。瑞塔 · 勒热纳（Rita lejeune）仔细分析之后，发挥自己的想象做了详尽阐述，觉察

[1] 原文 à rimes alternées ou embrassées，交叉韵或合抱韵。abab 为交叉韵，abba 为合抱韵。

出其中对个人经历及历史的影射。米歇尔·斯达内斯科（Michel Stanesco）说出了藏在猫故事背后的神话及传统象征。人们强调指出，起初让两位女性当众出丑，因为她们拒绝骑士的爱情，而更青睐修士或教士。这是诗歌很快回归的一个传统主题。从这些半流行的歌曲脉络中，人们可以听见中世纪末的回音：N' aimez poynt sel clergionet，Mes sel gentil companhonet！（别爱骑士，我亲爱的同伴！）在纪尧姆九世之后不久，一首高利亚蒂克地区的拉丁语诗歌《雷米雷蒙的主教会议》[1]借用了修道院修女的相反观点：她们中的一些人，因宁做骑士的情人也不做教士的情人而被开除教籍。

至此，事实已基本清晰。在流浪漂泊或旅行途中，诗人邂逅了女子。这是色情幻想的基本要素：所谓艳遇。偶遇一位女子，碰碰运气，看最终是否能达到目的：中世纪抒情诗将永不疲倦地在这幅永久珍藏的花布上刺绣。

然而，诱惑与征服的男性幻想并非第一次出现在爱情诗中。流浪漂泊的抒情传统，最初是歌唱女性的。最

---

[1] 《雷米雷蒙的主教会议》，原文为*le Concile de Remiremont*。其中Remiremont（雷米雷蒙）是法国洛林大区孚日省的一个市镇，属于埃皮纳区雷米雷蒙县。

古老的诗歌，比如摩萨拉布人的哈尔贾斯作品，或者加利希安人[1]的《朋友之歌》[2]，或者法语背景的诗歌，就呈现出这种古老特征；这些特征或顺其自然，或人为保存下来；爱情的声音是一位女子的声音，爱情中的人物也是一位女性。哈尔贾斯说出了泉边少女的哀怨：她等待的朋友没有来。这就是《朋友之歌》中，在威格海岸等待情人的少女们。而在法语背景的歌谣中，她们一边等，一边做着针线，或者她们正在泉边，一位青年突然到来，一句话不说就将她们劫持，就像在如此简单神秘又令人心碎的《盖耶特与奥里乌》[3]中。这些"女子的歌"仿佛是爱情诗的最初表白。

而从男性视角来看正相反，这就是纪尧姆九世的诗歌。数百年后，才有了"田园牧歌"，大部分都是法语，只有最古老的部分是奥克语。诗人骑行乡间，遇见孤独的牧羊女和她的羊。有时她避让，有时她拒绝，有时他强暴她，有时牧羊人来救他。带着挑衅的口吻，突显的

---

❶ 加利希安人，原文 galicienne，指西班牙西北部 Galicien 地区的人。

❷ 《朋友之歌》，原文引拉丁文 *Catigas d'amigo*。

❸ 《盖耶特与奥里乌》（*Gaiete et Oriour*），西班牙民歌，歌名是一对姐妹的名字。

强烈对比产生喜剧效果：骑士对牧羊女说着优雅的情话，并向她坦白自己明确的意图，而他的行动有时也很粗暴。他精心设计的情话吓跑了牧羊女，她用一种最平庸的方式作答。他像对待公主一样跟她说话，而她却表现出粗俗的外表和言语。这是在纪尧姆九世之后不久，在我们已知的最古老的田园牧歌中，游吟诗人马尔加布吕的作品，其中的牧羊女并未被诱惑者的花言巧语所欺骗。针对他的阿谀奉承和甜言蜜语，她的回答冷酷无情，并将他置于可笑的境地，而她的话语或许也暴露出她自身的局限性。一个半世纪以后，亚当·德·拉·阿勒（Adam de la Halle）在《罗宾与玛丽莪的游戏》[1]中创作了此番情境：牧羊女假装笨拙来奚落骑士，但或许她确实有点笨。

田园牧歌的题材早已自成一体。最初用奥克语写作的有关诗歌艺术的论著，是根据牧羊女看护的牲畜来分类，归于诸如牛倌、猪倌的名下。这一成就产生的效果，无疑使高雅的诱惑者与粗野的、和牲畜一同生活的牧羊女彼此相遇。在古老的法语中，“牧羊人”（Berger）

---

[1] 《罗宾与玛丽莪的游戏》，原文 *Le Jeu de Robin et Marion*，是游吟诗人亚当·德·拉·阿勒作于 13 世纪 70—80 年代的音乐诗剧。

一词作为修饰语，和低能儿、傻瓜是同义词。到了15世纪，在《主人巴德兰的玩笑》[1]中，人们看到那个牧羊人提博·勒阿尼莱（Thibaud l' Agnelet）戏弄巴德兰（Pathelin），直到最终将自己变成一个傻瓜。此后，流行歌中融入了传统的女性歌谣和田园牧歌，接受了牧羊女和农妇的观点："我的父亲有五百只羊，我们房子后面有座池塘，经过洛兰（Lorraine）……"[2]云云。在《小昂奈特》（或于盖特）[3]中，还不忘开些放肆的玩笑，就像人们在13世纪的一首歌中看到的一样。

自成一体的题材一直存在于中世纪的文学类型中，田园牧歌仅仅是一个变体，它讴歌了有情人的相遇，似乎奠定了地中海地区古老的抒情诗的基础——从古希腊文学中纯朴的对话体牧歌，到伊斯兰传统孕育的沙漠奇遇及转瞬即逝的爱情。在法国和西方诗歌中，诗人不只遇见牧羊女，还遇见不满于粗俗、暴虐或无能的丈夫的妻子（"不幸婚姻"之歌），在果园梦想的少女，还看见那些准备违背诺言的修女。

---

[1] 《主人巴德兰的玩笑》，原文 *La Farce de maître Pathelin*。

[2] 这是一首著名的法语童谣。

[3] 《小昂奈特》，原文 *la petite Annette*；于盖特，原文 Huguette。

或者他们像纪尧姆九世那样，在奥弗涅（Auvergne）遇见两位女子。第一位游吟诗人的诗歌就该像其他诗歌一样，只是一首情人相遇的歌，就像在他之后，就像此前其他地区的诗人一样？不，不是这样。首先，一个女人对他还不够，他要两个。在此前我们提到的第一首诗中，他已经有两匹母马。可耻的挑衅，正如纪尧姆·德·马姆斯伯里所说，“这令人发指的放纵”。就像瑞塔·勒热纳又说：在所谓“骑士爱情”早先的几首诗中，我们找到最初的表达，纪尧姆九世是无数色情男中的一个，并以此为荣。

然而无论如何，情人相遇的歌，并不炫耀忠诚。不幸婚姻之歌却恰好相反。诗人跟我们说起，有时他郁郁骑行，思爱成病，遇见一位牧羊女，立刻让她躺倒在草地上。是的，而这可不是骑士诗歌所要描述的。的确如此：一首骑士的诗歌只对一位女子倾诉。而在诗歌生涯中，游吟诗人个个都会爱上一连串女子，通常都是已婚女人。当然，即便在中世纪，这些都是爱情的前提。而所有这些，cum grano salis（不能用太过文学的语言来翻译）。这些有时逃过了现代批评：在这一点上，司汤达用拉丁文旁征博引[1]，对香槟伯爵夫人玛丽（la comtesse Marie de Champagne）、阿里艾诺尔·德·阿基坦的女儿和纪尧姆九世的曾孙女表现出比安德烈·勒·夏佩兰（André le Chapelain）更严肃认真的观念。把骑士世界放在反讽的世界来看，到死也不会有忠诚问题。听听奥卡森（Aucassin）所言足矣，他说他不想上天堂，只想下地狱，因为“美人都去了那里，她们除了丈夫，还有两三个情人”。

[1] 参见司汤达《论爱情》。

第三章

“人人都应享有即时的享乐”

简言之，如果说纪尧姆九世用两三首不一样的歌，道出了关于他淫荡的母马、血腥的猫，关于被他的爱情才能逼疯的女人们，还有在情感的游戏桌上投出的骰子，以及保存完好的贞操的故事，这并不意味着他宣称放弃了高尚爱情的纯洁与忠诚。而这里又呈现出另一种语调和另一种淫荡：不在乎占有的胜利，而在于寻求一种精神刺激，那种因不确定究竟满足与否，从而加剧的欲望所导致的徘徊于痛苦与欢乐之间的颤栗：

D’ amor non dei dire mas be:
Quar non ai ni petit ni re ?
Car ben leu plus no m’ en cove!
Pero leumens

Dona gran joi qui be mante

Los aizimens.
A totz jors m' es pres enaisi
C' anc d' aquo c' amei nom jauzi;
Ni o farai ni anc non ho fi;

C' az essiens
Fauc maintas ves quel cor me di:
Tot es niens.

Per tal n' ai meins de bon saber
Quar vueill so que non puesc aver;
E sil reprovers me ditz ver:
《Sertanamens,
A bon coratg' e bon poder,
Quis ben sufrens.》

对于爱情，我只有美言：
为什么我少得可怜，

为什么我一无所有?
也许我不适合拥有更多!
这样更舒心——
爱给遵守诫命的人
带来极大欢乐。
对于我，总是这样:
我所爱的，我无法享受，
就这样，一直如此;
因为毫无疑问，我行事，
常怀一颗心，它告诉我:
一切都是虚无。

我没那么逍遥，
因为想要的，总得不到;
还是那句谚语说得真:
“他无疑走在正路上，
那个恒久忍耐的人。”

仅此而已，还能说什么?这种得不到爱的抱怨，与他习惯性地对自己性能力的夸耀形成简单而纯粹的冲突;

这种略带推理，略显冗长的讨论，其中的抽象压抑了诗节的形式——它原本生动活泼，在讲述着利穆赞人的功勋；同时也抑制了长句的活力，终因倦怠而让位于四音节的短促结尾。若干年后，类似的形式似乎又出现在饶弗莱 · 于戴乐笔下，触动人心：Totz sia mauditz lo pairis/ Que m fadet qu' ieu non fos amatz！（该死的教父，扔给我一句咒语：得不到爱！）这是我们赋予布莱王子的另一种气质。而关于他，人们又说起另一个故事，一个关于遥远的爱和远方公主的爱情故事。而后，在纪尧姆九世这首被引用的诗歌的第二节末尾，出现了怎样震撼人心，让人惊慌失措的诗句？“我行事，常怀一颗心，它告诉我：一切都是虚无。”他的心直接告诉他，所有得到爱的努力都是徒劳？或在同样的生存面前，他被一种意义何在的感觉所侵蚀？Farai un vers de dreit nien（“我将写一首虚无之诗”）。他还写道：“我将写一首关于纯粹虚无的诗。”人们通常这样翻译，但也许他的意思是说：“我将写一首诗，无关乎任何一切。”无论如何，人们认为，这首弃儿之歌还意味着别的什么。这一节应该不是歌曲的第一节，而是第二节。我们看开头：

Pos vezem de novel florir
Pratz, e vergiers reverdezir,
Rius e fontanas esclarzir,
Auras e vens,
Ben deu cascus lo joi jauzir
Don es jauzens.

只因又见果园新绿，牧场
开满新的花朵，
溪流泉水明亮清澈，
惠风清和，
人人都应享有
即时的享乐。

春天与爱情：多么平庸！须解释一下：这可是在第一位游吟诗人的诗中，而在他的继承者那里，这才成了规则。所有爱情歌曲都始于对春回大地的追忆，它与诗人体验到的爱情协调一致，或徒增得不到爱的伤悲。而唯一可靠的变换只是变成秋天或冬日：尽管天寒地冻，北风、冰雪，恋人常怀一颗火热的心。而几代人之后，人们试图超越这种常规：爱她只在春季，春气上升之时，这难道不是对所谓伊人的一种冒犯吗？然而这种顾虑是短暂的，对于多情的诗人，大自然的魅力是如此强烈。

这魅力如此强烈，春天的诗句自然涌现，法国中世纪诗歌研究的鼻祖加斯顿·巴力斯就试图从春天来临的民间节庆日——四月节、五月节中，寻找情诗产生之初——罗曼诗歌的源泉。他的学生阿尔弗莱德·让鲁瓦注意到这一点，并发展出一套理论。此后，他为研究游吟诗人奉献了一生，而他后来写道，游吟诗人对于大自然没一点儿真情实感，他们有关春天的数百行诗句，都那么平淡乏味。

别听他的。我们先来读一读纪尧姆九世的诗歌对于季节变换有多么敏感！是的，他的诗歌所描写的并非春天，而是季节的变换；这是春天来临的预兆，诗歌察觉到其中最初的细微征兆，“只因又见果园新绿，牧场开满新的花朵”，难道人们不是在等待季节轮回？牧场新绿，果实累累的枝头，鲜花重新开放。而这一切，还在后面：首先，牧场上的雪花莲、报春花、杜鹃、紫罗兰忽然闪现，在寒冷刚刚过去，甚至骤然结束之前，其缤纷色彩（仅仅是报春花，就从嫩白变成淡紫）足以打动中世纪所有的诗人：

Si ce cuevre de fleurs diverses,
D’yndes, de jaune et de perses.

（大地）覆盖着缤纷的花丛，
淡蓝、明黄，或姹紫嫣红。

的确，在果园树木开花之前，新草已长在脚下，四周树篱都返青变绿。这些树篱在中世纪的诗歌中如此重要，它们保护着成为爱情圣地的果园，而果园呵护着脆弱的隐私，其中的山楂树倍受关注：

En un vergier sotz fuella d’albespi
Tenc la dompna son amic costa si…

果园里，山楂树的阴影中，
伊人拥着情侣，将他贴在前胸……

这是一首关于黎明的无名之诗。一整夜，园中树篱遮掩，情侣相拥，而黎明降临，就要将他们分开：Oy Dieus，oy Dieus，de l' alba！ tan tost ve！（“我的上帝，我的上帝，黎明！她来得这么早！”）

草色“新绿”，“鲜花重新开放”。如何说得更好？至于草色，还有去年夏天枯黄的野草，而初春，它们欣欣向荣，绿了牧场。自从去年春去，鲜花消失至今，它们重获新生。新生，不止是说“再来一次”，而是新鲜的花朵绽放新生，这便是中世纪“新生”的含义。而正是中世纪的春天，春花之清新中，呈现 primum tempus（新时光）：“逾越节的新时光，黎明开花吐蕊，新时光和紫罗兰，激励我歌唱……”而纪尧姆九世自己也一样：

Ab la douzor del temps novel
Fueillon li bosc, e li auzel
Chanton chascus en lor lati…

新生的时光如此温和，
覆盖树林的树叶和鸟儿，
都用自己的言语唱歌……

这一时刻，春草又绿，牧场上的花朵顶着春寒，“溪流和泉水明亮清澈”。冬天，它们拖着沉沉大地，涨满郁郁浊流。而此时，在清新洁净的美丽草原，水流变得如此明澈。不像大江大河受的影响很小，这些溪流清泉，一丁点儿风吹草动就会扰乱它们。而对此，饶弗莱·于戴乐诗云：

Quan lo rius de la fontana
s’ esclarzis,si cum far sol,
E par la flors aiglentina…[1]

当溪流水泉
像往常一样清澈闪亮，
野蔷薇又会怎样……

回到纪尧姆九世的诗歌，看第四句，这里有个停顿：Auras e vens（惠风清和）。“只因又见果园新绿，牧场开满新的花朵，溪流和泉水明亮清澈，惠风清和……”人

[1] 《游吟诗人传记》262.5，III，诗歌 1-3 行。

们就将风儿留在那里，“惠风清和”，看不见它们在做些什么。首先，人们看不见风，诗云“惠风清和”，通过改变韵律，缩短音步，将前三行分开并悬在空中：人们没少期望从风中获得什么。有感于初春之羞涩萌动，如被激情袭卷包裹，诗人不再字斟句酌，也不顾及前言后语，只匆匆列举蜂拥而至的强烈感受。春天不仅限于所见所闻——另有群鸟唱着别样的歌——而所有感觉一并涌上心头：微风拂面。

这轻柔微风，照游吟诗人的话说，来自恋人的国度，仿佛她的气息、她的轻抚。贝尔纳·德·文塔杜尔诗云：

Can la douss' aura venta
Deves vostre pais,
Vejaire m' es qu' eu senta
Un ven de paradis.

当微风从您的国度
徐徐吹来，
我仿佛感觉到
来自天堂的惠风。

佩尔·维达勒诗云：

Ab l’ alen tir vas me l’ aire
Qu’ ieu sen venir de Proensa.

尽我所能，尽情呼吸，
我感觉那气息来自普罗旺斯。

是的，当恋人离去，这位匿名的女子，正是前面提及的黎明中的伊人。

Per la doss’ aura qu’ es venguda de lay,
Del mieu amic belh e cortes e gay,
Del sieu alen ai begut un dous ray.

随着阵阵微风，他翩翩来游，
我那英俊、快乐的骑士朋友，
从他的气息中，我啜饮光的温柔。

或最后，在写给兰波·德·瓦歌哈（Rimbaud de

Vaqueiras）的一首美丽歌谣中，歌名 *Altas undas que venez suz la mar*（《巨浪来自海洋》），原文为加利希安语 cantigas d' amigo，后译成奥克语 mer de Vigo：

Oy, aura dulza, qui vens dever lai
Un mun amic dorm e sejorn' e jai,
Del dolz aleyn un beure m' aportay!
La bocha obre, per gran desir qu' en ai.

哦，轻柔的微风来自何处？我的朋友
正躺在那里，闲居、安歇，
我张开嘴，尽情啜饮，
他的气息带来琼浆玉液。

的确，春风邀约爱情。当诗人还在那里回味着各种乐音，诗句尚未成熟，爱情已然来临。或者不如说，他将在以下的诗句中命名爱情，他将返回自我，并将自身的境遇比作春风沉醉。而在此刻，第一节结束时，他只说快乐与享受。因为春天带来树叶、春花、青草、微风："人人都应享有即时的享乐（Ben deu cascus lo joi jauzir /

Don es jauzens)。”

神奇的表达！为重复动词“享受”（jouir），构建动词所及之物：“享乐”（jouir la joi）。而享受之物，通过“快乐”（joi）一词，重新回归。对于游吟诗人来说，这个与“快乐”（法语 joie，拉丁语 joya）同源的阳性名词如同爱情般魅力四射。

“享受”（法语 jouir，拉丁语 jauzir）一词就像在不久前，拥有一种比实际用途更审慎的情欲，也适用于对自然春色及爱情的感受。但这种审慎是多余的。在下面的诗节中，一连串得不到爱的抱怨，将它减至无有。而 ben deu cascus…（人人都应……），这声音更像是一种许愿。仿佛出于一种对享乐的羞怯，而让享受春天赋予了享受爱的权利。

纪尧姆九世的继承者对此心领神会。看看审慎的饶弗莱·于戴乐，他的“遥远的爱”如此空灵，而从中得到的却是双倍、甚至三倍的“享受”（jauzir），并给他带来一个及物的动宾结构，使他在创作中更放心大胆：

D' aquest amor sui cossiros
Vellan e pueis sompnhan dormen:

Quar lai ai joi meravelhos,
Per qu' ieu la jau jauzitz jauzen.

这份爱，让我深受折磨，
无论醒来，睡着，或在梦里：
因为享受她，是一种神奇的快乐，
这份享乐，让我一边接受，一边给予。

这最后一句翻译得多么拙劣！应该译得更文学些，但这不可能，因为法语中的现在分词没有施动词的意思[1]："因为我享受她，享有并造就这份快乐。"显然，这不仅是一种色情梦想，现实并没有那么愉悦。而整首歌的缘起，是诗人碰巧捕捉到一对夜莺交欢：

Quan lo rossinhols et folhos
Dona d' amor en quier en pren,
E mou son chan jauzent joios

[1] 原诗为拉丁文，作者译成法文，这最后一句是 Car je jouis d' elle, recevant et donnant de la jouissance。其中 recevant（接受）与 donnant（给予）为两个现在分词。译者根据法文转译。

E remira sa par soven···

当夜莺在树叶间
求爱献爱并接受爱，
目不转睛地盯着同伴，
它的歌声如此愉悦欢快……

诗人赋予鸟儿自身所渴望的欢乐，自然流露出自己的沮丧和心愿。这便是贝尔纳·德·文塔杜尔所谓“无可比拟的云雀式的唱法”。我们将说到他的时代。这一回，不要离纪尧姆九世太远，而重新回到“享受快乐”，或者不如说拉丁语 le joi，joi jauzir（“快乐享受”）。这种表达在这首歌的第一节句末，而这首歌与阿尔诺·丹尼埃尔的六节诗《云雀之歌》一样著名：

Jauzirai joi, en vergier o dins cambra.

我享受快乐，在果园或一间卧室。

拉丁文joi，不是法文joie。joi是阳性名词❶，是gaudium（快乐）和joculum（游戏）的结合，游吟诗人同时赋予它肉体欲望和精神焦虑的双重含义。在纪尧姆九世的诗歌中，它已然存在，作为对享乐的弥补并与之合一，而同时表达出对爱情的抱怨和自身被排除在外的失落。

在诗人在他的同伴面前显示出的诱惑者的自负与妄自尊大的姿态，与一种已然被感知却时时回避的享乐之间，存在着令人焦虑的矛盾冲突，并由此产生了诗歌在表达顺序上的差异，这便是春天的开始。正是与自然春天的息息相通，让人们享受到已然失去的爱情，从而再度强烈体会到失恋的痛苦。也正是这种相通，得以测量出这种甜美之脆弱。对此，纪尧姆说得比谁都好：

La nostr' amors vai enaissi
Com la branca de l' albespi
Q' estai sobre l' arbre tremblan,
La noig, a la ploi' e al gel,

❶ 拉丁文joi，法语joie都是“快乐”。而joi是阳性名词，joie是阴性名词。

Tro l' endeman, qel sol s' espan
Per la fueilla vert el ramel.

我们的爱情也是如此，
好像山楂树枝，
在树上颤栗——

经过一夜冰霜冻雨，
直到第二天，枝头绿叶
浸没在阳光里。

因为脆弱，游吟诗人一次次将春天置于诗歌开端：山楂树开花，树枝还是黑色的，仍面临着冰霜威胁。而这一诗节之所以在纪尧姆九世的作品中最为著名，正因为tremblan[1]：因寒冷、恐惧而颤栗——冰霜降临，随时可能冻死刚刚吐露的花蕾；因威胁爱情的一切而颤栗；与此同时，爱情本身也瑟瑟颤栗。

阿尔诺·丹尼埃尔日后回忆起这幕场景，用经典手法

[1] tremblan，拉丁语，颤栗。

再现，并置于这首歌的开头：

Lancan son passat li giure
E noi reman puoi ni comba
Et el verdier la flors trembla
Sus en l' entrecim on poma…

当遮蔽山峦和峡谷的雾凇
渐渐消散，果园花枝乱颤，
在高高的树尖，
果实将在那里成熟……

对此，普瓦蒂哀伯爵一语道破天机：“我们的爱情。”之后没有哪位游吟诗人说过。在这群自恋的诗人中，也唯有他独占鳌头。相对于所爱之人，他更专注于彼此间的爱情；也只有他，这位猎艳高手，淫荡的鼓吹者知道，如果说爱情是脆弱的并受到威胁，因为它不是“我的”，而是“我们的爱情”。纪尧姆九世成为异类，因为他的精致，也因为他过于诙谐。

这种精致源自共同的爱情，而非羞怯的爱情，下面这首诗道出了被爱的晕眩，其中欲望的表达比在其他诗歌藏得更深，但并不意味着不够大胆：

Anqar mi membra d' un mati
Qe nos fezem de guerra fi
E qem donet un don tan gran,
Sa drudati' e son anel:
Anaqr mi lais Dieus viute tan
Qu' aia mas manz sotz son mantel!

还记得一天清晨，
我们结束了一场战争，
她送我一件大礼，
她的爱情和羔羊一只：
愿上帝保佑让我活到那时，
我的手能伸进她的风衣！

耽于声色可以有多种表达，而这首歌比诗人别的淫词艳曲更富激情。由此可见，同样一位诗人在不同情形之下表现出不同风格也就不足为奇了。

第四章

诗人，幸福和女人们

人们推测他为同伴们写的这些歌的创作背景，编年史作者给我们提供了想法。可那些应当称之为爱情歌曲的创作背景呢？对此，瑞托·贝佐拉（Reto Bezzola）提出了一种假说，这将我们再度引入纪尧姆九世的生平纪事。

1101 年，也就是他出发参加十字军东征那年，罗伯特·德·阿布里塞勒（Robert d' Arbrissel）在安茹建立了一座丰泰弗罗圣母修道院（l' abbaye de Fontevraud）。修道院地处普瓦蒂哀主教区，由普瓦蒂哀主教皮埃尔二世统一掌管，这位主教日后开除了普瓦蒂哀伯爵的教籍。随着修道院的建立，著名的巡回传教士最终确立，或至少确定了他的修会，如果说他自己尚未在一处定居，他从来居无定所。这位牧师的儿子罗伯特，1050 年生于阿布里塞勒（Arbrissel）——海纳（Rennes）主教区，日后在昂热（Angers）修习马尔波德（Marbode）的课程，又在巴黎修习昂塞勒姆·德·拉翁（Anselme de Laon）的课程，而后于1095年去安茹的克拉雍（Craon）森林隐居，其间过着严酷的苦行生活，并很快吸引了众多信徒。按照圣·奥古斯丁及合法的议事司铎的原则，他们自发组成了修会。克拉雍的领主在罗埃（Roé）给了他一块地，让他建立一座修道院。1096年，在昂热主教主持的捐赠和奠基仪式上，罗伯特见到了教皇乌尔班二世，此时教皇正准备动员发起十字军东征，于是他获得在教皇面前讲道的机会。教皇对他的讲道印象深刻，并任命他为教廷宣讲人，授权他在 per universum mundum（全世界）讲道。

而其实他是一位虚心的传道人。他的布道呼吁悔改，谴责世间黑暗，这为他赢得了巨大成功。成百上千的男女信众为了追随他而抛下了一切——丈夫、家庭、稳定的现状。一些主教支持他，而另一些则将他视为狂热分子，认为他的行动十分危险。因为担心福音派的劫掠，罗伯特和他的信徒们风餐露宿。尽管小心谨慎，传道人已留心将男女信众分开，汪多姆的修道院长乔弗瓦

（Geoffroy）仍监督着他，谨防可疑的混居。罗伯特还明文规定，不拒绝任何一个前来投奔他的人。因此人们担心在他身边会出现一些生活堕落的女人，流言四起，就像当初说沙漠中的神父[1]那样。他经常冒险与女信徒来往，有时为了证明自己的清白，他甚至接纳女人到他的卧榻上。他的支持者——汪多姆的修道院长乔弗瓦和昂热主教马尔波德都对此做出了积极回应。据说在鲁昂（Rouen），他还进入一所妓院，向妓女们讲述基督带给她们的爱。如果说他的行为有些冒犯，他的道德则无可质疑。而这些对我们来说，重要的是通过罗伯特·德·阿布里塞勒的迂回，重返爱情诗；正是他与情欲作斗争及大胆传福音的方式，证明了他对女性的特殊尊重。

丰泰弗罗圣母修道院的建立给他创造了更多表达的机会。修道院采用了双重形式的设计，一座女修道院和一座男修道院，而从一开始，前者就比后者更重要。这种双重修道院或许在使徒时代已经存在，曾饱受诟病，分布在多个基督教区域，尤其是不列颠岛上。在英格兰

[1] 沙漠中的神父，指当时一些埃及的神职人员，文中可以看出当时也有不少关于他们的流言。

北部，其中一些社区一度由出生高贵的女修道院院长掌控。罗伯特·德·阿布里塞勒日后又将这种情形制度化。在他的修会里，女性比男性多很多，而且很多都是些大贵族，她们所起的作用不可小觑。他指定了第一名女修道院院长掌管两个修会，她叫贝特洛妮耶（Pétronille），属于克拉雍家族，是谢米莱（Chemillé）男爵[1]的遗孀，她的保护人在当时的罗埃修道院。

这种现象最引人注目的地方在于，这个新修会立刻在贵族阶层，尤其是女性中显出其魅力。波德里·德·布尔格耶（Baudri de Bourgueil）估计加入修会的总体大约有三千人，也许有点夸张，其中包括安茹、普瓦图、利穆赞数个最大家族的代表人物。一些了不起的女性为了进入丰泰弗罗圣母修道院而选择与她们的丈夫离异。很多人入会时还带着大量捐赠。一些人还引进她们的家庭成员。阿涅·德·克拉雍（Agnès de Craon）和她的一个堂妹效仿她们的姐妹贝特洛妮耶·德·谢米莱（Pétronille de Chemillé），一同加入了修会。1114 年，丰泰弗罗圣母

[1] 谢米莱男爵，原文 lebaron de Chemillé。即谢米莱地区的男爵。谢米莱是法国曼恩–卢瓦尔省的一个市镇，属于绍莱（Cholet）区的谢米莱县。

修道院还接纳了贝尔特拉德·德·蒙特弗尔，连同她的姐妹，美丽、勇敢的伊莎贝拉（Isabelle）和她的两名侄女一同入教，一时反响强烈：人们回忆起贝尔特拉德离开了她的丈夫安茹伯爵，为了与法国国王菲利普一世一起生活；菲利普国王为了她抛弃了妻子，而他们这一对鸳鸯被双双开除教籍。然而，菲利普国王于1108年去世，贝尔特拉德又回到她的儿子，安茹的新伯爵弗勒格五世身边生活，邻近新建的修道院。

从某种意义上说，贝尔特拉德进入丰泰弗罗圣母修道院是对纪尧姆九世的一种否定，因为他不久前还在试图阻止教会延续开除他们教籍的决定。这无疑打击了这对不忠的皇家夫妇，并借机反对罗伯特·德·阿布里塞勒。而其他人的入教则是对纪尧姆九世的进一步打击。直到1115年，轮到了他的妻子菲丽帕，她弃绝了“沙泰勒罗的危险女人”的名号，和她的女儿一同进入了丰泰弗罗圣母修道院。

至于他的第一任妻子——艾芒卡尔德·德·安茹（Ermengarde d' Anjou）在被抛弃之后，成了布列塔尼的阿兰·费尔冈伯爵夫人。长期以来，她和整个安茹家族一样，甚至怀有更大热忱，一直仰慕着这位罗伯特·德·阿布里塞勒。当她第一次表示愿意进入丰泰弗罗圣母修道院时，罗伯特将她送回到丈夫身边。但第二次，他接受了她，也许因为这时阿兰·费尔冈为了他的儿子而放弃了爵位，自己也信了教。艾芒卡尔德的入教与个人的关系如此密切，以致于罗伯特·德·阿布里塞勒死后，她便离开了丰泰弗罗圣母修道院，回到她儿子身边。三年之后的1119年，根据奥尔戴利克·维塔勒所述，在兰斯（Reims）的主教会上，她向主教提起诉讼，控告她的第一任丈夫纪尧姆九世——他休妻尚不满足，在第二任妻子死后，仍继续与“莫贝尔乔妮”同居。她原本想要丈夫把她重新娶回，然而，圣·贝尔纳（Saint Bernard）劝她返回修道院——当时她已不在丰泰弗罗圣母修道院——在去圣地朝圣之后[1]。如果这些均属实，从这些奇特的行为方式中，唯一可以得出的结论是这个女人，在她一生中，被这两个男人，罗伯特·德·阿布里塞勒和纪尧姆九世撕裂到何种程度！

以艾芒卡尔德·德·安茹的心理为依据，人们会说，这种观点未免过于轻率。这事关贝尔特拉德·德·蒙特

[1] 这里应该是指其后来的丈夫艾芒卡尔德·德·安茹去圣地朝圣之后。

弗尔和菲利普一世，乔治·杜彼提醒我们，在如此遥远的时代，当时人们的感受及思维方式，对我们是多么幽暗艰深。而事实上，纪尧姆九世见识了几位与他亲近的女子，对她们施展了权力、魅力或影响力，却眼睁睁看着她们从他那里逃离，而屈服于丰泰弗罗圣母修道院创始人的另一种权力、另一种魅力和另一种影响力。这些引起了瑞托·贝佐拉的关注，他将此事与普瓦蒂哀伯爵的两种诗歌创作方式相联系。因为受到粗暴对待，比如被比作母马，这些女人转向了罗伯特·德·阿布里塞勒；后者以赞许的目光关心她们，而其中所包含的精神与道德要求，满足了她们更高的心愿。纪尧姆九世也意识到这一点，并放弃了原本打算写给同伴们的一些淫词艳曲，转而创作了几首爱情诗，这些诗歌让女士们体会到和在罗伯特·德·阿布里塞勒那里同样具有的优越感，从而使他能在世俗范围内与罗伯特的高尚教育相互竞争。总之，纪尧姆九世创造出骑士爱情与骑士诗歌，只为与罗伯特·德·阿布里塞勒一争高下。

如此这般的巧妙假说可惜不太可能。它将许多因素放在了一个男人身上。假设纪尧姆九世是一个清醒者，一个幕后操纵者，一切可能性的主导者，而令人震惊的诗歌效果源自他的才华。假设这一切最终让他过度自信，人们为他诗歌的力量而感到惶恐。作为回报，两个人物之间的对比充满暗示。两人都超级关心女性，都生活在女人堆中，对女人的心态都充满矛盾。从罗伯特·德·阿布里塞勒来看，害怕且恐惧女性的诱惑，同时忧心拯救罪人，对女人有能力行使自决权和精神教诲权抱有信心。而从纪尧姆九世来看，渴望享乐，性迷狂带给他安慰，从浪笑产生的念头中寻求慰藉，代表放纵而疯狂的肉欲，同时关注爱情之精美，以及在不断遭受粗暴和强制威胁时的脆弱——这些或由丈夫施加，或来自情人的轻率要求。而无论这样或那样，女人都被贬低或抬高。这是同时的，不分先后。罗伯特·德·阿布里塞勒从未放弃和淫欲作斗争，而当他将贝特洛妮耶·德·谢米莱置于丰泰弗罗圣母修道院首领的位置时，并没有看见那个隐藏在所有女人身后的诱惑的夏娃。至于纪尧姆，为何要假设当他服从于爱人的意愿时会放弃性强迫，因为对他而言，这似乎是通往爱情的唯一途径？

纪尧姆九世与罗伯特·德·阿布里塞勒的道路相互交汇。他们的兴趣各不相同，尽管很难了解他们内心深处的想法。然而，这位几近成圣之人（罗伯特，列入真福品味，却从未封圣）帮助我们理解了诗人。尤其理解到，武断地假设他的淫词艳曲一定写在爱情诗歌之后，就好像承认这两者是互相矛盾的一样。

然而，《我将写一首虚无之诗》和它所引发的评论又该如何归类？

I

Farai un vers de dreit nien,
Non er de mi ni d’autra gen,
Non er d’amor ni de joven
Ni de ren au,
Qu’enans fo trobatz en durmen
Sus un chivau.

我将写一首虚无之诗，
无关乎我，无关乎任何人，
也无关乎爱情、青春，
或任何一切，
只是昏昏欲睡时，
在马上写成。

II

No sai en qual horam fui natz,
No soi alegres ni iratz,
No soi estranhs ni soi privatz,
Ni non puesc au,
Qu’enaisi fui de nueitz fadatz
Sobr’un pueg au.

我不知自己生于何时，
也无欢喜，也无忧虑，
我不在眼前，也不在天涯，
无能无力，只因
黑夜在高山上，
对我实施了魔法。

III

No sai coram sui endormitz,
Ni coram veill s’om no m’o ditz;
Per pauc no m’es lo cor partitz
D’un dol corau,

E no m' o pretz una fromitz
Per saint-Marsau!

我不知自己何时睡，
何时醒，倘若无人告知；
来自深处的温柔一阵风吹
草动，即刻让我心碎；
而我只忧心一只蚂蚁，
以圣-马尔蒂阿勒[1]的名义！

IV

Malautz soi e cremi morir,
E re no sai mas quan n' aug dir;
Metge querrai al mieu albir,
E nom sai[cau]:
Bos metges er sim pot guerir,
Mas non sim mau.

---

[1] 圣-马尔蒂阿勒，法文原文 Saint-Martial，或指圣-马尔蒂阿勒修道院。参见第 122 页。

我病了，怕死，而对此
除了听说，我一无所知，
我正按我的思路去寻找医生，
却不知找谁：如果他能
把我治好，而不是更糟，
他将是一名好医生。

V

Amigu' ai ieu, non sai qui s' es,
C' anc no la vi,si m' aiut fes,
Nim fes quem plassa ni quem pes,
Ni no m' en cau
C' anc non ac Norman ni Franses
Dins mon ostau.

我有位女友，不知她是谁，
因为我从没见过，只是相信，
她未曾做过什么让我欢欣，
或使我忧虑，
也不曾给我温暖，

因为我从未在我的房间
拥有诺曼底或法兰西。

VI

Anc non la vi et am la fort,
Anc non aic dreit ni nom fes tort;
Quan no la vei, be m’ en deport,
Nom pretz un jau,
Qu’ ien sai gensor e belazor
E que mai vau.

我从没见过，却爱她至深，
她的一切我都不曾拥有，
她也没对我做错过什么；
不见她的时候，我很快乐。
我并不在意，因为
我认识一个更美的，
她更高贵，也更值得。

VII

Fait ai lo vers, no sai de cui,

E trametrai lo a celui

Que lom trameta per autrui,

Envers Peitau,

Quem tramezes del sieu estui

la contraclau.

我写这首诗，不知送给谁，

我要送给那位——

他再送至普瓦图一隅，

给另一位，

那人将给我一把万能钥匙，

开启她的盒子。

这首诗没有色情内容，直到最后一句，也就这一句。这种本体论的无依无靠与爱情的心碎，或诗意的戏谑，难道只为迎合他的“同伴”？第一句是否可以译成“我将写一首关于纯粹虚无的诗”，或“我将写一首无关乎任何一切之诗”？诗人将荒谬、矛盾的命题引入这些歌曲、童谣的精神，以及民间传说所包含的不可能之事，同时也融入混合诗体的精神中，而这种混合体，在不久之后发展为理想的诗歌形式。在戏谑、玩笑的口吻中，诗人表现出对什么都一无所知：不知自己是谁，在做什么，也不知自己爱谁，想要什么。最后两句诗带有色情暗示：一只盒子，一把万能钥匙（contraclau），让人作最坏的联想；而最糟糕的是，一首法兰西牧歌日后也做出了带颜色的解释：在屈从于骑士之后，那位当初拒绝他，说是要忠于男友的牧羊女终于承认，“万能钥匙比钥匙更值”。

然而，每一个矛盾、荒谬的命题都让人从中发现，如果让纪尧姆的诗歌独自鸣响，则呈现忧郁、悲伤的阴影：我病了，怕死，而对此，除了听说，我一无所知；我有一位女友，但不知她是谁，我从未见过她，她没对我好，也没对我不好，这对我也没什么区别，不见她的时候，我很好，因为我认识一个更美的，她更高贵，也更值得。人们还记得什么？诙谐，当然，但还有一种醒悟之后语调中的慵懒，以及戏谑的诗人害怕死亡的持续印象——当他对爱情感到不满足又不确定时。

可为何不去想想他那些不同凡响的歌——无关乎性，也不谈爱情，而只是对世界的一种诀别？

I

Pos de chantar m' es pres talenz,
Farai un vers don sui dolenz:
Mais non serai obedienz:
En Peitau ni en Lemozi.

因为心里有种想歌唱的欲望，
我将写一首诗，让我陷入忧伤：
我将不再奉献服务，
无论在普瓦图或利穆赞。

这首杰作显然是自传性的，但没有人同意它的写作日期。纪尧姆写于 in articulo mortis（死亡的瞬间）？绝不可能是临终前的最后一刻，因为谈及自己年幼的儿子，他还说要感谢他的敌人，并将儿子交付给弗勒格 · 德 · 安格（ Foulque d' Anger）：

II

Qu' era m' en irai en eisil:
En grand paor et en peril,

En guerra, laissarai mon fil,
E volran li mal siei vezi.

因为我要去流放：
冒着极大的风险和恐惧，
战争中，我将离开我的幼子，
他的邻人想要置他于死地。

III
Lo departirs m' es aitan grieus
Del seignorage de Peitieus:
En garda lais Folcon d' Angieus
Tota la terra e son cozi.

不做普瓦蒂哀领主，
这对我格外痛苦，
我要将所有领地和他的堂兄，
都交给弗勒格·德·安格看护。

IV

Si Folcos d’ Angieus nol socor,
El reis de cui ieu tenc m’ onor,
Guerrejar l’ an tut li plusor,
Felon Gascon et Angevi.

如果弗勒格·德·安格不来救援，
分封领地的国王也不来解困，
每个人都会对他[1]挑起战争：
叛逆的加斯科人和安茹人。

V

Si ben non es savis e pros,
Cant ieu serai partitz de vos,
Vias l’ auran tornat en jos
Car lo veiran jov’ e mesqui.

当我离开你们之后，

---

[1] “他”，这里指作者纪尧姆九世的儿子，如上一节“他的堂兄”。

如果他尚未表现出机智英勇，
看他年轻弱小，
他们很快会对他发起进攻。

到 1126 年，未来的纪尧姆已不能说是“年轻弱小”，而已经是个成熟男子，成家立业，并做了父亲。这首诗显然写于更早的时期，或许是 1111 年，在泰勒布尔格包围战中负伤，纪尧姆九世怀疑自己还能否痊愈？而此时，他的儿子十二岁，仍需要保护，然而他会指望弗勒格·德·安格这个明显和他有冲突的人？如果第三诗节可以看作是讽刺性的，那么第四诗节则不同，他还在向法兰西国王请求援助。

然而，诗人是否感觉自己大限将临？人们由 Tant soi aprochatz de la fi（我已频临死亡）这一句可以推断，在下一诗节的最后一行，他还祈祷上帝欢迎他，同时也表达出自己的心愿：希望他死的时候，朋友们能聚集围绕在他身边。而所有这些显然都建立在这一前提背景之下：他想到死亡，想到上帝，但并不在死亡的临界点上。相反，当他说要离开普瓦图和利穆赞去“流放”之时，诗人清楚表明，他将永别的是世界而非生命。因为“流放”一词并不适用于死亡。人们是在今世流放——“夏娃的女儿（圣母），我们在流放途中向您呼喊：您好，女王！”[1]——这无疑是早几十年，或一个世纪前在利穆赞写的。而正是通过死亡，人们得以从流放中解脱，赢得他真正的国：无法想象它就在此世今生。一位传道者不久后警醒世人，“不能以道路为国，把客栈当家”[2]。纪尧姆九世还没准备好立即赴死，他只是准备远行，与此同时，放弃自己骄奢淫逸的生活而转向上帝。如果他想到死亡，那是因为他正在处于人生的最后阶段，那是为他准备的，什么也不能让他免除死亡。

他可曾响应上帝的召唤而远行出征？是的，当他出发去参加十字军东征，他的幼子只有两岁，他自然为他担忧。而将这首诗置于这个创作背景下，人们为何犹豫不决？因为1101年，他和他的“堂兄”弗勒格·勒·海山的关系：他直接休掉了他“堂兄”的女儿，“轻蔑地将她退回，并违背婚姻律法将她遣送回家”[3]。纪尧姆·德·蒂尔（Guillaume de Tyr）写道，而这并不影响纪尧姆对他的

[1] 原文引拉丁文 Ad te clamamus，exsules filii Evae，Salve regina。

[2] 原文引拉丁文 viam pro patria，stabulum pro domo。

[3] 原文引拉丁文 spreta et contra matrimonii leges abjecta。

信任，仍将儿子托付于他？然而他们之间的关系仍比 1110 年代，纪尧姆和“青年”弗勒格好得多，他与后者的矛盾冲突已公开化。因为纪尧姆伯爵没有去圣地朝圣忏悔，他所有的荣耀都源自作为一个大贵族和军事首领自带的奢华与力量的光环，编年史作者因此用戏弄的笔调记录了他的远征如何惨淡收场？矛盾确实存在，但合乎逻辑。王子扮演着他的角色，而他的身份并不妨碍诗人成为一名十字军战士，做出众望所归的姿态，也就是说，朝圣者离开了他被信教之冲动所驱使的国家。

再说，这种情况有一个先例，纪尧姆九世不会不知道。1035 年，诺曼底公爵罗伯特（Robert）在出发去圣地朝圣之前，刚刚服满刑期，罪行可能是谋杀他的兄弟，而他在大贵族面前庄严宣布，他的继承人是他年幼的儿子——他的私生子纪尧姆，未来的“征服者”。六十五年后，这位阿基坦公爵[1]是否会将这一幕自己未曾见过的场景在诗中重现？

因为担心自己的儿子和领地，诗人独自返回。或者不如说，他出于自己的意愿返回，而对儿子的担忧反而

[1] 这里的阿基坦公爵即纪尧姆九世。

使他偏离了目标——矛盾的目标。“因为心里有种想歌唱的欲望，我将写一首诗，让我陷入忧伤”：这里又出现一种反自然的思维，想写一首无关乎任何一切的诗。因为快乐使人歌唱，忧愁却产生一首歌：这就是纪尧姆的继承者在表现爱情的笔调中不忘发扬的反语和悖论。至于他，这一回不再表现爱情：不愿说服务于爱情（obedienz），而是服务于上帝，就像奥海利奥·罗加格利亚（Aurelio Roncaglia）所指出的，他本应去远方，而不是在家侍奉上帝。通过列举他为此放弃了什么，我们所认识的纪尧姆九世的形象呼之欲出，这使他看起来完整而统一，超越了我们认为从中发现的矛盾。

VI

Merce clam a mon compaignon,
S’anc li fi tort q’il m’o perdon,
Et el prec en Jezu del tron
En romans et en son lati.

我向我的同伴们感恩哭泣，
如果我做错了什么，请他们宽恕，

我也向宝座上的耶稣祈祷，
用罗曼语和拉丁语。

VII
De proez' e de joven fui,
Mais ara partem ambedui,
Et eu irai m' en Cellui
On tuit peccador troban fi.

我站在勇气和青春一边，
但我还是离开了它们，
我要去往他那里，在他身边，
所有罪人都得到安宁。

VIII
Mout ai estat cuendes e gais,
Mas notre Seigner nol vol mais;
Ar non puesc plus soffrir lo fais
Tant soi aprochatz de la fi.

我很爱交际，也很快乐，
但我们的主不想让我继续。
如今我已经不住任何打击，
就在此等候最终的结局。

IX

Tot ai guerpit cant amar sueill,
Cavalaria et orgueill;
E pos Dieu platz tot o acueill,
E el quem reteigna ab si.

离开了钟爱的一切，
我的骄傲和骑士生活；
因为这取悦上帝，我接受，
上帝就带上我。

X

Totz mos amic prec a la mort
Qu’il vengan tuit e m’onren fort,
Qu’eu ai avut joi e deport

Loing e pres e e mon aizi.

直到死时，我才向所有朋友祈祷；
他们所有人都来给我荣耀，
因为我了解快乐和欢喜，
在远方、近处和我家里。

XI
Aissi guerpisc joi e deport
E vair e gris e sembeli.

然而我就此告别了快乐逍遥，
告别了松鼠皮、松鼠和紫貂。

请求他的同类的原谅，好像是忏悔皈依的要求，祈求上帝的原谅，原谅每一次的冒犯行为多有得罪。

他的同类，伯爵称之为他的“同伴”：他的生命被他的同伴们包围着，倘若要改变生活，他也必须要转向他的同伴们。至于上帝，“宝座上的耶稣”，耶稣统领他们。根据诗歌抄本，他向耶稣祷告，“用罗曼语和拉丁语”，或“在罗曼语和拉丁语中”：总那么潇洒从容。纪尧姆强调他用俗语向上帝祈祷，但也“用拉丁语”，当他只会这种语言的时候。

但归根结底，让这首诗独具特色的，还是下面的诗节。忏悔与皈依的诗句，通过祈祷，弃绝罪恶，中世纪由此得到精神满足。然而，忏悔者满心自豪地投身其中的不是诗歌，而是一种抛弃了怀旧眼光的生活。

勇气和青春，优雅与快乐，骑士的奢华与傲慢，快乐与消遣：所有这些观念，连同界定一种无忧无虑、自由自在的贵族生活的文字都汇聚于此。它们简单的叠加并不能表达出每个人的具体感受，然而总体氛围却以惊人的方式令人信服：洒脱，优雅，眩目的奢华。一种能量与青春的欢乐，人们不禁要将它们与追求爱情相联。而所有这一切都无法在诗中说清楚。仿佛生命的冲动至上，而欲望和爱情只是其中一部分。正是这一切，纪尧姆在诗中用越来越金贵的皮毛（松鼠皮、松鼠和紫貂），波德莱尔式的奢侈画面和戛然而止的享乐来概括、象征。

这与同伴们共度的生命，他在庆祝的同时并不抗拒离开它的义务，而在离开时，也不想谴责它。这种道德上的泰然自若为何不扩展到诗歌作品中？为何这位炫耀自己从不否认生命的人，他的皈依却迫使他放弃了自我感受，而开始清理他的欲望、他的情感和他的诗歌？为何他在创作时感到自己不得不在各种焦虑、矛盾的冲动、崇高的快乐和爱情引发的粗俗之间做出选择？

第五章

“愿天下人都知道，倘若这诗句颜色好，必定出自我的作坊。”

在纪尧姆九世的诗歌中，那些打动我们的特征、效果和美好，并非一种无意识自动写作的新发现，也不是我们过时的阅读所收获的意外成果，我们不能以我们今天的感情来阅读理解，因为它们都经过了深思熟虑。诗人回归其作品，有关诗歌艺术的评论就穿插在诗歌作品中，有诗为证：还记得他的诗歌最简单的开头：Companho，farai un vers…covinen，“伙计，我将写一首适合的诗”，“一首可以被接受的诗”。——谁适合于什么？让谁来接受？一首“适合的”诗，阿尔弗莱德·让鲁瓦这样翻译。应当理解字词的本意，一首 adatto alla circonstanza 的诗，马里奥·俄塞比（Mario Eusebi）译作“一首适合环境的诗”，什么环境？一次聚会，或同伴之间的一次纵酒狂欢，可以原谅一首“适合的诗”变成一首不适合的诗？也许，但这不是问题的关键：covinen 是“按规则创作”“得体地创作”。Un vers covinen，即一首好诗。

它表达了什么？首先，纪尧姆九世并未谈论“诗歌”（poème）——毕竟这个词当时还不存在，只存在“诗”（vers）；而且这一术语很难把握，指某种类型的诗歌与音乐作品，具有规律性的感官技巧。用“溢美之词”给它定性，并称呼这种技艺特征是有道理的。此外，评论自己的诗歌，在纪尧姆九世习以为常，这些评论出现在他大部分作品中。一首诗，无关乎任何一切；一首诗，写于昏昏欲睡时；一首忧伤的诗，仿佛是对渴望歌唱的回应：诗意的悖论比比皆是，每次都以诗的方式，从作品的色调中散发光芒。鉴定一首诗，足以评论这首诗的创作并追寻诗意的道路。人们甚至从诗歌一开头就发现了专门针对诗歌隐喻的评述：

Ben vuelh que sapchon li pluzor
D’ est vers sis de bona color
Qu’ ieu port d’ ayseh mestier la flor,
E es vertatz,

E puesc en trair lo vers auctor,
Quant er lassatz.

愿天下人都知道，
倘若这诗句颜色好，
必定出自我的作坊，因为
这一行，我已赢得鲜花和荣耀。

确实如此：我呼吁见证诗歌的权威，
当整首诗紧扣[1]之时。

这首诗一开头，纪尧姆就开始炫耀自己的诗歌才能，而随后又一如既往地赞叹自己在性方面有多勇猛，好像他在这两方面都发挥得淋漓尽致，又好像两者之间有某种联系——这种联系在他的继承者看来，就是让完美诗歌与完美爱情珠联璧合。而相对于他男性的战绩，他对自己诗歌创作的描述显然不够精确。但有两个细节常被

---

[1] 紧扣，法语原文为动词 lacer 的被动式 lacé，是纪尧姆九世的专用语。这里“紧扣之时”亦指“完成之时”。参见下文第 121 页。

提及：诗歌须“颜色好”，其定制则要紧扣密织。

这两幅画面看似不连贯，但体现同一观念：小心，严格，精雕细刻，付出艰巨的劳动。诗歌“颜色好”，就是要大胆着色。从他的“作坊”里，诗人抽取作品，而并不抱怨这种染色，这都是高品质的渲染，不会褪色。而当诗歌完成，创作者自然表现出一种优越感，因为制作精良：字词紧扣密织，勾勒得如此细密，以致于不会懈怠、松散。紧扣即精选词语，织入格律、诗韵的细密网络。这也是纪尧姆九世的继承者日后常用的隐喻，他们会说自己混合或编织词语（entrebescar），一如兰博·德·奥朗日（Raimbaud d' Orange）诗云：

Cars, bruns et tenhz motz entrebesc!
Pensius——pensanz.

这些珍贵、阴暗的彩色词语，
我殚精竭虑，精心编织。

正如对自己在诗歌与爱情两方面的才能自鸣得意，

纪尧姆九世对其诗中“紧扣”[1]的隐喻也自我炫耀一番，超过对其他大胆的隐喻，而这些词语的编织在别人那里［贝尔纳·马蒂（Bernard Marti）］同样与爱情的编织相关：

C' aisi vauc entrebescant
Los motz el so afinant:
Lengu' entrebescada
Es en la baizada.

就这样我编织词语，
使旋律更精致：
好比舌头[2]是一种交织，
在亲吻之时。

就让 vers（诗）一词自己待着，人们不知道怎么翻译，因为它是指诗歌与音乐创作，然而，不要将它与

[1] 紧扣，法语原文为阳性名词 lacage，意为系紧，扣紧。在此或为双关语：一指词语环环相扣；二指紧扣或解开女性内衣。参见上文第 119 页。
[2] 舌头，原文 langue 在此也是双关语：一是舌头，二为语言。

chanson（歌）混淆，“歌”对于游吟诗人来说是指不同类型的创作。vers 是罗曼语，来自拉丁语 versus。versus 源于词根 vertere，转向，指犁地时犁铧掉头翻起泥土，在犁痕末端回转，从另一侧重新开始；继而指书写，写至一行末端，提笔另起一行，移回起笔的一端。versus 适用于一种按规律回转的艺术形式：格律（之后是韵律）或曲调的回旋。

它尤其指抄本的不同类别，用拉丁语歌唱的新诗，开始丰富了天主教的礼拜仪式，其中一部非常重要的诗集源自利摩日的圣-马尔蒂阿勒修道院的诗歌，这座融合了音乐创作的大熔炉。这些诗歌自带节奏，而非格律诗：不用韵律，就像古典拉丁语诗歌，通过长短音节的交替变化节奏——这个时代的耳朵几乎听不出来，然而与音节有关，就像在罗曼语诗歌中——纪尧姆九世的诗歌也是如此。利摩日也成为普瓦蒂哀伯爵的活动范围之一。圣-马尔蒂阿勒修道院与阿基坦公爵家族关系密切，直到 12 世纪末。人们发现很久以来，纪尧姆九世所使用的诗节类型，与圣-马尔蒂阿勒修道院一些富于节奏的诗歌及其旋律十分相似：

In laudem Innocentium,
Qui passi sunt martyrium,
Psallat chorus infantium:
Alleluia,
Sit decus regi martyrum
Et gloria!

Farai un vers de dreit nien,
Non er de mi ni d’ autra gen,
Non er d’ amor ni de joven
Ni de ren au,
Qu’ enans fo trobatz en durmen
Sus un chivau.

Pos vezem de novel florir
Pratz, e vergiers
reverdezir,
Rius e fontanas esclarzir,
Auras e vens,
Ben deu cascus lo joi jauzir

Don esjauzens.[1]

这种诗节的格式（8a8a8a4b8a4b），纪尧姆可能借鉴了圣-马尔蒂阿勒修道院礼拜仪式上的圣诗，正如他们彼此都从现存的罗曼语歌谣中汲取了灵感。这自然而然，而这种借鉴的含义和顺序都不确定。人们还发现，纪尧姆九世的一些最简单的诗节（aaab 或 aaabb），与更早之前在西班牙的阿拉伯语诗歌的诗节（zadjalesque）非常相像，并由此可以确定游吟诗人诗歌的阿拉伯语起源。另一方面，在这些诗人中，在他的时代，一位伟大的西班牙文献学家哈蒙 · 梅南滋 · 皮达勒（Ramon Menendez Pidal）指出，穆瓦沙和扎德加[2]已借鉴了一些未知的前伊斯兰教，或原始伊斯兰教的阿拉伯语的诗节格式，包括摩萨拉布人的诗歌和哈尔贾斯的小说。这涉及原始罗曼语的诗节格式，也就解释了为什么同样的诗节格式会出

---

❶ 正文中，作者未附法语译文，而将译文置于注释中——“为了赞美受难的无辜圣徒，儿童合唱团高唱：哈利路亚！荣耀属于殉难之王，愿他安享荣光！”

❷ 穆瓦沙（le muwwashah）和扎德加（le zadjal），均为阿拉伯语的诗歌形式。

现在利摩日的拉丁语诗歌，阿勒–安达路斯地区包含罗曼语引文的阿拉伯语诗歌以及纪尧姆九世的诗歌中。当然，这种观点是由阿拉伯血统的游吟诗人提出的。

所有这些都无法断定。另一方面，可以合理假设 Versus（诗）转至俗语中，通过礼拜仪式上的唱诗应用于罗曼语诗歌。这些都完美印证了奥尔戴利克·维塔勒曾对我们所说的，人们还记得纪尧姆通过“富于节奏的诗歌”❶讲述了他做俘虏的那段悲惨经历，这就意味着这些罗曼语诗歌与圣–马尔蒂阿勒修道院的诗歌非常相似（富于节奏，不讲格律）。他补充说，纪尧姆的诗歌节奏鲜明（这就是 modulatio 的意思）、欢快、优雅、回旋：“那些欢快的诗风，节奏鲜明的诗句。”❷很显然，当诗人说起他的 vers “颜色好”，且环环“紧扣”，并不是指别的什么。

他有时甚至会通过玩味 vers（诗）来萃取精华，就像弗朗塞斯卡·加毕诺（Francesca Gambino）将 vers 一词精妙地呈现于诗中：

---

❶ 原文引拉丁文 rythmicis versibus。

❷ 原文引拉丁文 ruthmicis versibus cum facetis modulationibus，参见法文原著第 44 页。

Ab la douzor del temps nouvel
Fueillon li bosc, e li auzel
chanton chascus en lor lati
Segon lo vers del novel chan.

带着复活的温柔，
树木新绿，群鸟各自
按照新诗（vers），
唱着自己的拉丁语。

这里“鸟儿的拉丁语”是中世纪的常用语，表示他们的语言：它出现在这首歌中——“我降临我的花园”，阿拉贡（Aragon）回忆道，“……正如珀西瓦尔（Perceval）[1]在母亲的花园里，长时间倾听鸟儿的拉丁语”。鸟儿说的可不是我们的语言，是相对于日常用语、乡村土语的另一种语言——拉丁语。每一只鸟都以自己的方式歌唱，每一只鸟都有自己的语言——自己的

[1] 珀西瓦尔（Perceval），传说中圆桌骑士团的成员之一，与加拉哈德、鲍斯组成圣杯三骑士，后投身于寻找圣杯的旅程。

拉丁语。而在几种罗曼语中，vers 一词都是指鸟儿唱的歌。纪尧姆九世结合两种描述鸟儿音调变化的方式，强调 vers 一词属于拉丁语，以及其中包含鲜明节奏和音乐的创作特征。而“新的歌唱”则是带有新旋律的“新时光”。春天启发了鸟类，而 vers 同时也似鸟鸣嘤嘤，平平常常。诗歌作品据说在“拉丁语中”具有令人愉悦的效果。纪尧姆九世对 vers 一词的关注，以及由此所触及的诗歌艺术的内涵，延伸至那些有关春天的诗节，当人们带着傲慢的优越感来看待它们，注定大错特错。

挑衅、讽刺、欢愉，这正是第一位游吟诗人的“生平”给我们留下的深刻印象，也是对他留下的记忆做出的回应。而这并不能将他与他的继承者分开，也不意味着歌谣集让他与众不同——他甚至没有被放在抄本首位，也不是说这种挑衅、讽刺与欢愉的口吻可以概括他唯一的“生平”特征。音调的混合，置于一个轻松氛围的错综复杂，欢愉，看似爱情的放纵，痛苦的激情，对外部世界所有情感共鸣的敏锐感受，这些或许比什么都更能说明游吟诗人的特征。而纪尧姆九世并不像人们所说的那样，与其他诗人有着天壤之别。

第六章

没有诗歌的游吟诗人

因为人们知道，纪尧姆九世是一系列诗人中的第一个，或至少是在这些诗人中，第一个确信将诗歌传到我们手中的诗人。然而，有一位和他同时代的诗人，声望似乎超过他——文塔杜尔子爵艾伯勒二世（le vicomte Eble II de Ventadour）。据说是一位“歌手”（Cantor 或 Cantator），纪尧姆九世的封臣，年少时即投身教士生涯，在 12 世纪头几年里，他的兄长阿尔尚波（Archambaut）去世，他就成为科海茨（Corrèze）文塔杜尔的庄园主，其城楼废墟，至今一派荒野景象。可没有一首诗在他的名下流传下来。这看起来有些神秘，而他却声名显赫。他去世若干年后，可以确定是在 1147 年，他的同胞，编年史作者，曾得到纪尧姆九世支持的维日瓦（Vigeois）修道院院长乔弗瓦 · 德 · 布和耶（Geoffroy de Breuil）也称赞他的诗歌才能与对诗歌的热忱：

> Ebolus, frater Petri de Petra Bufferia, ex Almode matre, erat valde gratiosus in cantilenis, qua de re apud Guillelmum filium Guidonis est assecutus maximum favorem[…]usque ad senectam alacritatis carmina dilexit.

> 艾伯勒，皮埃尔-布菲耶尔（Pierre-Buffière）城的皮埃尔的同母异父兄弟，他们的母亲名叫阿乐莫蒂（Almodis），他很喜欢歌谣，并受到纪尧姆（纪尧姆九世之子）的青睐［……］，后者直到晚年都一直喜欢这些让人快乐的诗歌。

1137年，游吟诗人的儿子——阿基坦的纪尧姆十世在圣-雅克-德-孔波斯戴乐（Saint-Jacques-de-Compostelle）的朝圣途中去世，游吟诗人塞尔卡蒙（Cercamon）为他献上了他的planh（哀悼），哀悼诗（拉丁语planctus）云：

> Lo plaingz es de bona razo

Qe Cercamonz tramet n’ Eblo.

塞尔卡蒙为领主艾伯勒
呈现悲歌时，思如泉涌。

而我们即将看到塞尔卡蒙和艾伯勒 · 德 · 文塔杜尔之间出人意料的联系。

他可能是怎样一类诗人？马尔加布吕在他的“生平”简介中说，他是塞尔卡蒙的门徒，并在一首《冬日将逝，良辰喜乐》[1] 的诗歌结尾指责他，保卫 Amar（“爱”，动词）而反对 Amor（“爱情”，名词）。备受折磨的诗人马尔加布吕以模糊不清的语言指出，Amar 是指身体上的爱，随之而来的则是道德上的无耻；Amor 是指精神恋爱，崇高的爱情。正像作者的许多其他作品一样，这首诗充满野性、暴力，令人费解。春天降临，暗示每只鸟儿都被真诚的冲动吸引，飞向它的同伴，并呈现一种爱情的榜样。相反，那位年轻人只是出于“性欲”冲动，或那位夫人像母狗一样献身于她的下属，让自己被“爱”（amar）的

[1] 原文为拉丁语 L’ iverns vai e l temps s’ aizina。

海市蜃楼所迷惑。受到爱情的惊吓，那个傻瓜已不知自己在哪儿、想要什么，而陷入感官的迷醉，所能做的只有顺从和发呆；而 Amor 的回报则是一种端庄而和平的生活。诗云：

Ja no farai mai plevina
Ieu per la troba n' Eblo,
Car s' entenssa folatina
Manten encontra razo:
Aï
Q' eu dis e dic e dirai
Quez Amors et Amars brai.

Hoc!
E qi blasm' Amor buzina.

我永远不会赞同我的领主
艾伯勒的诗歌创作，
他坚持自己的疯狂意图，
与理性相背，

哎呀呀！
我喋喋不休，一如
Amor 与 Amar 的争执。

当然！
要谴责 Amor 的疯狂行为。

这似乎要将艾伯勒，及他的君主、保护人纪尧姆九世置于一场 Amar 的保卫战中。而阿尔弗莱德 · 让鲁瓦从他身上看到的是：作为“理想主义”这一派的游吟诗人首领，反对“现实主义”那一派的游吟诗人首领，后者由纪尧姆九世统领，而前者以马尔加布吕为象征。对立毫无意义。马尔加布吕是个道德主义者，追求严苛的精神，使用残忍的语言。至于纪尧姆本人，人们已经看到他从未削弱过他的挑衅。而从艾伯勒身上可以看到贝尔纳 · 德 · 文塔杜尔在诗歌上给他的继承者投下的阴影。

人们只是推测，但没有证据证明他们的亲子关系非法。根据他恶意的同伴——文塔杜尔城堡的仆人佩尔 · 德 · 奥维涅的说法，艾伯勒并非他的儿子贝尔纳的亲生父亲。然而，他是现如今所有最著名的游吟诗人的保护人和诗歌上的良师益友。贝尔纳受到监护，并在爱情的打击下说他要解放自我：

Ja mais no serai chantaire
Ni de l' escola n' Eblo,
Que mos chantars no val gaire
Ni mas voutas ni mei so;

Ni res qu' eu fassa ni dia
No conosc que pro me sia.

Ni noi vei melhuramen.

我将永远不再是一名歌手，
也不属于艾伯勒大人这一派。
因为无论是我的歌，我的诗，
或我的乐曲都不能促我前行；

我能说或能做的事情，
不知有何益处，我也看不出

它们能让我有任何进步。

但是人们可能认为，他这是在另一场合声称要收回监护权：

Ventadorn er greu mais ses chantador,
Quel plus corte e que mais sap d' amor
M' en ensenhet aitan com eu n' apren.

文塔杜尔从此再不会没有歌手了，
因为最谦恭、最懂得爱的人，
教会了我一切关于爱的知识。

在路希阿诺 · 罗斯（Luciano Rossi）看来，“歌手”这里是指艾伯勒，这是他的别名。总体来说，第一代游吟诗人更愿意被人们称为“歌手”，而非“游吟诗人”，因为后者通常带有贬义。而这三行中的第一句无疑是在暗示伟大的“歌手”，他的名字与文塔杜尔相连，无论后面的含义是什么。

贝尔纳 · 德 · 文塔杜尔自己也是个诗人，笔端流露出哀歌谨慎的笔调，而人们由此得出结论，“艾伯勒大人这一派”反对纪尧姆九世那种衣冠不整的滑稽小丑。然而，根据乔夫瓦·德·维日瓦（Geoffroy de Vigeoi）的陈述可以设想，在领主和臣仆之间存在着一种愉快的默契。他说，他们之间当然存在竞争：

> Verumtamen in alterutrum
> sese invidebant si quis alterum
> obnubilare posset inurbitatis nota.

> 而他们彼此嫉妒，
> 每个人都在寻求如何让
> 对方在礼节上受辱。

而这种竞争也是愉快的竞争，以恶作剧和故弄玄虚为掩护，因此很难衡量其中究竟有多少是善意的玩笑，多少是恶作剧，或存心让人尴尬难堪。维日瓦的修道院院长记录了一件与此相关的著名轶事。一天，艾伯特正好在吃饭时间来到普瓦蒂哀的庭院，纪尧姆为他服务，花费好长时间，精心准备了一席奢华的晚宴。“太尴尬了”，艾伯勒诧异地说，“这样来招待我这么个小子爵”。又过了些日子，艾伯特正在家里准备用餐，纪尧姆忽然间闯入文塔杜尔城堡，走进庭院，身后跟着一百多名骑士，这是牧羊人对牧羊女的回应，子爵恍然大悟。他火速动员附近地区的农民，找来家中所有的活物，由他做东，准备了一席丰富多样、足以给皇帝办一场婚礼的盛宴。天色将晚，人们还蒙在鼓里，一个农民赶着一辆四轮牛车，载着一些木桶忽然驾到，“快来瞧一瞧啊，普瓦蒂哀伯爵的骑士们”，他大声喊道，“这些蜡是怎样留在我们的主人——子爵大人的宫廷里的。”说着，他手持利斧，劈开这些木桶，许多极品大蜡烛滚落一地，好像这些东西都一钱不值，随后他又跳上牛车，扬长而去，回到他的村庄。给人的印象是，普瓦蒂哀伯爵在他的臣仆面前极大炫耀了自己的功德和礼仪；至于艾伯勒子爵，作为报酬，他日后将自己在摩蒙（Monment）的世袭封地——他的田庄分给了这位农民。

这就是纪尧姆九世所谓的“骑士与傲慢”[1]：炫耀慷慨大方和对金钱的冷漠，是贵族生活的标志，以致于一名

[1] 原文引拉丁文 cavalaria et orgueil。

小丑因挥霍如蜡烛一般的珍品而被封为贵族。而慷慨大方，这贵族的美德，不应只针对人们的实用需求（人们因此将被记录在慈善事业中）。个人认为，那只是一种炫耀，为了让人能保住他的社会地位。

还有些别的逸闻趣事。在领主与其封臣之间有一个共同点，编年史作者也可以证明，即他们对诗歌的共同品味，存在着一种典型的男人之间的友谊并带有激烈的竞争性。与此相反，乔夫瓦·德·维日瓦报道的一则插曲，让我们了解到有可能存在着一个小世界，普瓦蒂哀伯爵在其中向他的同伴们讲述他的诗歌。正如"源起"中所说的。

我们这里介绍一对互相竞争又达成默契的诗人，其中一位仍难以捉摸，若不是另一位诗人乐意称呼他们两个，这位恐怕已被掩没，无论是作为榜样，或作为陪衬。这就好比一些天体，我们看不见，它的存在是通过对其他星辰的运转所产生的影响而显现，而他的身影从其他诗人的星座中浮现。第一代游吟诗人就拼成了这样一个小星座。纪尧姆九世生于1071年，死于1126年。人们可以设想艾伯勒在他死后20年去世，并在12世纪初成为文塔杜尔伯爵。另有三位诗人围绕在他们身边，或紧随其后。饶弗莱 · 于戴乐，他的名字于 1125 年第一次和他父亲的名字一同出现在一份契约上，可以确定他的父亲死于 1164 年，他有可能在下一个世纪起初或稍晚出生。在马尔加布吕丰富的作品中，可推测出他最早的诗歌大约写于 1130 年，最晚的诗歌写于 1150 前后，可能这就是他所处的确切年代，或更早一些。他的“生平”在传记的确切性上绝对算不上权威，它告诉我们，他从小就是塞尔卡蒙的学生，而塞尔卡蒙是个诗人，人们已读到他的诗歌，推断其日期是在“哀悼”阿基坦的纪尧姆十世去世的 1137 年。

在饶弗莱 · 于戴乐的六首歌中，只字未提艾伯特 · 德 · 文塔杜尔这个名字。而人们常将他们悲歌式的忧伤笔调和他的“派别”相联系，超过他与纪尧姆九世的联系。可想而知，他反对他们这一派，这不乏依据，饶弗莱 · 于戴乐曾多次提及纪尧姆九世的歌。马尔加布吕攻击艾伯特的措辞和语境，似乎使他更接近纪尧姆九世而不是反对他。至于塞尔卡蒙，他似乎很满意自己向纪尧姆九世献上了哀歌。而相信路希阿诺 · 罗斯是站在他这一边，寻求开启艾伯特 · 德 · 文塔杜尔身世奥秘的钥匙。

这位学者的论证太过细致，结论过于谨慎，因而难以概括总结。这里只描述一个大致轮廓。

语言：尽管塞尔卡蒙和马尔加布吕的“生平”都说他们使用加斯科涅方言，而他们的诗歌还是更接近利穆赞语。如果他们都是本地人——从广义上理解，利穆赞包括普瓦图、夏朗德和中世纪时期的佩里戈德（Périgord）的一部分，而加斯顿·巴力斯凭着古老的直觉，认为这里就是游吟诗人的艺术摇篮，因为最古老的艺术都是原生的。纪尧姆九世、艾伯特·德·文塔杜尔、塞尔卡蒙、马尔加布吕和他的一群南方诗友，饶弗莱·于戴乐·德·贝勒（Jaufré Rudel de Blaye），他们的诗歌进入了与纪尧姆诗歌的对话。就像塞尔卡蒙，他把他的一首歌献给了普瓦蒂哀人胡吉·勒·布兰·德·吕西尼昂。此外，阿尔弗莱德·让鲁瓦发现，第一代游吟诗人在语音学上不同于他们的继承者共同使用的利穆赞语的特征。

绰号：塞尔卡蒙的“生平”介绍他是一个穷苦的江湖艺人，行走世界只为挣得一份口粮。

Cercamons si fo uns joglars de Gascoingna, e trobet vers e pastoretas a la usanza antiga. E cerquet tot lo mon lai on el poc anar, e per so fez se dire Cercamons.

塞尔卡蒙曾是一名加斯科涅的江湖艺人，他以古老的方式“创作诗歌”❶及牧歌。他走遍全世界所有他能去的地方，因此被称为“寻世界”（“Cherche-monde”，Cerca-mon）。

尽管如此，路希阿诺·罗斯还是发现，人们听见的绰号不是Cerca mon，而是Cerc' amon，即“在高处寻找”“向高处寻找”。这适于诗人的道德与精神追求，而这对他并不陌生。但同样也可以理解为来自更高处的诗人，更高社会阶层的邀请，并让人联想到在穷困潦倒的江湖艺人背后隐藏着更高的社会地位。而以一名江湖艺人的身份“哀悼”纪尧姆十世之死，显示出他对阿基坦公爵❷的政治与家庭情况如此熟悉，这的确令人惊讶。

最终，塞尔卡蒙的“生平”带有如此的优越感，并随即被视为是在游吟诗人之间的诗歌与思想交流的重要

❶ 原文引拉丁文“trouva” des “vers”。

❷ 纪尧姆十世和阿基坦公爵为同一人。

对话者。路希阿诺·罗斯的假设就这样一步步谨慎推进，而最终确信，这位自称江湖艺人的塞尔卡蒙不是别人，正是文塔杜尔子爵艾伯勒二世。马尔加布吕由于采用了“艾伯勒大人的诗歌创作方式”（la troba n'Eblo），所以应当阅读塞尔卡蒙的诗歌，从中理解他的意图并找到他针对对他的攻击做出的回应。贝尔纳·德·文塔杜尔宣称的“艾伯勒大人派”，其实就是塞尔卡蒙派。

谜底只有在神秘充分展现之后揭开。直到艾伯勒·德·文塔杜尔死后一百到一百五十年，对于他的记忆就像对于一位重要诗人那样持续存在，抄本的抄写员、编纂者和组织者，似乎从未怀疑过有那么一刻，塞尔卡蒙的诗歌就是他们自己的作品。

就这么不确定！塞尔卡蒙很可能就是艾伯勒·德·文塔杜尔。种种迹象暗示，但没有任何证据可以证明这一点。在这种情况下，他应该比马尔加布吕更年长，而马尔加布吕在“生平”中声称他是个小伙子，穷困潦倒的江湖艺人，显然是搞错了。同样在这种情况下，马尔加布吕和塞尔卡蒙之间不断的对立似乎充满敌意。而无论他的身份如何，人们都可以像佐罗（Zorro）一样，在塞尔卡蒙的面具之下藏着塞尔卡蒙自己。真实的塞尔卡蒙正是那些他隐藏其中并揭示他的诗歌。这些诗歌，人们本应承认其重要性，因为它们提供了一些本质特征，而这些特征将定义游吟诗人，特别是贝尔纳·德·文塔杜尔的诗歌。如果塞尔卡蒙是艾伯勒，贝尔纳声称自己属于他这一派则无疑是正确的。从未来游吟诗人的眼光来看，纪尧姆，当然还有马尔加布吕，甚至还有饶弗莱·于戴乐，都比塞尔卡蒙更神奇。

第七章

“对爱情心灰意冷，难有骑士精神！”

这些诗人有哪些特征？一方面，他们似乎显出羞怯的情人姿态，在我们今天看来，但也不完全是羞怯；他们静候恋人的芳心，不会完全绝望，也不敢奢望；抱怨自己深受欲望折磨，痛不欲生，但仍从爱情中得到回报和喜悦；自认为爱是幸福的，即使一无所获，他们同时感到既兴奋又沮丧。另一方面，他们倾向于将“爱情”拟人化，在那个时代，Amour（爱情）还是个阴性名词单数[1]。他们描述“她”[2]，分析“她”的自然属性及用途，直到后来已分不清是在谈论爱情还是所爱的女人，这种含混不清混入了拟人化的游戏，使他们的言辞，既抽象又具体：

---

[1] 如今法语中的 amour，为阳性名词。

[2] 原文为 la，是法语中指代阴性名词的代词，或置于阴性名词前的定冠词。阳性为 le。

Amors es douza al mirar
Et amara al departir,
Q' en un jorn vos fara plorar,
Et autre jogar e burdir;
Q' eu sai d' Amor enseigniada
On plus la cujava servir,
Ilh es vas mi cambïada.

爱情，想起多甜蜜，可当你
不得不离去，却陷入痛苦；
有一天，她会让你哭泣，
忽一日，又让你嬉戏、跳舞，
我从此知道真爱如何建立：
相信越是为她奉献服务，
她就越容易改变，而转向你。

以情人的姿态不断追寻逃避他的爱，因尊重和欲望而颤抖，痛苦而兴奋，沮丧并享受着他的沮丧。这在我们看来只是平庸，因为从那时起至今九百年来，这种姿态一直存在，激励着诗人并常诱惑他们陷入矫揉造作。

说它平庸，或不尽然，还有另一个原因。在这种令人振奋的痛苦，或痛苦的喜悦中，诗人竟看不到一个人们今天所说的“反语”和“逆词组合”。这种冲突对他自然而然。它正是爱情的明证。游吟诗人的全部诗意正是依靠这种证明而存活，以至于塞尔卡蒙的这首歌，“当温柔的微风变得凄厉”[1]，似乎成了他的继承者日后发展的缩影和预言——秋天的诗节由此展开，直到句末，并循环往复，周而复始：

I

Quant la douz' auza s' amrzis
El fuelha chai de sus verjan
E il auzel chanjan lor latis,
Ez ieu de chai sospir e chan
D' Amor quem ten lassat e pres,
Que eu anc non l' aic en poder.

当温柔的微风变得凄厉，

[1] 原文引拉丁文 Quant la douz' aura s' amarzis。

树叶从枝头坠落，
鸟儿改变了言语，
我在此叹息，为爱歌唱，
她将我俘获，将我捆绑，
拥有爱，我无从依靠自身的力量。

II

Las! qu’ ieu d’ Amor non ai conquis
Mas can lo trebalh e l’ afan,
Ni res tan greu nos convertis
Cum so qu’ om plus vai deziran,
Ni tal enveja non fai res
Cum so que om non pot aver.

哎呀呀，对于爱情，我只能征服
酷刑和痛苦，
没有什么比最强烈的欲望
更难驯服。
没有什么比无法拥有的，
更令人渴慕。

III

Per una joia m’esbaudis,
Fina, qu’anc re non amiey tan;
Quan suy ab lieys si m’esbahis
Qu’ieu noill sai dire mon talan,
E quan m’en vauc vejaire m’es
Que tot perdal sen el saber.

一种完美的喜悦让我心醉，
我从未如此深爱；
在她身边，我目瞪口呆，
以至于不知该如何表白，
而直到离别，我仿佛
失去了理智与知觉。

IV

Quan totz lo segles brunezis,
De lai on ylh es si resplan.
Dieu me respieyt tro qu’ieu l’ades
O qu’ieu la vej’anar jaser.

人们从未见过如此之美，
面对她，我坠入深渊。
当整个世界一片昏黑，
她从中走来，一身光明，
上帝保佑有朝一日，当她就寝，
我或可触碰，或站在一旁凝视。

V

Totz trassalh e bran e fremis
Per s' amor, durmen e velhan,
Tal paor ai que eum falhis,
No m' aus pessar cum l' ademan,
Mas servir l' ai dos ans o tres,
E pueys ben leu sabran lo ver.

对她的爱，让我浑身颤栗，
无论睡卧、苏醒，
生怕得罪她，我心神不宁，
不敢表露真心，
待我服侍她两三年，

然后她自然会明白真情。

VI

No muer ni viu ni no guaris,
Ni mal nom sent e si l’ ai gran,
Quar de s’ amor no suy devis,
Ni no sai si l’ aurai ni quan,
Qu’ en lieys es tota la merces
Quem pot sorzer o dechazer.

我没死，也没活着，未能痊愈，
也感觉不到我的病——她很伟大，
因为爱她，我不是预言家，
不知能否及何时赢得她，
只要愿意，她随时可以
杀了我，或将我升华。

VII

Bel m’ es quant ilh m’ enfolhetis
Em fai muzar en vauc badan;

De leis m' es bel si m' escarnis

Om gaba derers o denan,

C' aprop lo mal m' en venra bes,

Ben leu, s' a lieys ven a plazer.

真开心，她让我发疯变傻，

痴痴地张着嘴巴；

真开心，当她嘲笑我，

无论背后嘲讽，或当面数落，

因为大病初愈，我很快

会好起来，只要她高兴。

VIII

S' ella nom vol, volgra moris

Lo dia quem pres a coman.

Ai las! tan soavet m' aucis,

Quan de s' amor me fetz semblan,

Que tornat m' a en tel deves

Que nulh' autra non vuelh vezer.

如果她不想要我，我情愿
在当上她仆人的当天
去死，哎呀呀，她以怎样的温存
杀了我，在看似爱我之时：
将我与世隔绝，
以至于我不想再见任何人。

IX

Totz cossiros m’ en esjauzis
Car, s’ ieu la dopti e la blan,
Per lieys serai o fals o fis,
O drechuriers o ples d’ enjan,
Mas, cui que plass’ o cui que pes,
Elham pot, sis vol, retener.

满心痛苦，我心悦诚服，
因为如果为她服务，我诚惶诚恐，
为了她，我作假，或值得信任，
欺骗，或忠诚，然而无论
是谁，管他喜欢或讨厌，

凭她高兴，任她掌控我的一切。

X

Cercamon ditz《Greu er cortes
Hom que d' amor se desesper!》

塞尔卡蒙说："对爱情心灰意冷，
难有骑士精神！"

所有评论都那么沉重，充满学究气。然而，如何不从中倾听回声？塞尔卡蒙似乎是第一个用诗歌为秋冬致辞，谱写序曲，并展现初春序曲之变奏的人，这些对他尤为珍贵。在总共十节诗中（包括一首这类论争诗[1]的引言），有四节写糟糕的季节，仅有两节写春天。为什么？诗人在诗歌开头作了说明，而此诗并未选择两种模式中的任何一种：

Per fin' Amor m' esbaudira

[1] 论争诗，原文 tenson，阴性名词，指中世纪的法国特有的一种论争形式。

Tant qant fai chaut ni s’esfrezis,
Toz tems serai vas lei aclis.

完美的爱情令人销魂，
无论酷热或冰冷，
凡她带来的，我都顺应。

而真实的爱情并不取决于天气变化：

Ges per lo freg temps no m’irais,
Anz l’am tan cum fatz la calor.

无惧地冻天寒，
我喜欢，就如盛夏一般。

他继续说，受苦人只在五月间相爱，树叶凋零就不再爱了。此后，用奥依语写作的行吟诗人[1]不断以此为依据，表达他们对春日之诗的蔑视。而我们的游吟诗人

[1] 行吟诗人，参见此稿第 17 页。

却走得更远。他开始唱另一首歌，说正是因为天气转阴，我们更要好好享受爱情的欢愉。因为那份爱这样要求，爱情也这样要求。总之，必须长时间耐心恋爱，只有“等待和忍受”，才能在冬日体会爱的喜悦。

I

Puois nostre temps comens' a brunezir
E li verjan son de la fuelha blos,
E del solelh vey tant bayssar los rays,
Per quel jorn son escur e tenebros
Et hom noi au d' auzel ni chant ni lays,
Per joy d' amor nos devem esbaudir.

因为气候对我们，开始转阴，
枝头树叶落尽，
我看见斜阳低垂，
白昼逐渐暗淡昏黑，
再也听不到鸟鸣与诗歌，
但从爱情里，我们享受欢乐。

II

Aquest’ Amor no pot hom tan servir
Que mil aitans no il doblels gazardos.

这份爱须要长时间付出，
但终将获得千倍收获。

III

Per lieys deu hom esperar e sofrir
Tant es sos pretz valens e cabalos.

对她，人们必须等待并忍受，
她价值连城，且与日俱增。

在冬日之诗的开篇，甚至谈论爱情，也用反语。再回到“当温柔的微风变得凄厉”。不仅冬日之诗吸引最敏锐的游吟诗人——始于贝尔纳·德·文塔杜尔，由艾伯勒提升，而只有阿尔诺·丹尼埃尔把握住这一征兆：微风变苦涩，鸟儿改变了语言风格，呈现罕见的生涩、粗砺：

L' aur' amara

Fals bruels brancutz

Clarzir,

Quel dous' espeis' ab fuelhs,

Els letz

Becx

Dels auzels ramencx

Te balbs e mutz…

苦涩的风

将浓密的灌木丛

扫得七零八落，

（温柔的风又使枝繁叶茂）

枝头快乐的

鸟嘴

让树枝咋咋

或喑哑……

而老塞尔卡蒙，唯一能记得的只有在他之前的纪尧姆九世——他的领主和他的同谋，如果按照路希阿诺·罗斯的观点？这让我们想起第一位游吟诗人“只因又见果园新绿，牧场开满新的花朵”，如前文所述，在这首短诗中，Auras e vens（惠风清和）打破了格律和句法：这是春天的微风。而在塞尔卡蒙这里，微风变得苦涩、凄厉，因此要尽力保卫爱情与情歌之欢愉。如果应纪尧姆九世之邀约，在融融春日“即时享受他享有的快乐”，这太容易！歌唱爱情，当微风变凄厉，落叶飘零，这就落入爱的罗网，被束缚、“扣紧”，塞尔卡蒙说：lassat（紧扣）。我们还记得，这“紧扣”纪尧姆九世也用过，只是在谈论诗歌时，说从他的“作坊”里抽取，并由此见证他作为诗歌工匠的品质：

E puesc en trair lo vers auctor,
Quant er lassatz.

确实如此：我呼吁见证诗歌的权威，

当整首诗紧扣之时[1]。

在类似的上下文中，我们发现游吟诗人日后用的是昂特贝斯加（entrebescar）方言。塞尔卡蒙从他的角度，像纪尧姆九世一样，用了“紧扣”一词，但并不是说他能把握诗歌，而是被爱情束缚、“紧扣”。

这幕场景将在游吟诗人中重现二十次以上，其中十来次都以他所描述的形式出现：lassat e pres，“被束缚、捕获”。在他之后，第一个偶尔这样用词的是贝尔纳·德·文塔杜尔：“……这座爱情监狱，将我束缚、囚禁。”

当温柔的风变得凄厉，鸟儿也改变了言语，诗人“叹息并歌唱”，因为爱情将他束缚、囚禁。在情歌与冬季来临之际，叹息与歌声之间，有一种张力滋生重叠。歌唱在中世纪，首先是表达自身的喜悦，“无论它让你哭泣或歌吟”[2]。在那个时代，法语常说“无论这是否让人高兴”。歌唱忧郁或悲伤本身，就与 chantepleure（唱歌）

---

[1] 紧扣，原文为动词 lacer 的被动式 lacé。这里“紧扣之时”亦指诗歌完成之时。参见前文第 119 页。

[2] 原文引拉丁文 Qui qu’ en plore et qui qu’ en chant。

一词产生悖论，而恋爱中的诗人大多如此。诗人很少讴歌鸟儿在春季到来时齐声欢唱。而他的歌在冬天临近，鸟儿“改变了言语”时，与它们音声相和。这歌声并非源自欢乐的狂喜，也没有应纪尧姆九世之约，即时享受“他享有的快乐”。他既不给予，也不接受享乐，如饶弗莱·于戴乐的春日夜莺，那只是梦想。他的歌表达一种不满的悖论（“哎呀呀，对于爱情，我只能征服/酷刑和痛苦”）。正是这种不满引发了这首歌，因为爱情从自身汲取了欢乐（“一种完美的喜悦让我心醉，我从未如此深爱”）。正是这种爱——“这爱情”将他束缚、捆绑，“而拥有爱，我无从依靠自身的力量”。这一句在他的继承者的记忆中产生共鸣：

Anc ieu non l'aic, mas elha m'a
Totz temps en son poder Amors.

我从未拥有过她，爱情，
而她掌控我的一切。

而这一次，还是阿尔诺·丹尼埃尔想起他，并以这段记忆介绍这首歌。的确，“源起”假装说这首歌不是他写的，并说出一桩奇事。我们将在下面看到从这首歌引发的思考。

现在，我们就来说说塞尔卡蒙和这首歌。歌中讲述了游吟诗人所面临的困扰：爱情、欲望及两者的结合。人们想征服心爱的女人，而所征服的只是酷刑和痛苦，无论睡卧、苏醒，它们都激起爱情的抽搐（饶弗莱·于戴乐或能记起）❶。沮丧与欲望相称，因为我们对心上人越是渴望，越无力去征服她。情人只能在她面前目瞪口呆，无力承认渴望（我“不敢表露真心”），因为生怕得罪她。相反，为了把事情变得更糟，人们渴望着更多难以理解的暴力。出于同样的心理，饶弗莱·于戴乐说，他深受爱情折磨，以至于面对她竟产生一种策马后退的印象，因为她在逃离❷。而与此同时，一种纯粹的爱带来“完美的喜悦”（una joia fina，最终意味着提炼精华，如纯金在

❶ “这份爱让我忧心忡忡，无论醒来，或在睡梦中。”——根据作者提供的法语译文。

❷ 参见作者提供的《游吟诗人传记》（262.6），诗云：“我贪恋的爱情，当我策马奔向她，却感觉她在往后退。我掉头，她渐行渐远。我的马儿走得如此缓慢……”

火中净化）：在最著名的冬日序曲中，Tant ai mo cor ple de joya（我的心充满喜乐）。贝尔纳·德·文塔杜尔甚至会说，对他而言，爱可以将严冬变成盛夏，喜悦到达极致，以至于能否得到回报已不重要。爱情已不再是他的病，她很伟大（更有甚者，他甘愿受辱，并为此感到高兴）。她掌握着他情感的律法，而他爱情的结局可以判断一切方法——如果结局很好，就请听这谜一样的诗歌。

最终，敏锐的笔触点出爱情的结晶凝聚在唯一的生命上。爱的诅咒就是人们再已无力去见别的女人，也别指望从这桎梏中自我解放。对于爱情，所爱之人便是唯一的光芒：

Quan totz lo segles brunezis,
De lai on ylh es si resplan.

当整个世界一片昏黑，
她从中走来，一身光明。

这两句诗歌的力量来自动词 brunezir（昏暗）与秋天的氛围相结合，因为塞尔卡蒙自己用它来说秋天变阴暗，还用了 segles（世纪）一词，指精神上的整个世界（从世界隐退，包括从世上的国家，人间罪恶等）。与此同时，当天气转阴，黑夜降临，世界陷入一片黑暗，所爱的女人是从暗中放出的光芒。从字面上看（她从中走来，一身光明），她像一座灯塔，照亮情人，指明他的唯一方向。而如果她拒绝他，他情愿在遇见她的当天死去。因为现如今，她成了他唯一的光芒，并占据了他的世界的其余部分，正如在他之后，贝尔纳·德·文塔杜尔在最著名的《云雀之歌》中所云。

然而，诗人并不满足于在羞涩的爱情中扮演角色，也不想任由自己的爱情总令人失望。如果说他接受耻辱，是因为存在病后痊愈的希望。从纪尧姆九世的心愿中传来回音——“愿上帝保佑让我活到那时，我的手能伸进她的风衣！”——他祈祷上帝保佑有朝一日，当她就寝，他能触及她，或站在一旁凝视。贝尔纳·德·文塔杜尔始终属于他这一“流派”，表达类似的心愿，却更精致，且带有偶像崇拜的影子：

Mal o fara si nom manda
Venir lai on se despolha,

Qu' eu sia per sa commanda,
Pres del leih, josta l' esponda,
Elh tragals sotlars be chaussans,
A genolhs et umilians,
Silh platz que sos pes me tenda.

我会很受伤，
要是她不命令我
到她更衣的闺房，
好让我听从她的命令，
谦卑地跪在她床边，
脱下她合适的鞋，如果她
乐意把双脚伸到我面前。

他可知道如何变得更大胆。这就是爱情：不合逻辑，爱情只满足其自身。爱一无所求（正如维特[1]所说：“如果我爱你，我能为你做些什么？”因为无论如何，浪漫

[1] 维特（Werther），参见歌德小说《少年维特的烦恼》。

主义和中世纪之间有着深厚渊源），甚至靠无情拒绝来维持。爱情的完美欢乐就是独自的爱的欢乐。与此同时，这种靠想象存活的爱情须时时沉浸在睡卧及醒来时，在醒来的梦中和它圆满的象征中。明知是幻象，仍需想象，明知不可能，仍寄希望于成功。最终，“塞尔卡蒙说”的一句格言庄严道出了爱情的重要性：

Cercamon ditz:Greu er cortes
Hom que d' amor se desesper!

塞尔卡蒙说：“对爱情心灰意冷，
难有骑士精神！”

这句格言如此重要，以至于日后，佩尔·德·奥维涅在与贝尔纳·德·文塔杜尔的争论中引用。佩尔问他，如何能克制自己不去歌唱，而像夜莺一样日夜享乐。贝尔纳回答说，感谢上帝，因为夜莺挣脱了爱情的锁链。佩尔反驳道：

Bernartz, greu er pro ni cortes

Qui ab amor nos sap tener.

贝尔纳，那不懂得坚持爱情的人，

难得勇敢、谦卑，富于骑士精神。

人们认为塞尔卡蒙的引文具有讽刺性，如果路希阿诺·罗斯的假设成立，如果塞尔卡蒙不是别人，正是艾伯勒，贝尔纳的主人。

到13世纪末，吉豪·瑞吉耶（Guiraut Riquier），最后的游吟诗人之一，仍不忘这种表达方式：“没有爱，一切都毫无价值”❶。

这句格言的重要性还表现在它第一次将爱情和骑士精神相连，这种联系并不令人惊讶，因为对于“骑士爱情”我们早已熟悉，而这种现代表达还是加斯顿·巴力斯发明的。当然，这种说法似乎在13世纪末中世纪最精妙的Flamenca，novas（民间故事，诗体小说）中已出现过一次。纪尧姆·德·纳维尔（Guillaume de Nevers）怕

❶ 原文引拉丁文 Non es hom senes amor valens。

看到这种充满诱惑的“流浪汉”[1]的故事——尚不知爱情为何物，就假装骑士的爱情。动词“假装”在这里作代词用，其实际意义不是“假装骑士的爱情”，而是“假装成骑士爱情的化身”（ques fenera d' amor cortes）。这种用词与塞尔卡蒙相似。不是爱情，而是情人毕恭毕敬，富于骑士精神。爱情对他而言，是纯净完美的“极致”爱情（fin' amor）。

这改变了什么？也没什么。然而这意味着爱情在那富于骑士精神的人（即那些拥有美德、习俗，受过良好教育，有着宫廷优雅的人）那里享有特权。为了表示同样的品质，拉丁文牧师用城市代替了宫廷，并谈论礼节（urbanitas）。相反，正像追随塞尔卡蒙的游吟诗人向吉豪·瑞吉耶所重复强调的，那些不爱遵从极致爱情规则的人不懂得骑士精神。

这种品质渗透到社会与爱情中，出现衰落——la tornada[2]——de Quant la douz' aura s' amarzis（当温柔的微风变得凄厉）——这种表达还是头一次。这就是诗人，

---

[1] 流浪汉，原文 truand，阳性名词，旧时用法，指无业游民、乞丐、流浪汉。

[2] la tornada，拉丁文，指中世纪游吟诗人采用的一种固定的诗歌形式。

他将这些必备的品格放在一名宫廷贵族身上，并将他视为完美情人。完美情人如何？他耐心忍受着爱人对他的全部惩罚，并慷慨献出爱，从不计较得失与回报（别忘了挥霍是贵族的伟大品质），而他并没有对自己爱情的荣耀感到失望，他渴望的荣耀将治愈他的病痛，而且他乐于沉浸在他对声色的想象中。“我可以享有完美的爱情”[1]，最终让诗人陷入双重失落，令人尊敬的等候与获得回报的希望一样渺茫：

E pot ben ma domna saber
Qe ja nulz hom de mon poder
De meillor cor noill servira.
E sim fezes tant de plazer
Qem laisse pres de si jazer,
Ja d’ aquest mal non morira.

我的爱人心里深知
再不会有像我这样的男子

[1] 原文引拉丁文 Per fin’ amor m’ esbaudira。

如此赤胆忠心，为她效力。

如果她想让我高兴，
以至于让我躺卧在她身边，
我再不会因心病而死。

这就是塞尔卡蒙所谓的完美情人。而这是诗人：

Plas es lo vers, vauc l’ afinan
Ses mot vila, fals,apostitz;
Et es totz enaissi noiritz
C’ ap motz politz lo vau uzan;
E tot ades vas meilluran
S’ es qi bel chant e bel desplei.

诗歌，我还在提炼，
删除粗躁、虚假或不当的语言：
它将整体上升，
而我只用文雅的字眼；
它将不断完善，

若有人歌唱并将它充分展现。

诗歌和情人一样需要“骑士精神”。还记得纪尧姆九世曾自我夸耀，写诗须渲染着色，系牢扣紧（lassatz，“紧扣”）：制成坚实的产品。塞尔卡蒙也炫耀自己在创作中精选词语。精选是因为要适应目标，给人以真实的印象：它们既不“虚假”（fals），亦无“不当”（apostitz）。精选还因为要避免粗俗（vila，无耻、丑陋）。根据上下文，“礼貌”（politz）意味着两者兼备。塞尔卡蒙称赞自己对诗歌要求严苛（对任何词语都不满意），精益求精，追求极致。一句话，就是不能将俗语带入宫廷。

这种矫揉造作的品质也适用于针对纪尧姆九世很喜欢的亵渎行为而言。而在另一方面，他们对诗歌艺术的设想却各不相同。从最初几行，甚至在创作之前，普瓦蒂哀伯爵就宣称，出自他的“作坊”的诗歌都无与伦比——他投身于那一刻，并被整体“捆绑”（ficelé）其中，如此精心编织、紧扣，以至于它将无法被触动或解开。相反，在最后一节，直到结尾，塞尔卡蒙承认这项工作仍在进行中，他还在努力，用动词的现在分词说道：“我还在提炼”（法语 je vais l' affinant，拉丁语

vauc l' afinan)，“我只用文雅的字眼”（法语 je vais n' y employant que des mots polis，拉丁语 lo vau uzan）。就连这首诗也是，如果说它还在用自己的翅膀飞，说明它尚未结束。“它将不断完善，若有人歌唱并将它充分展现（E tot ades vas meilluran，S' es qi bel chant e bel desplei）。”它的美和它的微妙之处被隐藏，被自身收拢：它需要一个好的翻译，就像日本花，绽放并展现自身。尽管如此完美，单靠自身还是不成。当然，诗人总是自夸。而在他身上，又没有普瓦蒂哀伯爵的那种开朗和压倒性的自信。

第八章

“极致爱情”与自然之诗的创作 [1]

这位塞尔卡蒙意识到他的艺术却忧虑他的爱情，将这两者审慎对比并精心选择他的词语，以表明自身欲望的强烈与坚定的爱心。既不因冬季寒冷，也不因爱人的冷漠而动摇，但这还不能让道德主义者马尔加布吕感到满意？马尔加布吕的“生平”将塞尔卡蒙视为他的导师，难道不该这样看问题吗？然而，这两位竟成了粗暴的对手。

除了“粗暴”，再没有其他词语可以更好地形容马尔加布吕了，而他正是以粗暴的性格，反抗他那个时代的罪恶。粗暴表现在他说话的坦率、进攻的残酷和风格的晦涩。马尔加布吕与塞尔卡蒙的首要区别就是，马尔加

[1] 原文为拉丁文 Fin' amor et trobar naturau。

布吕从来不说自己的任何一部作品：plas est lo vers，“诗歌，删除粗俗”。相反，他为连自己也无法理解的晦涩感到自豪。

我们并不缺乏关于纪尧姆九世是强大王子和显赫人物的文献资料，人们将十首诗归于他的名下。如果说作为江湖艺人的塞尔卡蒙不为人知，而作为文塔杜尔家族的艾伯勒二世子爵则众所周知，在他名下留下九首诗。饶弗莱·于戴乐作为相对重要的领主，有很多档案资料提及，在他的名下，我们得着六首诗。而除了他的作品，马尔加布吕对我们全然陌生，但他的作品至少包含了四十四首诗。诗歌历史在他这里具有了完整意义。

正如一直以来，诗歌变成了游吟诗人的“生平”史。马尔加布吕有幸得着两篇“生平”，两篇都很简短却大相径庭，各自从不同的诗中演化，收在同一部抄本中。但有一点是一致的：两篇“生平”都说他是个穷孩子（一篇说他是捡来的，另一篇说他是一位“穷妇人”的儿子），而且性格生涩。歌谣集 A 的“生平”说得比较详尽，也正是这一篇“生平”推测出他与塞尔卡蒙的联系：

Marcabrus si fo gitatz a la porta d'un ric home, ni

anc non saup hom quil fo ni don.E N’Aldrics del Vilar fetz lo noirir.Apres estet tant ab un trobador que avia nom Cercamon qu’el comensset a trobar.Et adoncs el avia nom Panperdut; mas d’aqui enan ac nom Marcabrun. Et en agel temps non appellava hom cansson , mas tot quant hom cantava eron vers.E fo mout cridatz et ausitz pel mon, e doptatz per sa lenga , car el fo tant maldizens que , a la fin , lo desfeiron li castellan de Guian[a] , de cui avia dich mout gran mal.

马尔加布吕被一个名门之家遗弃，没人知道他是谁，生在哪里。阿德里克·德·维拉尔（Aldric du Vilar）大人将他抚养成人。而后，他与一位名叫塞尔卡蒙的游吟诗人长期待在一起，后者沉浸在“写作”中。他从此就有一个名字，叫“丢面包”的人，从那时起，他就叫马尔加布吕。而在当时，人们还不说“歌”，所有歌唱的都叫“诗”。他声名鹊起，全世界都听见他的声音，惧怕他的语言；因为遭人肆意诽谤，直到后来连基耶尼（Guyenne）城堡的领主也说了他很多坏话，导致他最终被处死。

这就是小传的全部内容，从摇篮到坟墓。除了马尔加布吕的生平，没有告诉我们别的。我们不能确定他身边都有谁，阿德里克·德·维拉尔我们也从未听说。根据地名研究，诸如 Vilar，Villars，Villard，Auvillars[1]，分布范围太广，无法对其身份做出可靠确认。而将他置于死地的基耶尼城堡的领主也是一个谜。在那个时代，基耶尼这个名字指常去阿基坦（Aquitaine），这就是马尔加布吕在他著名的《洗衣歌》（*Pax in nomine Domini*）中所提及的基耶尼与布瓦托的联系，而这首歌动员大家起来反抗西班牙的摩尔人，而不是去圣地参加十字军。阿基坦和布瓦托在纪尧姆九世和纪尧姆十世的手中重新合并，他随即在好几首歌中赞美或支持这个立场。这与第一批游吟诗人分布在利穆赞海滩的假说一致。果真如此，加上马尔加布吕属于塞尔卡蒙这一派，而塞尔卡蒙就是艾伯勒·德·文塔杜尔，一切都协调一致，顺理成章。

然而，是否可以这样拼凑假设？谁是“基耶尼城堡的领主”？城堡领主是指以它的拥有者命名的城堡总督。而城堡领主的阴谋又意味着什么？是否是指总体和现代

[1] 这些地区的名称与“生平”提及的 Vilar（其抚养人所在地）名称相近。

意义上的“城堡的拥有者”？至少读音应该是“基耶尼”而不是别的：第二个 a 是作为修复，在唯一一个抄本中写成了 Guian，而不是 Guiana。还有三道垂直笔画❶，显然应该读作 ui，这涉及 Guyenne❷，否则也许应该读作 iu（或 iv），in…

总之，有一点很清楚，“生平”像是建立在马尔加布吕的两首诗歌上，并从中提取信息。“清楚”或言之过早。因为另一个问题是，要明确这两首诗歌的作者究竟是谁，是什么将他们联系在了一起。也许只有这一层关系：如抄本 A 所述。诗歌的第一部分，借一个名叫亨利（Henri）（恩瑞克，Enric）的人之口，向马尔加布吕发问；第二部分是马尔加布吕的回答。而在其他抄本中，这两首诗歌都是分开的。这就是诗歌——或对话体歌谣——互相嘲讽（escharn）❸，互相说坏话（maldizer）❹，包含嘲

❶ 原文 les trois jambages，“三道垂直笔画”，这里指字母 n、u、i 的直画，或 p、q 等字母的垂直笔画。

❷ Guyenne，（法语）基耶尼，奥克语为 Guiana，是法国古代西南部的一个省，在整个法国历史上，其领土界限一直在波动，包括阿基坦－利穆赞－普瓦图－夏朗特和朗格多克－胡松－米蒂－比利牛斯。

❸ escharn，拉丁文，嘲笑某人。

❹ maldizer，拉丁文，批评某人，说人坏话。

笑、讽刺及侮辱性的言语，但多数情况还是模仿争吵的语气，以增添游戏的乐趣。

根据A抄本，马尔加布吕总是和一位“奥德瑞克大人（Seigner n' Audric）”谈话，而不同的抄本，他的名字分别写作奥德瑞克（Audric）、昂瑞克（Anric）、欧德瑞克（Oldric），阿勒瑞克（Alric）：如果我们像A抄本一样选择“奥德瑞克”这个名字，包含我们刚读到的“生平”，必要时人们可以设想，这个奥德瑞克关系到“生平”作者——神秘的阿德里克·德·维拉尔的精神世界。如果这两首诗歌构成某种交流，就像它们的格律与诗节图解一样，因为它出自抄本A，就像阿德里克或恩瑞克在《到埃斯特兰去》[1]中对马尔加布吕所说的那样，诗歌第二行就将这首诗置于马尔加布吕的名下，而直到最后一节开头才说：

Reconogut
T' ai, Pan-Perdut,
E cuiavas ton nom celar.

---

[1] 原文为拉丁文 *Ad un estrun*。

我再度认出了你，
“丢面包”的小孩，
你还想把自己的名字藏起来。

所有这些并没有把我们带到太远。此外，“丢面包”这个绰号意味着什么？一种说法是，马尔加布吕是个食不果腹，生活中找不到面包的人，又何来“丢（失）”？这应该是文字游戏的第二层，落在“丢面包”上，在中世纪相当于今天的“食谱”。但受“生平”的影响，“生平”本身也通过添枝加叶来推测发明。换言之，这个词悬而未决，在“丢面包”的诨名下可以有一千种不同的解释。根据上下文，它和追求隐姓埋名有关。没有任何迹象表明它像“生平”中似乎想说的那样，与前者或诗人的真实姓名有关。

最终，人们很想了解“生平”的作者是通过怎样的思想联系来仔细观察这个地方的。在那个时代，人们尚未使用“歌”这个词，而所有歌唱的都用一个类似的词“诗”。也许他认为马尔加布吕的许多作品都很难归类，因为其在揭露罪恶、反对爱情方面太刻毒，在个人情感经历上太粗鲁、冷酷，以致于无法称之为一首歌（一首爱情歌）；如此说来，太过笼统，太多假设，也无法成就一首真正的（具有嘲讽及政治意味的）讽刺诗[1]。

毫无根据的假设？不，因为还有另一篇“生平”在抄本 K 中，我们确认了他极其短暂的一生：

Marcabruns si fo de Gascoingna, fils d' uan paubra femna que ac nom Marcabruna , si com el dis en son chantar :

Marcabruns, lo fills Na Bruna
Fo engendraz en tal luna
Qu' el saup d' amor cum degruna,
——Escoutatz !——
Que anc non amet neguna,
Ni d' autra no fo amatz.

Trobaire fo dels premiers c' om se recort.De caitivetz vers e de caitivetz servantes fez , e dis mal de las femnas et d' amor.

[1] 讽刺诗，原文为奥克语 sirventès，特指 12—13 世纪，法国游吟诗人创作的一种具有嘲讽和道德意义的政论诗。

马尔加布吕出生于加斯科涅，是一位名叫马尔加布吕娜的贫穷妇人的儿子，因为他在他的诗歌中说：

马尔加布吕，布含（Brune）妇人之子，
生于如此月相之下——
他知道爱情如何让你们失魂落魄[1]，
——听——
因为他从不爱任何人，
也从未被人爱过。

他是人们所能回忆起的最早的游吟诗人之一，创作了悲惨诗歌和悲苦的讽刺诗，曾说过不少关于女人和爱情的坏话。

这几行小传的作者曾被马尔加布吕的诗歌所打动，这些诗歌专门谈论爱情，但不是情诗。他找来引文解释

[1] 根据原注，拉丁文 degrunar 译成法文 égrener，“（稻谷）脱粒，分离”。英文编辑理解为“造成破坏、创伤”（faire des ravages），故译作 wreaks havoc。作者译为法文 secoue(r)，“震撼，摇动，使心绪不宁”。据此，根据上下文，译者勉强译为“失魂落魄”。

并证实了这种情形。在诗歌分类上犹豫不决，他最终选了 vers（诗歌）与 sirventès（讽刺诗）两个词。第二个词在他看来，专指那些说女人和爱情坏话的诗歌。

或许在他看来，说女人和爱情的坏话很可悲，所以他将这些诗歌定性为悲惨诗歌，它的反响如此之强烈，以至于抄本 K 选取了相当大的篇幅。然而，马尔加布吕既没有说爱情，也没有说女人的坏话，而只是说了某种爱情和某些女人的坏话。如果说“生平”的作者不理解或不愿理解，这或许意味着长期以来围绕着这首晦涩而复杂的诗歌争论不休的人们，不仅将马尔加布吕看作是一个道德主义者，同时将他视为一位极具宗教精神的诗人。因此他们反对出现在他作品中的一些表达社会诉求的言辞，或习惯性的关于“极致爱情”的讨论。

一些人确实阅读了很多关于《圣经》的参考资料，看见嘲讽者，便先入为主地判定他是个放纵者，或者认定在他眼中讽刺诗才是根本。而马尔加布吕宁愿站在另一边［塞尔卡蒙、贝尔纳 · 马蒂，同样包括纪尧姆九世，尽管他们风格迥异］作证人，见证宫廷世界的爱情沦丧。莱斯利 · 托普斯菲尔德（Leslie Topsfield）将马尔加布吕的 la fin' amor（“极致爱情”）译成“完美的世俗爱情”

和“能够带来社会规则和个人幸福之良方”。此外，他还得出总结：“（马尔加布吕发明的）la fin' amor 是理性而抽象的道德说教，是现实世界并不存在的一种理想。la fin' amor 通过生理欲望与精神智慧的协调一致，保障了情人内心的庄严，并推而广之，成为一种战胜 malvestatz（邪恶）的向善的力量，而这种‘邪恶’试图摧毁赋予‘极致爱情’以生命的道德。”从这个意义上说，宗教元素在诗歌中的运用，在一定程度上顺应了唱颂天主之爱的需求。

将马尔加布吕的诗歌作为社会讽刺诗，是艾里克·科勒（Erich Köhler）做出的最合理、最有力的诠释；他是提出社会学假说的作者，认为文学，尤其是游吟诗人的诗歌最初都是用俗语写作。根据马克·布洛赫（Marc Bloch）所描述的“封建社会”的进程，军队中的骑士阶层加入古老的加洛林贵族的努力，最终强行建立了一种共同的贵族文化。宫廷社会和“极致爱情”的理想化，对个人价值胜过出生价值的肯定，与骑士们团结一致鄙视恶棍，是年轻的无名之辈的浪漫愿景，而他最终晋升最高层，进入亚瑟王（Arthur）的宫廷：据他所说，一切都朝着这个方向发展。他认为，想要理解马尔加布吕的诗歌，必须从社会学的角度入手，了解其历史背景。游吟诗人属于 soudadiers（领取军饷的“士兵”）阶层，他们表达了自身的失落和摆脱社会束缚、争取自由的雄心。这就是为什么他们攻击那些掌权者，由于他们不道德的行为导致了爱情沦丧（fals' amor，虚情假意）。只有士兵知道什么是“极致爱情”，有必要对于性爱足够虔诚，而就是要让 domina（贵妇人，领主或老爷夫人）无从理解，这样才有可能促使社会进步。如此看来，马尔加布吕的“极致爱情”与其他游吟诗人所歌唱的爱情并无二致，而纪尧姆九世的“现实主义”与艾伯勒·德·文塔杜尔的“理想主义”两个流派在观念上的重大分歧亦不复存在。照科勒的说法，“马尔加布吕是现实的理想主义”。

然而，还有另一种途径来接近信仰上帝的宗教诗人马尔加布吕。为什么要刻意拒绝倾听中世纪其他作家的声音，当他们说出自己的信仰并引述《圣经》时？为什么不认真对待他们？如他所说，马尔加布吕为什么不能成为受到宗教启迪的道德主义诗人？为什么他所说的“极致爱情”并不像他暗示的那样，受到纯正福音的启迪而反对世俗之爱？出于基督教信仰，试图将这两者同时建立在唯一爱情之上，正是他的显著特征与明确方式，也是他与大多数游吟诗人的区别所在。

这就是奥海利奥·罗加格利亚在两篇精彩的论文中所持的立场：第一篇与刚出版的书籍进行了对话；第二篇回应了艾里克·科勒提出的反对意见，他指出，马尔加布吕应归功于他同时代的贝尔纳·德·克莱尔沃（Bernard de Clairvaux）和纪尧姆·德·圣-提埃瑞（Guillaume de Saint-Thierry），还有作为这个时代基督教生活的伟大典范的西多会精神。

当然，相对于罗加格利亚的详细论述，这样说未免过于简单，尤其相对于马尔加布吕的诗歌更是如此。阅读是一种体验，噪音与狂怒，闪电刺穿的墨黑暗夜。狂怒的、谩骂的残忍字眼，以及赤裸裸的，或被暗示及隐喻包藏的淫欲，而呼唤道德非但没有减缓反而加剧了这一切。一种怒斥的道德，让人联想到莱昂·布洛伊（Léon Bloy）[1]，即便与马尔布兰（Marchebrun）[马尔加

[1] 莱昂·布洛伊（Léon Bloy，1846—1917），法国小说家、诗人，信奉天主教。因早年不愉快的经历，对天主教及其教育方式产生不满，呼吁社会改革。代表作《绝望者》(*Le Désespéré*)、《贫穷的妇人》(*La Femme pauvre*)。与马尔加布吕相近。

布吕]——马尔歇努瓦（Marchenoir）很接近[1]，但布洛伊的可怜的英雄们并不那么明显。总体往往含混不清，甚至包含一系列矛盾以及不合逻辑的跳跃，让言辞变得无法理解。而这种晦涩让马尔加布吕引以为荣，“尽管人们费尽心机，厘清我的意图，”他说，“但其实连我自己也不太明白。”

人们首先应当明白，他所攻击的是有罪的、猥亵的爱情、通奸以及欺骗妻子的丈夫。他们最终发现，当“淫妇们参与行动”，自己的妻子也有了外遇，因为“丈夫在占有别人的妻子时，别忘了自己也并非无懈可击”，还有淫荡的妻子、腐蚀女人的男人，生下私生子并造成血统的败坏与道德败坏：“可憎的侏儒、狒狒侵蚀他的根，这种感觉可好？他还有第二把钥匙，丈夫带着从淫妇那里得来的绿帽子，因为通奸，他的妻子的肚子也鼓起来。这是马尔加布吕对你们说的。”而正是“这位夫人，她才不懂什么极致爱情，却委身于一个家奴，就像灰猎犬遇见巴儿狗：从此生出败坏的富人；出入厨房的家奴，生火做饭，陪夫人睡觉，从他的球里选种，给丈夫添几个

[1] 马尔歇努瓦（Marchenoir），法国卢瓦尔谢尔省的一个市镇。

小家奴”。你瞧他，“在火炉边，带着他尖锐的工具和那两把小锤子，在妇人痛苦的耻骨间不断摩擦，消愁解恨……”

美好的基督教诗人，在此狂泻了几大车淫秽的说教！作为一名基督徒，他所做的仅仅只是滔滔不绝。然而，他还是一名教士，是的，被肉体的恐惧和诱惑所缠绕，教士通过大笑来自我防御。他害怕女人，因为从中看见了永恒的诱惑，比男人更危险，可想而知也更不理智，她比他更贪婪，而他通过淫秽来复仇。人们离教士文学及道德、说教的领域越远，对爱的热情反而越温柔、越庄严。

马尔加布吕由此对女性的欲望和恐惧不禁报以狂笑。他绝不仅限于教权主义憎恶女性的刻板印象。尽管那样幽暗、令人错愕，但他依然表现出渴望实现基督教要求的各种形式的爱的结合，人们由此可以理解为纯洁的热情。在他的诗中也不断出现反对的声音，在Amor（爱情），纯洁的、精致的爱情，或者说“极致爱情”与Amar（爱）之间，反对那些粗暴、放纵的肉欲，而动词aimer（爱）的名词化，在古老的语言中创造了文字游戏，成了同音异义的形容词amer：“美好Amor（爱情）是治愈同伴的一剂良药；Amar（爱）折磨感官，消耗生命。”

“如果爱是 amar，那么爱情就是欺骗、谎言。”可是爱情恰恰相反：“爱情同时具有绿宝石与红玛瑙的品质，这两种宝石向我们指出，爱情并不朝着两个相反的方向……当它承诺并表达时，的确发自内心。”然而，按照近乎同一时代的主教诗人马尔波德 · 德 · 海纳（Marbode de Rennes）的宝石论，绿宝石与红玛瑙分别象征着纯洁与忠贞。

仅仅依靠对纯洁与忠贞爱情的赞美，尚不足以使马尔加布吕成为一名引发宗教忧虑的诗人。而奥海利奥 · 罗加格利亚历数了诗中出现多少次“因为我心平静”“赞美极致爱情”，因为他确定其中的思想，照作者的习惯来看，特别纯洁、合适，不仅包含基督教精神，而且包含了《圣经》及使徒的精确引文：参照圣–保罗的被开除出“神的国”的名单（《哥林多前书》6:9-10）[1]，诗歌列出了被爱情开除的名单［（原书）诗歌第 15-31 行］；根据诗歌 lai er dols（“在那里痛苦”）的表达，或关于爱

---

[1] 《哥林多前书》（6:9-10）：“你们岂不知不义的人不能承受神的国吗？不要自欺！无论是淫乱的、拜偶像的、奸淫的、作娈童的、亲男色的、偷窃的、贪婪的、醉酒的、辱骂的、勒索的，都不能承受神的国。”

情的 fons de bontat（“仁慈之泉”），这似乎是虔诚地从福音书中“在那里必要哀哭切齿了”[1]借鉴，或从圣奥古斯丁的“爱是美好的源泉”（Amor fons bonitatis）翻译而来。

在他的第二篇文章中，罗加格利亚发现，在马尔加布吕赞扬的夫妻爱情里，彼此间的谈话借用了圣-保罗和圣·贝尔纳的话语。他再次坚持认为，马尔加布吕与西多会的思想一脉相承，不仅是圣·贝尔纳本人的思想，还包括他的朋友——纪尧姆·德·圣-提埃瑞和阿尔雷·德·瑞耶弗（Aelred de Rievaux）的思想。作者在第一篇文章《爱情的天性与尊严》（*De natura et dignitate amoris*）中，就试图以西多会的观点回答奥维德（Ovide）不朽的《爱的艺术》[2]。第二篇文章是关于《精神友谊》（*De amicitia spirituali*），以基督教的观点回应了《西塞罗的友谊》（*De amicitia de Cicéron*）。而马尔加布吕的《白色友谊》（*blanc'amistatz*）岂不是对《精神友谊》的回应：要

---

[1] 原文引拉丁文 illic erit fletus et stridor dentium。参见《马太福音》8:12“唯有本国的子民，竟被赶到外边黑暗里去，在那里必要哀哭切齿了。”

[2] 奥维德（Ovide），古罗马诗人（前 43—17），代表作《变形记》《爱的艺术》。《爱的艺术》发表于公元 1 年，描写爱的技巧，传授引诱及私通之术，与当年奥古斯都推行的道德改革发生冲突。

付出同样的努力，才能将爱的情感与肉体冲动小心区分开来？

在这方面的努力，纪尧姆 · 德 · 圣–提埃瑞做到了极致。在表达和观念上，如果说人们追随罗加格利亚，马尔加布吕则借鉴纪尧姆 · 德 · 圣–提埃瑞。就这样，青春的感受不是来自生理年龄，而是源于生命的强烈冲动，成了游吟诗人著名的基本美德。然而，马尔加布吕说起“美好青春”（bos jovens）时，是否意味着纪尧姆所说的“精神青春”呢？

他们之间的合一超出了彼此间的接近，更广泛，更有基础。奥海利奥 · 罗加格利亚指出，这种合一所起的作用超出了马尔加布吕本身，并影响到游吟诗人，乃至12世纪初到13世纪末的欧洲诗歌关于爱情表达的总体进程。

马尔加布吕用过一次trobar naturau（自然之诗的创作）这个词组。罗加格利亚以“自然规律”（d' ordonaturalis）一词与之相比较，就是说出于上帝的意愿，由自然决定，一如伟大的自然神学家让 · 司各特（Jean Scot）也这样认为。纪尧姆 · 德 · 圣–提埃瑞在他的

《金色书信》[1]中用ordonaturalis一词表示妻子对丈夫、下级对上级（尤其是僧侣对修道院）、物质对精神的服从。如果说马尔加布吕的这首歌开头还没有说清，通过对“自然之诗”的接近，则再次对道德败坏（受贿、怯懦、吝啬、贪婪）及社会秩序混乱（农奴变成了领主，“颠倒过来”[2]）进行了严厉谴责。

然而，倒数第二节再次谴责了感官爱情（amar）的卑鄙，因为它只能导致忠实而真诚的情人如野兽交欢。而所持的“自然规律”[3]与“自然之爱”[4]可否相提并论？在这一时期，“自然之爱”通常是指人们作为家庭成员所体会到的，尤其是父母对于孩子的总体之爱。这是自然天成的一种依恋，一种本能的血肉之躯，而这种所谓身体之爱，并不包含欲望的成分。

贝尔纳·德·克莱尔沃在其简短的誓言中，纪尧姆·德·圣–蒂埃瑞在他的长篇大论《爱情的天性与尊严》

---

❶《金色书信》，原文 *lettre dorée*。全称《写给圣山兄弟会的书信》（*Lettre aux frères du mont-dieu*）。

❷“颠倒过来”，原文引拉丁文 vice versa。

❸“自然规律”，原文引拉丁文 ordo naturalis，trobar naturau。

❹“自然之爱”，原文引拉丁文 amor naturalis。

中都认为，自然之爱处于爱情的低级阶段（据说是可接受的爱情，因为这显然不包括情色欲望），而由此逐渐上升，直至上帝的纯洁的爱，根据圣-奥古斯丁的观念，须通过五种精神感知的递进。人们体会到的家庭之爱处于最低层级，既没有上升到性爱，也没有脱离现实，因为它血脉相连。它是肉体的，是身体的热情，即使逃离了欲望。再者，那个时代许多教化的文本都对这种爱产生了怀疑：对孩子的溺爱，一心想确保他们能继承大笔遗产，却由此激发了他们的贪婪、邪恶与暴力。对于这种“肉体之爱”[1]，纪尧姆·德·圣-提埃瑞认为，它除了情色欲望和“可耻的肉体之爱”没有别的意思，而它使“可耻的主人”奥维德身败名裂。贝尔纳也一样，认为这个名称没有引起别的反响，只是让人们想起那个时代常说的“肉体的朋友”，单纯想起这个世上友人。至于“自然之爱”这个名称，纪尧姆将它留给了人类的普世之爱。

而马尔加布吕所谓 trobar naturau（自然之诗的创作）是否有可能指那些愿为合法的、讲道德的爱情而歌唱的诗歌？至少相对于色情的放纵，它只是肉体的眷恋，而

[1] “肉体之爱”，原文引拉丁文 amor carnalis。

非性冲动，符合自然律法，却避开了淫欲。如何确认这一诗节还没说清？这种假设并不晦涩，容易阐明：

Esegon trobar naturau
Port la peira e l’ esca el fozill,
Mas menut trobador bergau
Entrebesquill
me torno mon chant en badau
En fan gratill.

为了与自然之诗协调一致，
我带来石头、诱饵和打火机，
可是愚蠢渺小的游吟诗人
却混淆了这一切，
把我的歌变得那么可笑
并竭力嘲讽。

因为追寻自然之诗，马尔加布吕准备了所有能生发火苗、喷吐烈焰的一切，然而可怜的游吟诗人却感觉他的诗滑稽可笑并嘲讽他。我们设想一下“自然之诗”赞美“自然之爱”，热情似火，但符合令人敬畏的神圣律法（事实上，马尔加布吕正是将这种爱情奉为极致）。这种“自然之诗”在他笔下，原本是爱情点燃的诗歌火焰，却招来由低级贪婪所导致的堕落精神的嘲讽（这是个很好的例子，说明“游吟诗人”是个贬义词）。

第九章
爱的形式

我们还在1130年前后，马尔加布吕、贝尔纳·德·克莱尔沃、纪尧姆·德·圣–提埃瑞是同时代的人。让我们越过一些年，甚至一个多世纪，想象我们生活在13世纪末，在游吟诗人的艺术即将消失的时刻。感受到这种威胁，他们最后的代表人物之一，伟大的吉豪·瑞吉耶，通过潜心酝酿、思考，在他的诗体书信（后收入抒情诗集）中，对此发表评论。说到游吟诗人的命名，第一代诗人非常挑剔，而他要求恢复这个名称，并希望将它留给真正的诗人，但禁止用于江湖艺人。他甚至要求阿拉贡国王为此立法。

然而另一封诗体书信同样引起我们的关注，信中对此发表了评论。因为人们找到一种明确的方法给爱的形式分类，而对于“自然之爱”的关注，我们认为早在

150年前马尔加布吕的时代就开始了。1280—1285年，为了响应亨利二世伯爵发起的竞赛，吉豪·瑞吉耶写了一篇评论——*Expositio*（《诠释》），近千行的诗句论述一首80年前由另一位游吟诗人纪霍·德·加朗松（Guiraut de Calanson）创作的诗歌。这首诗歌“致我心灵深处的爱人”[1]在得出结论前，简要回忆了另外两部分，讽喻性地描述了“爱情中最微不足道的第三部分”。

对于爱情中最伟大的部分，他在第一首诗歌的最后两行明确表示，那正是神圣的爱情，“上天之爱”，就像吉豪·瑞吉耶诗云：

El sobeiras es de tan gran rictat
Que sobrel cel eissaussa son regnat.

至于崇高的第三部分，他的大能
比天高，提升天空的统治。

然而，另外两部分是什么？尤其是第二部分，诗歌

---

[1] 原文引拉丁文 Celeis cui am de cor e de saber。

中仅提到一句，“坦诚与怜悯”[1]与之相伴？

吉豪·瑞吉耶从爱人的激情中，发现了最微不足道的部分：“肉体之爱。”而爱情的第二个三分之一，是习惯性的“自然之爱”，人们说那是父母对孩子的爱。这也许就是爱的第二个三分之一，在纪霍·德·加朗松看来模糊且转瞬即逝，即那些既没有上升到色情，也没有升华至神圣之爱的所有爱的形式：对于家庭、朋友，甚至敌人以及整个人类的爱——纪尧姆·德·圣-提埃瑞区分出的五种类型的爱的前三种。这被认定为“坦诚与怜悯”。在这种情况下，吉豪·瑞吉耶的解释是正确的，但包含过多约束。

而这过多的约束，只限制了在他之前的作者让·德·摩恩（Jean de Meum）一些年，后者是《玫瑰传奇》[2]第二部和主体部分的作者，这部作品以挑衅的方式，以自然律法之名，将自然之爱与色情相关联。在探讨中，

---

[1] 原文引拉丁文 Noblesse et Pitié。

[2] 《玫瑰传奇》（*Roman de la Rose*），法国 13 世纪关于骑士浪漫故事的寓言长诗，中世纪流传最广的文学作品之一。全诗共分两部分：第一部分创作于 1230 年前后，作者是吉约姆·德·洛里斯（Guillaume de Lorris）；第二部分创作于 1275 年前后，作者是让·德·摩恩。整首诗“包含全部爱的艺术”。

作者通过“理性”之口，劝他离弃“疯狂爱恋”的情人，也就是色情，而这并不意味着导致仇恨。因为“疯狂爱恋”的反面不是仇恨，而是另一种形式的爱，它是“自然之爱”的延续——大自然创造的所有动物天生都爱自己的小孩。这种爱源自物种自我保护的本能，在道德上是中立的：它不值得称赞，但若不亲身体验则会产生负罪感。就像吃，不值得称赞，但让自己活活饿死则是有罪的。而“理性”明白，爱人真正的兴趣不在这种爱上。“理性”也同样要求爱，却不成功，因为情人显然不愿放弃他的“疯狂爱恋”。

让·德·摩恩在看似不知情的情况下跨出了这一步，超越了任何其他作者，即便是敏锐观察到自然之爱与肉体之爱的僧侣作家也无法企及。因为他认为孩童之爱，更倾向于生殖的本能：

C’ est naturels enclinemenz
De vouloir garder son sanblable
Par entencion couvenable
Soit par voie d’ engendreüre
Ou par cure de norreture.

这是自然的本能，
保护他的同类，
用合适的方式——

或通过繁殖，
或将他精心抚育。

对于性繁殖的担忧，出现在《玫瑰传奇》结尾，其实开头就通过“理性”之口说出。生儿育女与抚养子女之间的对等关系，导致在这两种情况下都适用于同样的道德判断：所谓“爱孩子不值得称赞，但不爱他们则会陷入负罪感。”如此说来，“生孩子不值得赞扬，但不生孩子就会陷入负罪感”。可见自然之爱与性爱密切相关。

最终离不开奥克语，也离不开游吟诗人的通用语言，吉豪·瑞吉耶在同一个十年的最后阶段完成了他的 *Expositto*（《诠释》）；马弗尔·艾尔芒歌·德·贝齐耶（Matfre Ermengaud de Béziers）于1288年，以一首三万五千行的巨型长诗（尚未完成）试图表现一种由神圣之爱统领，以自然之爱的观念构成的综合之爱。这部《爱经》（*Breviaire d'Amour*）包含形而上学的思想和雄心勃勃的精神，试图在神圣之爱中建立所有形式的爱的合一，并展现内心巨幅的细密画上，“爱之树的模糊形状”。

马弗尔说，爱有两种形式：神圣精神之火，圣父圣子在火光中彼此相爱，这不是创造的爱，而是创造者本身；至于创造的爱，他随后又说，上帝创造了自然，自然有两个孩子：自然权与人权，他们各自有两个女儿，这四个女儿都叫爱。自然权将“男欢女爱”和人们体验到的孩童之爱当作女儿——或者说，这两种形式的爱，所有动物都了解。人权将上帝及同类之爱（仁慈）和对这世界一切美好之爱当作女儿——或者说，这两种形式的爱都适合人类。

马弗尔·艾尔芒歌像让·德·摩恩一样，但采取更明确、更富于挑衅的方式，认为性爱和对后代的眷恋是大自然安排的使造物不朽的两种方式。这两种爱都是大自然的女儿，配得上屡屡赋予她们自然之爱的美名。自然之爱的这两种形式就像所有爱的形式一样，天生丽质，因为她们延伸了爱的行为，而上帝正是由此创造了世界，她们依次是创造的化身，因为让创造者重新见到了生命——生物学意义上的生命，并由此显现上帝的生命——将上帝带给他们的爱还给他所创造的生命。总之，对于人类来说，她们是更高成就的爱：神圣之爱，上帝之爱，以及人对上帝的爱的必要条件。

她们天生丽质，但也很危险。马弗尔给作品的最后一部分加了一个标题——献给“男欢女爱”，这种爱真好，倘若人们按照上帝的意旨去实施；但她同时也表现出最坏的邪念。这篇论述建立在游吟诗人的诗歌上，在抄本中的完整标题为“这是一篇冒险的论文：根据古代游吟诗人的诗歌论女人的爱情”。他采用的方法就是通过引文呈现游吟诗人对爱情的各种抱怨，并以他所评论的游吟诗人的另一些引文对此做出回应，从而提供了一部真实的游吟诗人的诗集。最终人们看到一个大胆的结论：“爱情的情人”在爱之树上采撷善恶知识树上的花叶。马弗尔由此通过游吟诗人的诗歌将爱情引入视野，将追寻欢愉而平和的性爱作为神圣事业的一部分。

至此，我们离马尔加布吕很远了，但其实没有想象得那么远。将爱情作为一个整体全面思考，并将这种思考置于思路严谨的诗歌的心灵，所有这些努力在 13 世纪末促进了诗歌艺术的转变。这种努力遍及整个欧洲，不同的作者以不同的语言完成、实现：让 · 德 · 摩恩用法语，马弗尔 · 艾尔芒歌用奥克语，雷蒙 · 吕勒用加泰罗尼亚语，尤其是但丁用意大利语。甚至在12世纪末的老塞尔卡蒙的诗歌中，我们也发现了同样的努力：一方面，将色情判定为兽性的，谴责男女通奸，认为这种行为不仅是错误的，而且对后代构成威胁，是一种恶劣行为，远离了当他们离开上帝之国时所拥有的爱；另一方面，顺从自然法则，赞扬由骑士美德（青春、价值、尺度）所维护的爱，因为体现神圣律法，所以它可以包含所有其他形式的人类神圣之爱。"自然之诗"[1]赞美自然之爱。150年后，热衷于"古代游吟诗人"的马弗尔·艾尔芒歌仍没有忘记这一课。

当然，貌似将马尔加布吕的作品说得一清二楚，其实是对其作品的简单化与折损。他的力度强烈，且充满焦虑与矛盾。下一个世纪的哲理诗，在尚未被但丁的天才改观之前，一直都很贫乏，但与此同时也在不断扩充并系统化。第一代游吟诗人，尤其是他的哲理诗，人们永远也不知道其中简约的粗糙究竟是笨拙或是深刻。

因为这位复杂的诗人喜欢简约。再者，简约并不总是那么容易。他并不藐视抒情诗最基本、最古老的形式

[1] 原文引拉丁文 le trobar naturau。

和主题——它们遍及全世界，人们设想第一次出现在欧洲诗歌，尤其是罗曼语中，是通过民间歌谣流传至今：被遗弃的孤独少女的哀怨、情人的相遇、为爱情送信的鸟儿。

A la fontana del vergier,
On l’erb’es vertz jostal gravier
A l’ombra d’un fust domesgier,
En aiziment de blancas flors
E de novelh chant costumier
Trobey sola, ses companhier,
Selha que no vol mon solaz.

果园边，清清泉水，
砾石旁，芳草萋萋，
白花点缀，
春日鸟鸣莺啼，
却见她孤身一人，
拒绝我的安慰。

这是“庄园主的女儿”，她不想听情话，拒绝诗人的拥抱，因为她正在泉边流泪，从心底发出哀叹。因为她的良人跟随法王路易七世（“年轻的路易”：我们此时在1147年）参加了十字军。她抱怨主耶稣夺去了她的心上人，他为主服务，冒着生命危险。诗人靠近她，试图给她安慰：哭泣会让脸色难看，“那让树林变绿的，可以赐予她许多欢乐”，然而这种欢乐，在这世界上，她已不再期待：

Senher ——dis elha——ben o crey
Que Dieus aya de mi mercey
En l’ autre segle per jassey,
Quon assatz d’ autres peccadors;
Mas say mi tolh aquelha rey
Don joy mi crec; mas pauc mi tey,
Que trop s’ es de mi alonhatz.

大人，她说，我坚信上帝
总会在另一个世界给我怜悯，
就像怜悯所有罪人。

而这一回，他带走了我的良人，
我的良人，曾给我全部欢愉。
我对他几乎失去意义，
因为他已远去，遥不可及。

这位少女在泉边哭泣，我们认识她，是通过一首民间歌曲。早在马尔加布吕之前，这首民歌已经出现在阿拉伯古老的哈尔贾斯诗歌❶及稍后的法兰西织布歌❷中——也可能在它之后，因为织布歌有着古老的节拍，但我们怀疑那是人为的古风，具体时间很难确定：

En un vergier, lez une fontenele
Dont clere est l' onde et blanche la gravele,
Siet fille a roi, sa main a sa maxele.
En sospirant son douz ami rapele.

果园中，泉水清澈，

❶ 原文 khardjas。

❷ 织布歌，原文 une chanson de toile，13 世纪法国民间叙事歌谣，因妇女织布时吟唱以消磨时光而命名。

砾石洁白，国王的女儿
端坐泉边，托腮凝神，
叹息着，轻唤她温柔的良人。

是的，马尔加布吕的忧伤歌曲似乎从来如此，随处可见。但这首歌是多么特别，多么不同寻常！在一幅乡村图景中，邂逅一位女子，这在当时的诗歌中是一种俗套，预示着色情冒险的开始。但情人的相遇并未发生，第 5 行诗云："却见她孤身一人"，没有任何诱惑的企图。第一诗节落在 solaz 上，这个词同时包含"快乐"与"安慰"之意，这一句或许、也应该意味着在这开场白之后，女孩拒绝了诗人的殷勤，或者说不想让他如愿。而随后才发现，她所拒绝的是他在听见她的哀叹、发现她的爱与悲伤之后，给予她的无私安慰，而他一无所求。

起初，看似一首邂逅情人的诗歌，其实是假象。这是一首关于女子与十字军的诗歌，歌中表现了女子的哀叹，因为她的良人去参加了十字军。这种类型或题材确实存在，他举例说明。除此之外，据说吉尧 · 德 · 第戎（Guiot de Dijon）还创作了一首优美的法兰西民歌：《为我的勇气歌唱》[1]。

然而，马尔加布吕在开始触及这类明写情人相遇、暗指十字军东征的诗歌时，采取了出人预料的方式。在对话体牧歌《树篱边的另一天》[2]中，诗人远离了在“树篱边”遇见的牧羊女的诱惑，对“牧羊女卑贱的出生”闭口不谈，而说她“充满智慧”，并没有被诱人的奉承所愚弄而轻易暴露她的愚蠢。在这两首歌中，鸥椋鸟[3]相互追逐，互问互答，传递爱情的鸟儿不怀好意，在第一首情人与诗人的对话中，诗人警告他谨防被女人欺骗。第二首对话说得好听点，就是女孩卖弄风情。至于十字军之歌，《洗衣歌》唱道：“以和平的名义！马尔加布吕创作了这些诗歌与音乐。”因为“洗衣”的“洗（lavador）”又回到每一诗节相同位置的韵脚，而歌声并不邀请圣地十字军，只邀请西班牙十字军，因为上帝在那近旁准备了一间洗衣房，让人们在那儿洗净自身的罪恶。

一方面，马尔加布吕针对每个人采用不同的笔调，充分发挥了不同抒情体裁的风格特征，简单的格律形式，

---

[1] 原文为古法语 *Chanterai por mon corage*。

[2] 原文引拉丁文 *L'autrier jost'una sebissa*。

[3] 原文引拉丁文 Estornel。

重复的韵律和节奏，以及与“果园边，清清泉水”统一的音调。在两首“鸥椋鸟”之歌中，诗句短促、跳跃。而在牧歌《树篱边的另一天》中，旋律强劲、升腾、舞动。《洗衣歌》的旋律调式接近礼拜堂的圣歌，其中第一行拉丁文诗句以圣主之名宣告和平。而与此同时，他的每一首歌都看似属于这一类，但实则以相反的方式表现另一个侧面。

绕了一大圈，我们再回到马尔加布吕这两篇简短的“生平”上。涉及诗人的生活，毫无疑问它们都是发挥了想象且充满矛盾。但各自都就同一个人物为我们勾勒了几笔：无从把握（他改名换姓），性格生涩，富于挑衅（“生平”引述诗云：他从没爱过谁，也未曾被爱过），遭诽谤以致于丢了性命；令人不安的诗人，从不关心时尚。这是阅读他的作品给人留下的印象。或者说，这是他的“生平”概述，而非个人肖像，是他诗歌作品的精神。以传记为托词，“生平”都渗透了批评的元素。

第十章

“因为心在那里奔跑，而身在此地”

毕竟这只是自然的托词，游吟诗人的诗歌常接受这种处境，并使各种暗示、名目与献辞倍增，马尔加布吕就这样将他的一首诗献给了海外的饶弗莱·于戴乐：

Lo vers el son voill enviar
An Jaufre Rudel oltramar.

我愿将我的音乐与诗歌
献给海外的饶弗莱·于戴乐。

这首诗大约写于1148年，和马尔加布吕通常的作品一样，这是一首讽刺诗，但实际上并不真正具有讽刺诗的特征。饶弗莱·于戴乐参加了第二次十字军东征，当时是由圣–贝尔纳·阿·维滋莱（Saint Bernard à Vézelay）宣道，法王年轻的路易七世率领，并由他的妻子阿里艾诺尔·德·阿基坦陪同。对此，饶弗莱·于戴乐著名的“生平”做出一个确认和一个否认：确认饶弗莱·于戴乐的确去了海外，否认他刚一到达就死了。

很久以来，这一直是最著名的“生平”，它启发了一众浪漫主义诗人：乌兰德（Uhland）[1]、海涅（Heine）[2]、勃朗宁（Browning）[3]、斯温伯恩（Swinburne）[4]、莱奥帕尔迪（Leopardi）[5]，其成功一直延续到20世纪初，影响到

---

[1] 乌兰德（J. Ludwig Uhland，1787—1862），德国浪漫主义诗人，许多诗歌带有民间传说风格。著有《古代高地德语与低地德语民歌集》《德国文学和传说史》。

[2] 海涅（Christian Johann Heinrich Heine，1797—1856），德国浪漫主义诗人，代表作有《青春的苦恼》《抒情插曲》《还乡集》《北海集》。流传最广的一首诗或许是由门德尔松为谱曲的《乘着歌声的翅膀》。

[3] 勃朗宁（Robert Browning，1812—1889），英国浪漫主义诗人、剧作家，代表作有《戏剧抒情诗》《环与书》和诗剧《巴拉塞尔士》。

[4] 斯温伯恩（Algernon Charles Swinburne，1837—1909），英国浪漫主义诗人、剧作家和文学评论家，代表作是诗剧《卡里顿的阿塔兰达》。

[5] 莱奥帕尔迪（Giacomo Taldegardo Francesco di Sales Saverio Pietro Leopardi，1798—1837），意大利浪漫主义诗人、哲学家。代表作有《致西尔维娅》《无限》《一个亚洲游牧人的夜歌》。

埃德蒙·罗斯当的《远方的公主》[1]，甚至影响到21世纪初，芬兰女作曲家凯雅·萨里亚霍（Kaija Saariaho）的歌剧《遥远的爱》（*L'Amour de Loin*）。这部歌剧是根据阿曼·马卢夫（Amin Maalouf）[2]改编的剧本，为2000年萨尔斯堡音乐节而创作的。当然仅靠自己是不够的，她还参照了饶弗莱·于戴乐的诗歌，从中汲取了创作素材与灵感。这就是为什么不了解它们的罗斯当的剧本，在我们今天看来十分空洞，且背负着过时的感伤；而马卢夫的剧本引用了它们，甚至诗中的原句原话，保存了原作梦中的忧虑，而这些也曾是“生平”的来源。

这“生平”众所周知，这里还是再说一遍：

Jaufres Rudels de Blaia si fo mout gentils hom, princes de Blaia. Et enamoret se de la comtessa de Tripol, ses vezer, per lo ben qu' el n' auzi dire als pelerins que

---

❶ 指1895年法国诗人、剧作家埃德蒙·罗斯当（Edmond Rostand，1868—1918）的剧作《远方的公主》（*La Princess Lointaine*）。

❷ 阿曼·马卢夫（Amin Maalouf），法语文学著名作家，1949年生于黎巴嫩贝鲁特。1976年起移居法国，以记者及作家为业，曾周游60多个国家，被公认为阿拉伯及中东世界的专家。并于1983年出版论文集《阿拉伯人眼中的十字军东征》。

venguen d’ Antiocha. E fez de leis mains vers ab bons sons, ab paubres motz. E per voluntat de leis vezer, el se croset et se mes en mar, e pres lo malautia en la nau, e fo condug a Tripol, en un alberc, per mort. E fo fait saber a la comtessa, et ella venc ad el, al sièu leit, a pres lo antre sos bratz. E saup qu’ ella era la comtessa, e mantenent recobret l’ auzir el flairar, e lauzet Dieu, que l’ avia la vida sostenguda tro qu’ el l’ agues vista; et enaissi el mori entre sos bratz. Et ella lo fez a gran honor sepellir en la maison del Temple; e pois, en aquel dia, ella se rendet morga, per la dolor qu’ ella n’ ac de la mort de lui.

饶弗莱·于戴乐出生于布莱省一个上等贵族家庭，是布莱王子。因为听从安提奥什回来的朝圣者说起她的好，他从此迷恋上这位未曾谋面的的黎波里伯爵夫人，并为她创作了许多旋律优美但词句贫乏的诗歌。渴望见到她，他于是戴上十字架，登船出海，在船上病倒，刚到的黎波里就被送至一家乡间客栈，准备死在那里。人们告诉了伯爵夫人，她来了，走到他床边，将他抱在怀里。知道这是伯爵夫人，他恢复了

> 听觉与嗅觉，赞美上帝让他活着见到她，随即死在她怀里。她以极高的荣誉将他安葬在圣殿骑士团修道院，并在同一天，因他的死亡带来的痛苦而出家当了修女。

长期以来，饶弗莱·于戴乐就像马尔加布吕、塞尔卡蒙一样，只留下这样一个简单的名字。在这个名字之下，抄本保存了六首诗，第七首肯定不是他写的。除了“生平”引述的这个传说，人们对他一无所知。

今天，档案文献已被发现。可以肯定的是，我们的诗人饶弗莱·于戴乐与高弗莱德·卢戴利（Gaufredus Rudelli）混淆了，后者于1125年与他的父亲钱拉·德·布莱耶（Gérard de Blaye，Geraldus de Blavia）和他的兄弟纪尧姆·弗莱朗（Guillaume Freland，Willelmus Freelandi）签署过将波努温（Peunouveau）封地捐赠给丰杜斯（Fondouce）修道院的捐赠契约（在圣特区的夏朗特-马利蒂姆，Charente-Maritime）。从1090年起，他的祖父，纪尧姆·弗莱朗（Guillaume Freland）就以“布莱王子（Blaviensium princeps）”的名字出现在契约上。就像马尔加布吕的讽刺诗中所暗示的那样，似乎可以证实他参加了第二次十字军东征，在他的表兄纪尧姆·德·昂古莱姆所建立的队伍中。他的朋友于格七世·勒·布伦·德·吕西尼昂（Hugues VII le Brun de Lusignan）和图卢兹伯爵阿方索·茹尔丹（Alphonse Jourdain）也一同参加，他还为前者献上了自己的一首诗歌。人们由此推测他死于 1164 年，当他的儿子钱拉（Gérard）前往耶路撒冷朝圣之时。

饶弗莱·于戴乐确实戴上十字架去了海外，但还有一次，如果马尔加布吕确实于 1148 年给他写了一首诗，说明他并非刚一到达即丧命。至于那位的黎波里伯爵夫人，自从 19 世纪以来，学者们就为她的身份争论不休。是可怜的梅里桑德（Mélisende），的黎波里雷蒙三世的姐妹，她答应嫁给君士坦丁堡国王曼努埃尔·高梅纳，而新郎在婚礼前夜改变主意，娶了安提奥什王子的姐妹？1160 年，她到了结婚年龄：如果我们的游吟诗人那会儿还活着，也该是个老头子了。而梅里桑德从来没有成为的黎波里伯爵夫人。或是她的母亲奥狄埃娜（Audierne），耶路撒冷波杜安（Baudouin）国王的女儿雷蒙二世的妻子？生于 1118 年，到 1147 年，正是可以让饶弗莱·于戴乐心旌摇荡的年龄，她很美，而且确实是的黎波里伯爵夫人。然而，1147 年，她并未举行任何婚礼，她的丈夫于 1152 年被谋杀之后，她曾代理摄政，于 1161 年去世。或是阿里艾诺尔·德·阿基坦，曾跟随丈夫参加十字军？但她不是的黎波里伯爵夫人，没有死于圣地，饶弗莱·于戴乐也没有任何途径倾心爱上这位未曾谋面的海外公主。

无论怎样预备候选人［第一位梅里桑德，是 1826 年弗里艾德里希·迪艾（Friedrich Diez）提出的，这一假说被受到启迪的诗人们所接受］，“生平”中都不可能找到她。因为“生平”不是传记，只是对诗歌的解读。雷欧·斯皮兹（Leo Spitzer）很久以前就敏锐地指出这一点。

饶弗莱·于戴乐的作品不多：六首诗歌，可以很快读完。其中三首写“遥远的爱”（amor de lonh），一首是“远方的爱”（amors de terra lonhdana）：这是“生平”的来源。这份爱遥远而模糊，但四周场景清晰。所谓伊人几乎没有指明，仅仅只说是“遥远的爱”，而与之相关的所有代词也都与“爱情”有关，并以此为先例。与此同时，诗人明确指出，她所居住的远方正是海外的萨拉森

（Sarrasins）。他宣称“上帝从未在犹太人和萨拉森人[1]中创造过如此美丽的基督徒”，这似乎可以确定她生活在一个如我们今天所说的多种宗教并存的社会。他想象着随之而来或促成他们相会的具体场景。他想成为朝圣者，以便“他朝圣的手杖和毯子能被她美丽的眼睛所注视”。他会问她有关上帝的爱、待客之道及“远方的小屋”，并想象着他们温柔的交谈、彼此间的亲密。为了她，他宁愿做“萨拉森国的俘虏”。

这就是饶弗莱·于戴乐的方式。他的文字表达总那么清晰明了、句法简单、风格流畅，没有什么突发奇想和令人震惊的欲望，炫技的格调。饶弗莱·于戴乐和马尔加布吕相反，尽管后者似乎偶尔会想起他——这种间接的参考是游吟诗人的家常便饭。设想如果在他的时代，trobar clus（晦涩之诗）和 trobar leu（明快之诗）[2]之间的区别已然形成，那么他显然站在“明快之诗”一边。但

---

[1] 萨拉森人属欧罗巴人种地中海类型，北非和南阿拉伯的一部分人，混有尼格罗人种血统。游牧的阿拉伯人又称“贝都因人”（意为“荒原上的游牧民”），靠饲养骆驼、羊、马为生，仍然保留着部落制度。

[2] 原文引拉丁文，trobar clus 指封闭、隐晦的诗，trobar leu 指轻松、容易的诗。

其实，他不断将我们引向神秘。他的歌清晰而神秘莫测。

他似乎永远沉浸在梦中，雷欧·斯皮兹发现了这一点。观察到“遥远的爱”凝聚着欲望和延迟拥有的悖论，正是两者的结合造就了游吟诗人的爱情诗，他写道：

> 遥远的爱情，其动机并非与情人的梦想无关：两者共同拥有一对相互矛盾的概念：“现实”与“非现实”，“存在”和“不存在”，“实有”与“虚无”，而这不解之谜都与那位谜一样神秘存在的夫人息息相关。

饶弗莱·于戴乐正是这样一位诗人梦想家，“在现实与非现实之间动荡徘徊”，人们无法跟随他进入他的梦境。而他乐此不疲，喃喃诉说着他梦见爱情，梦想着爱情，他在这个梦里避难，这个梦是他的安慰，也是他的酷刑。色情的梦，只有通过粗野的还原才能道出它的芳名。它同时既是这个，又是另一个：

> D’ aquest’ amor sui cossiros
> Vellan e pueis sompnhan dormen:

Quar lai ai joi meravelhos,

Per qu' ieu la jau jauzitz jauzen[1]

这份爱，让我忧心忡忡，

醒来，又入睡入梦：

我得着一种超自然的乐趣，

和她在一起，给予并接受这份欢喜。

在下一诗节中，这幕场景并未明确涉及梦，但描述了典型的梦幻感觉：被一股神秘力量阻止了行动力，无法前行进取或改变现状：

D' aquest amor sui tan cochos

Que quant ieu vau ves lieis corren,

---

[1] 对于此节的翻译（从拉丁语译成法语），作者自云："沉重、笨拙，我的翻译在两个因素上受挫。其一是我将 meravelhos 译成了'超现实'，应当理解爱情的欢乐［在诗的语言中，le joi(' 欢愉 ') 是一个阳性名词，指一种受折磨的享受］是一种梦幻体验，超越常规，升入美妙之境。其二，最后一行原文之简洁，几乎没法从语法上完整译出，从古老的语言译成现代法语，造成巨大缺失，其中乐趣一词不仅指感官享受，'这份享受，我一边付出，一边给予'。"

Vejalre m’ es qu’ a reversos
M’ en torn et qu’ elas n’ an fugen,
E mos cavals vai aitan len⋯

这份爱，我如此渴求，
以至于向她飞奔而去，
我有一种感觉想要掉头
撤退，当她逃离，
我的马儿也蜷局而缓行……

或者，还有另一首诗歌：

Anc tan suau no m’ adurmi
Mos esperitz tost no fos la,
Ni tan d’ ira non ac de sa
Mos cors ades no fos aqui;
E quan mi reisit al mati
Totz mos bos sabers mi desva.a a[1]

---

[1] 句末 a a，为装饰音。原注。

我从未睡得如此香甜，
直至灵魂出窍，瞬间飞去那里；
而在这里，我从未如此忧郁，
以致于找不到自己；
当我清晨醒来，
所有情趣都杳无踪迹。

“这里”和“那里”，sa 和 lai。这些简短的副词看似毫无意义、微不足道，随便用在哪里，却具有重大价值，不仅在这一节诗中，而且在所有游吟诗人那里：

Quar trop dechai
Tot quan vey sai,
Mas lai ab lieys creys joys e pretz.

因为这里
满目疮痍，而那里，
和她在一起，欢乐价值连城，繁花似锦。

至于贝尔纳·德·文塔杜尔，在饶弗莱·于戴乐之后不久，他的身体在“这里”，而这里在“别处”，因为他的心在“那里”：

Mo cor ai pres d' Amor,
Que l' esperitz lai cor
Mas lo cors es sai, alhor,
Lonh de leis, en Fransa.

我的心，伴随爱情，
因为心在那里奔跑，
而身在此地，远离她，
在别处，远在法兰西。

这诗句不仅与饶弗莱·于戴乐那些耳熟能详的诗歌非常接近，而且还通过演奏 cor（心灵）的谐音，将诗中的隐晦彰显并发展。其中 cor 变成第一人称动词直陈式 corre，je cours（我奔跑），cor 又演化为 le corps（身体）。饶弗莱·于戴乐亲切的爱情梦，其根本的模棱两可在于：心灵与精神的相思将梦中人带到爱人身边，但梦中幻觉，如果敢于承认，那是生理上的，身体是它的组成部分。

感觉它在那里，但其实它在这里。

我在这里。她在那里，我也想在那里：这种爱情的怀想滋养了所有游吟诗人。我在这里，她在那里，我不知怎样去那里，唯有欲望和梦想能将我带去：这便是l' amor de lonh（遥远的爱）。饶弗莱 · 于戴乐与她未曾谋面，就在远方对她爱慕倾心，而他在诗歌中却没有用这样的词语表达。这是“生平”的发明创造，或者不如说“生平”运用了传说故事的普遍主题，中世纪文学深谙此道。弗罗伊萨特（Froissart）[1]在他的小说《梅利亚多尔》（*Méliador*）中，反对“视觉之爱”和“名望之爱”。而纪尧姆九世早就说过：

Amigu' ai, non sai qui s' es,
C' anc no la vi, si m' aiut fes…
Anc non la vi et am la fort.

我有位女友，不知她是谁，

[1] 弗罗伊萨特（Jean Froessart，1337—1405），法国中世纪著名编年史家、神父、作家，著有《编年史》等。

因为我从没见过，只是相信……

我从没见过，却爱她至深。

如果继续读他的诗歌，人们就会发现在饶弗莱 · 于戴乐那里则完全不像这样。所谓“完全不像这样”意味着：他知道并偶尔会想起纪尧姆九世的诗歌。总之，他如此执着地反复表达自己想见识 l’ amor de lonh（遥远的爱）的渴求，人们很容易得出结论：他的确从未见过她。

我第二次引用原文中的“l’ amor de lonh”是为了将它授予女性。除此之外，诗人自己还能怎样呢？若非“遥远的爱”，何以表达这位夫人的神秘？饶弗莱 · 于戴乐以此作为一种 senhal（信号、标记），游吟诗人用这样一个别名（通常只作阳性名词）来表示他们精神上的女性，明显带有一种审慎的保守秘密的意图。诗云：

Dieus, que fetz tot quant ve ni vai

E formet sest’ amor de lonh,

Mi don poder, que cor ieu n’ ai,

Qu’ ieu veia sest’ amor de lonh.

愿创造了一切来来去去，
创造了遥远的爱之上帝
赐予我力量，因为我渴望能
亲眼见证这遥远的爱情。

上帝“创造了遥远的爱”。诗人不愿说上帝创造了他经历的爱情，而是说他创造了他所爱的女人。

而将这首诗理解为令人心碎的单纯是否更令人动容？对于“遥远的爱”的反复强调所产生的笨拙、温柔而又固执的印象，与“遥远的爱”本身押韵并转为副歌，发挥重要作用。

在这首诗歌中，同样的韵，同样的 lonh（遥远的），在每节的第 2 行和第 4 行，总共重复了十四次。有八次是词组 amor de lonh，并在最后两节（刚刚引用的是倒数第一节）重复 amor de lonh，每节重复两次，不断强调与重复。

一首清澈的诗歌看起来如此笨拙。但这种清澈是骗人的。第一节就很著名，看似简单明了，却并非如此：

Lanquan li jorn son lonc en mai

M’ es belhs dous chans d’ auzelhs de lonh,
E quan me sui partitz de lai
Remembram d’ un’ amor de lonh:
Vau de talan embroncx e clis,
Si que chans ni flors d’ albespis
Nom platz plus que l’ iverns gelatz.

当五月时日悠长，
我爱听远方的鸟儿鸟鸣，
而当我启程离开那里（？）[1]，
它让我想起遥远的爱情：
我低头徘徊，满心忧伤，
尽管山楂花开，鸟儿欢唱，
在我眼里，冷如冬日冰霜。

乍一看，这些诗句再清楚不过，但用心细读，却不知该如何理解，这也是为什么我的翻译看似符合逻辑，其实错误百出。

[1] “？”出现在作者的法语译文中。

首先，因为这些鸟儿 de lonh（来自远方）？因为它们栖息高枝，高高在上，远离树下行走的诗人，或索性因为人们只是听见，却并未看见远方的鸟鸣，根本不知道它们在哪里？而从“遥远的爱”看来，这种远离正是一种接近。这正是最后一节鸟儿的接近所暗示的：诗人并不在乎鸟儿的歌声，尽管它近在眼前，因为他的心在别处，飞向了“遥远的爱”。若干年后，游吟诗人加斯·布鲁雷（Gace Brulé）在布列塔尼看见的鸟儿近在眼前，却唤起了他对遥远乡村的怀恋，因为在那里，他曾听见同样的鸟鸣：

Les oisellons de mon païs
Ai oïs en Bretaigne
Q’ en la douce Champaigne
Les oï jadis.

家乡的小鸟，
我在布列塔尼听见它们鸣叫，
那歌声给我的印象，
和我从前在温柔的乡间

听见过的一样。

饶弗莱·于戴乐听见的鸟儿近在眼前，却“远在天边”，因为它们从远方来。它们是迁徙的鸟儿，飞越了海外冬天，萨拉森人的住地，那是“遥远的爱”的国度。它们随春风归来，“当五月时日悠长”。它们的歌声来自远方，呼唤着诗人的心，遥远的爱情。春日序曲如常，徐徐展开，获得全新的力量。鸟鸣来自爱人的国度，一如从爱人的国度吹来的风，这是游吟诗人常用的主题。

但如何理解第三句？我的翻译，从字面上看，这种表达随处可见：当我启程，离开我听见鸟鸣的地方，而这鸟鸣让我想起“遥远的爱”。由此可见，在 lai（那里）和 sa（这里）之间的位置多么重要。lai，“那里”，是“遥远的爱”之所在，她不在这里，鸟儿在那里歌唱，“当五月时日悠长”。“而当我启程离开那里”，意思还不如最后一节——总是她——不说诗人远离了鸟儿唱歌的地方，只说鸟儿的歌声并不比冬日冰霜更温暖，唯有对“遥远的爱”的回忆让他心心念念，满心忧伤。

在古老的语言中，“当”通常作“因为”使用，相对于严格意义上的时间，诗人更偏爱前缀的形式（lanquan），“从……启程”，意味着“与……分离”（partir，指“启程”“出发”，也有 partager“分享”的意思——让人想起著名的寓言故事《分被子》[1]）。我们再来读第三节开头：

Iratz e jauzens m' en partrai,
S' ieu ja la vei l' amor de lonh.

悲伤和满意，我都将离开，
如果有一天见到她，远方的爱。

因此，完全可以将 quan me sui partitz de lai 理解为“因为我已然和那里分离”，因为我不在那里，不在“遥远的爱”之所在地。

---

[1] 《分被子》，原文 *la Housse Partie*，13 世纪法国讽刺寓言故事，讲一个有钱的市民，在儿子成亲的当天，把全部财产都给了儿子，条件只有一个，让儿子给他养老送终。儿子成亲几年后，儿媳嫌公公年迈多病，唆使丈夫把公公扫地出门。之后，这个当儿子的派自己的儿子给父亲送去一条被子。他的儿子竟然将被子剪成两半，只送去一半，留下另一半，说将来长大后也把自己的父亲轰出去，把剩下的那半条被子给他。此时，这个不孝之子终于幡然悔悟，决心孝顺父亲，给父亲养老直至天年。

这个解释摧毁了“生平”故事，如果饶弗莱·于戴乐“与那里分离”，那是因为他已经去了那里，见到“远方的爱”并回忆当初。然而，真是这样吗？如果“生平”是骗人的，所有依据就只剩下这首诗，是否是诗歌创造了传说？那些听见歌声的人是否觉得“远方的鸟儿”会听见完全一样的歌？为何没有意识到这清晰明了中包含着迷雾重重？我们可以在魏尔伦身上欣赏的这一切，为何到了饶弗莱·于戴乐这里却弃若敝履？

“遥远的爱”在迷雾中飘荡，模糊不清，与此同时，产生一种憧憬，她是如此激动人心，以致于有人认定他不是在向女人，而是在向上帝倾诉。难道不是上帝之爱将他引向了海外？Lancan li jorn（时日悠长）的旋律，难道不是用在了德国人瓦尔特·封·德尔·弗格尔瓦伊德[1]伟大的骑士恋歌[2]中的十字军精神颂歌，或者不如说是前往圣地朝圣之歌中？然而这种假说很难被接受。她是如此模糊，因为“遥远的爱”仅以一个女性形象出现。没

---

[1] 瓦尔特·封·德尔·弗格尔瓦伊德（Walther von der Vogelweide，约1170—1230），德国中世纪文学史上最伟大的抒情诗人。

[2] 骑士恋歌（Minnesanger）又称宫廷恋歌、宫廷抒情诗，1150—1350年兴盛于德国宫廷中的一种诗歌形式。

有任何迹象表明这位夫人可能是圣母、教会或仁慈的化身，然而时代的文学总是小心翼翼地揭示出寓言和注释的第二重含义。否则当诗人乐于想象“在卧室或花园里”的一次秘密幽会时，如何冒险走漏风声，让这想象误入歧途呢？他最终又怎敢在悠长时日，抱怨他的教父将他“投入得不到爱的命运”中呢？这是怎样的基督徒，对他而言，在涉及上帝之爱时，竟肆无忌惮承认自己得不到爱？最终，如果这种感觉是被迫的，如果饶弗莱·于戴乐当时就洞悉了这一切，那么“生平”作者又如何敢偷换的黎波里伯爵夫人的历史呢？

然而另一方面，这种极端而难以企及的爱在奉献方面的言辞是值得赞颂的，正如 Lancan li jorn（时日悠长）的旋律遵循礼拜仪式上的音乐形式，呈现在世人面前。

的确，雷欧·斯皮兹看得准确。饶弗莱·于戴乐的普遍性在于他的梦，他梦见爱情如天国。即使他那些与“遥远的爱”并不相关的诗歌，甚至几乎是猥亵的，暗示着一种令人不快的境地——他被意外发现与别人的妻子在一起（可见他并不只为“遥远的爱”而活着），而这些诗歌依然拥有这种柔和而蒙着面纱的清晰。

受到饶弗莱·于戴乐和的黎波里伯爵夫人的传说激

励的现代诗人，我们说过，他们对传说故事本身比创造传说的诗歌更有兴趣。这并不总是给他们带来好运。但两个德国人，路德维格·乌兰德和海涅，在他们的同胞雷欧·斯皮兹之前，都以各自的方式发现，这个源自诗歌的传说为梦想做出了巨大贡献。有谁比德国浪漫派更懂得梦想与怀乡呢？而随后，他们的叙事诗便以饶弗莱·于戴乐诗歌那种难得的单纯和清澈的神秘轻松赢得反响。他们以纯粹的叙事所呈现的平静语调，长短格或抑扬格的八音节摇篮曲的节奏，只在偶数诗句中运用的完美押韵：在整部作品中以不同的笔调，给人类似的印象。

乌兰德[1]颠覆了故事预期的顺序，在谈到的黎波里伯爵夫人和她的美之前，诗人就先梦见一位夫人。人们在他周围想了解这位激发他诗歌灵感的神秘女人，而她只现身于类似于梦的夜间幻象中。也只有乌兰德提及关于的黎波里伯爵夫人和她的美丽传说，仿佛在这些故事里，伯爵夫人成了梦想和先验存在的爱情的结晶：

---

[1] 乌兰德同样写给 Bertrand de Born 一首抒情诗，他的诗歌时常从中世纪汲取灵感。在 19 世纪上半叶，他还曾论述法国中世纪骑士武功歌和瓦尔特·封·德尔·弗格尔瓦伊德。

Denn nur in geheimen Näch- ten
Nahte sie dem Sänger leise,
Selbst den Boden nie berührend
Spurlos, Schwank，in Traumesweise.
Wollt’ er sie mit Armen fassen,
Schwand sie in die Wolken wieder
Und aus Seufzern und aus Tränen
Wurden dann ihm süße lieder.

因为只有在神秘夜间，
她才向诗人轻轻靠近，
不触及泥土，梦一般飘临，
不留任何痕迹，
而想要将她抱在怀里，
她就再度消失入云，
从叹息和泪水中，
他汲取了温柔的诗句。

如果在结束了海边的流浪之后，饶弗莱·于戴乐最终登船返乡，只因海浪连绵起伏，如怀乡的波浪：

Meer, unsichres,vielbewegtes
Ohne Grund und ohne Schranken,
Wohl auf deiner regen Wüste,
Mag die irre Sehnsucht schwanken.

大海，总这样动荡不宁，
深不可测，无边无垠，
你起伏不定的荒凉，对疯狂
怀乡的漂泊者，充满怜悯。

最初也是最根本的还是诗歌，是梦想滋养了怀乡之心。对爱情的积极追寻，对爱人的身份辨认，奔向她的航程，连同死亡，都只是诗人梦想的延续。

至于海涅，马弗尔·艾尔芒歌说，正如奥克语歌谣集将“古代游吟诗人”的诗集收入其中，“生平”和“源起”追溯了他们的生命和爱情的历史，他以饶弗莱·于戴乐的爱情和生命的眼光将自己置于未来。他想象着布莱城堡有一幅挂毯，上面呈现出的黎波里伯爵夫人和他，正当伯爵夫人看他的时候，听见海岸传来诗人的声音：她“从他的容貌特征中，认出他怀乡的原始形象”，正如她还不认识他，就一直在等着他。夜间，挂毯获得生机，上面的人物都活动起来，饶弗莱 · 于戴乐和伯爵夫人终于开始交谈。梦想或死亡，一切都不复存在。除了爱情，都是虚空：

《Geoffroy! Wir liebten uns
Einst im Traume, und jetztunder
Lieben wir uns gar im Tode-
Gott Amur tat dieses Wunder.》

《 Melisande!Was ist Traum?
In der Liebe nur ist Wahrheit,
Und dich lieb' ich, ewig Schone.》

"饶弗莱，我们从前在梦里相思，
如今，在死里相爱——
爱神创造了这般奇迹。"

"梅里桑德，请问梦是什么？
死亡又是什么？告诉我。

唯有爱情之中，存在真理，
我爱你，你，恒久美丽。

然而，黎明时分，温柔的幽灵再度凝固在挂毯上。

而今研究游吟诗人的学者都是一些令人仰慕的学者，没有一句诗，一个单词的拼写，一个不同的抄本能逃过他们的法眼，没有一个同行不被他们讥讽。但我恐怕他们中没有一个对饶弗莱·于戴乐的理解能够达到乌兰德在1814年、海涅在1851年的深度。

“生平”也很理解他。何以见得？毫无疑问，对从未见过的女人产生爱情，自然是一种发明创造，而“生平”将其中故事的顺序与梦中爱情在诗中的顺序颠倒互换。这只是假设和解释。不，这些都在诗中有所印证：“他创作了许多旋律优美但词句贫乏的诗歌”[1]。听到“贫乏”一词，我们本能地会想到“很差”。饶弗莱·于戴乐的诗歌有着美妙的旋律，但文词乏善可陈，这是我们的理解。

但这不是“生平”想说的。就像马尔加布吕的“生平”也没有说他的诗歌很差，而只是说“悲惨”

[1] 原文引拉丁文 E fez de leis mains vers ab bons sons，ab paubres motz。

（caitivetz）。这里说“词句贫乏”，不如说不富裕。在定义类别的范畴内，它很善于自我保护，至少饶弗莱·于戴乐的时代，在写他的“生平”时，从“晦涩之诗”和“明快之诗”的角度观察定位是有道理的。因为它最终将“明快之诗”提升至足够“晦涩”：它们的浅显也足够神秘。另一方面，那些“富裕的游吟诗人”[1]也并没有所追求的那种奢侈。他们不富裕，他们很贫乏。这并非一种失败，而是一种选择。这不是一种指责：贫穷、匮乏是一种美德，一种真福。在“生平”中，“旋律优美”“词句贫乏”之间并不是以“和”来连接，也不是相反，用“但是”连接，说明这两者是相对的。饶弗莱·于戴乐的旋律惊人、文字单纯，由此突显了梦中爱情。

---

[1] 原文引拉丁文 trobar ric。

第十一章

"随着昼短夜长，明澈的空气变得阴暗"[1]

大约在1170年，一群诗人聚集在一个节日庆典上，也许是皇家婚礼的外围，在一个叫皮伊韦尔（Puivert）的地方，也不是很确定。其中一位名叫佩尔·德·奥维涅的诗人即兴创作了一首讽刺诗——《我歌唱这些游吟诗人》[2]，诗中嘲讽了确定就是在场的十来个游吟诗人，并宣布他才是唯一有价值的诗人。这仅仅为了取乐，最后两行诗云：

Lo vers fo faitz als enflabotz,

---

[1] 原文引拉丁文 Deiostals breus iorns els loncs sers/ Quan la blanc' aura brunezis。

[2] 原文引拉丁文 *Chantarai d'aquestz trbadors*。关于这首诗歌的创作时间众说纷纭，一般认为在1161—1170年。

A Puoich vert, tot iogan rizen.

写这首诗歌只为自吹自擂，
在皮伊韦尔，在笑声中游戏。

然而他的游吟诗人画廊，就像他的作品，在其他游吟诗人中引起反响，显示出这些年这样的艺术的重要性和影响力。再者，佩尔 · 德 · 奥维涅成为一名重要诗人，还因为他的谈话，甚至他的风趣都很有分量。他是一位如此重要的诗人，以至于在一系列意大利语歌谣集中，他的诗歌均被放在游吟诗人的首位。

Peire d' Alverne si fo de l' evesquat de Clarmon. Savis hom fo e ben letratz, e fo fils d' un borges. Bels et avinens fo de la persona. E trobet ben e cantet ben, e fo lo premiers bons trobaires que fon outra mon et aquel que fez los meillors sons de vers que anc fosson faichs:

De jostals breus jorns els loncs sers.

Canson no fetz, qe non era adoncs negus cantars

appellatz cansos, mas vers; qu' En Guirautz de Borneill fetz la premeira canson que anc fos faita. Mout fu onratz e grasitz per totz los valenz barons que adonc eran e per totas las valenz dompnas, et era tengutz per lo meillor trobador del mon, tro que venc Guirautz de Borneill. Mout se lausava en sos cantars e blasmava los autres trobadors, si qu' el dis de si en una cobla d' un sirventes qu' il fez:

Peire d' Alverne a tal votz
Que canta de sobr' e de sotz,
E siei son son douz e plasen;
E pois es maïstre de totz
Ab q' un pauc esclaris sos motz,
Qu' a penas nuillz hom los enten.

Longamen estet e visquet al mon, ab la bona gen, segon qu' en dis lo Dalfins d' Alverne, que nasquet en son temps; e pois el fetz penitensa e mori.

佩尔·德·奥维涅来自克莱蒙（Clermont）教区，

是一位受过良好教育的学者。他是资产阶级的儿子，英俊又亲切，也是一位好诗人，歌唱也很动听。他是山那边的第一位好诗人，也是创作出最美旋律的诗人：

“随着昼短夜长……”

他没有创作歌曲，因为在那个时代还没有任何写作称之为歌曲，都称之为诗；直到纪霍·德·波尔内勒（Guiraut de Borneil）创作了有史以来的第一首歌。他很受尊敬，受到那个时代所有绅士淑女的接纳，被认为是纪霍·德·波尔内勒之前最好的游吟诗人。他很爱在诗中自夸，并批评其他游吟诗人；在谈及自己时，他的一首讽刺诗云：

佩尔·德·奥维涅的嗓音如此之好，
他唱的歌儿高亢、庄严，
他的旋律温柔、愉悦。
他将成为众人之主，
只要他的观点再清晰一些，
因为对于他，人们很难理解。

他在这个世界上，在一些好人身边生活了很多年，按照和他同时代的多芬·德·奥维涅的说法，而后他去苦行苦修，直到去世。

就是这样一个“生平”，不喜欢逸闻趣事，对诗歌问题饶有兴趣，对皮伊韦尔（我们还是沿用这个名称）的那次聚会大肆渲染，而对那些遭到佩尔·德·奥维涅嘲讽的受害者只字未提，对诗人的爱情也保持沉默。“生平”满足于推测、嘲讽和自夸是诗人的一贯性格，所引用的不是他嘲笑同伴的生动的讽刺诗，而是他对自己的创作方式发表的评论。

我们先来看其他部分。佩尔·德·奥维涅“是山那边的第一位好诗人”，这是哪一座山那边？“生平”是用意大利语写的，按通常习惯可能就是指阿尔卑斯山。然而最古老的游吟诗人生活在阿尔卑斯山西南麓。因此，最简单的办法就说佩尔·德·奥维涅是第一位优秀的游吟诗人，而这显然不是句子的本意。这座山也可能是指中央高原。第一批游吟诗人是利穆赞人、阿基坦人和加斯科涅人，生活在中央高原的西侧和南麓。佩尔住在克莱蒙教区，来自北坡，甚至有可能来自利马尼（Limagne）和阿里埃（Allier）。

“生平”所强调的是，和他一起，游吟诗人的艺术向北方推进，到达奥克语和奥依语之间的语言边境。

他创作了好诗（trobet ben）和优美的旋律（cantet ben），而“歌唱”同时指音乐创作和演奏。“生平”用一种精彩的方式，举出了一个很好的例子。它引用了歌（我们还是按照它通常的意义用这个词，尽管根据“生平”，佩尔·德·奥维涅没有写歌，而只创作了诗）中的第一句，可见将这一句看得多么特别，并以此代表他的艺术。

根据什么做出如此判断？这首歌的旋律、音乐调式的特征，至少我们听起来，与其他游吟诗人的歌没太大区别。众多灵巧点缀的装饰音，无疑通过炫技，印证了这位“好歌手”名不虚传。他和谐的温柔，与支离破碎的粗糙和遣词造句的大胆形成鲜明对照。毫无疑问，这首诗让他获得殊荣。

这些诗节的格律相当复杂。一个八音节的四行诗，跟着十音节的三行诗，其中第二句与这一节中的任何一句都不押韵，但与下一节同一位置的诗句押韵（rime estramp），这也是我们之前遇见的游吟诗人的常用手法：比如饶弗莱·于戴乐的 *Lancan li jorn*［当（五月）时日悠长]，每一节的最后一句都在 -atz 上押韵。这里的韵脚在所有诗节中都一样，根据第一代游吟诗人的用法，通过两种不同的韵脚，给相同的元音（i）着色，表现音色的接近与差异，具有两种不同的韵母，它们的元音音色相同：-is 和 ics。所有韵脚都是阳性的：诗人并不寻求韵脚的阴阳交替。整体上，在仍符合第一代游吟诗人习俗的范畴内，给人一种精心研究和矫揉造作的印象：

Deiostals breus jorns els loncs sers,
Quan la blanc' aura brunezis,
Vuelh que branc e bruelh mos sabers
D' un nou joy quem fruich' em floris,
Car del doutz fuelh vey clarzir los guarricx,
Per ques retrai entrels enois els freys
Lo rossinhols el tortz el guays el picx.

随着昼短夜长，
明澈的空气变得阴暗，
我希望我新生的知识的快乐，
能在枝头萌发，让我开花结果，

因为我们看见苗圃中的嫩叶在枝头闪烁。
啄木鸟、夜莺、八哥和斑鸠，
也纷纷退入寒冷与忧愁。

一片入秋的景象，就像塞尔卡蒙喜欢的那样。一种季节的悲伤和爱的喜悦之间习惯性的对比，然而这种复杂的对比源自其他的变故。苗圃天气晴朗：春光乍现，象征着春天来临。“当溪水泉流像往常一样 / 清澈闪光”，“溪水清亮，牧场灰暗”❶，饶弗莱·于戴乐唱道。而这里树丛闪烁，因为树叶坠落；它们明亮，因为时光幽暗。“当明澈的空气变得阴暗”❷，以这种明暗（clair-obscur）对应花与果之悖论，爱情的幸福萌生于冬天之心。

还不止这些反差：在诗歌格律与韵律中混合着简单与探索，诗歌的清新包含着精心准备、扭曲变形和人为的粗砺。

前两者说秋天，都从最常见的历法和气象入手：白昼缩短，时光阴暗。但这一点也不平淡，因为第二种说

---

❶ 原文引拉丁文 Quan lo rius de la fontana / S' esclarzis，el riu son clar el prat son gen。

❷ 原文引拉丁文 Quan la blanc' aura brunezis。

法几乎无法翻译：“白色气息变得昏黄。”然而这并不很有趣。因为 l' aura 一词，既是空气的流动，也是空气和风[1]。

人们会说我添枝加叶，因为游吟诗人用“棕色”和“变得昏黄”来形容秋天并不罕见。对我们来说，在准确性出现偏差时，它们是否同样令人惊讶，富有诗意和表现力？这很难说。古老的诗意只有通过时而忽略、时而夸大事实的误读来实现其价值。而且不仅古老的诗意，所有过去的语言，甚至所有外语大多如此。就是这样。这是一种损失，但也是一种收获。因为由此增添了从语言中享受到的乐趣。

我们并不是在这里创造发明，提升一种成熟的效果，而是通过单音节的积累和密布的辅音，如第一行 Breus jorns，loncs sers（昼短夜长）。第三行 Vuelh que branc e bruelh（希望我新生的喜悦）和第四行 d' un nou joy quem fruich' em floris（能在枝头萌发，让我开花结果），这两者中的短促都无法翻译。Branc e bruelh，“树枝和发芽”，应该用动词“栖息枝头”，这是第三人称现在时，意味着

[1] 据此，或可将 l' aura 一词译成“气息”。

"在枝头萌发"，在"发芽"的原型上，还存在一个动词"萌发"；fruich' e m floris，"让我结果，为我开花"，而为了准确翻译原文，第三人称的动词"结果"，可以译成同音异义的"果实"，也很短促，等于用了一个感兴趣的词而避免了沉重的介词"为了"（pour）。最后一行，在长长的"夜莺"之后，终于出现了一连串鸟儿的名字，都是单音节词的叠加[1]。

这一连串错落有致的单音节词在五个世纪以后，又将任由马勒海博（Malherbe）放逐在他的诗中，可见佩尔·德·奥维涅并没有垄断它们，相反，这种手法几乎成了那一代诗人的创作模式。这似乎是"晦涩之诗"特有的创作方式，与"明快之诗"轻松自如的创作正相反。"晦涩之诗"首屈一指的当属兰博·德·奥朗日，"明快之诗"的冠军则是纪霍·德·波尔内勒。佩尔·德·奥维涅跟他们都很熟悉，这二位均享受特权，被写进了《我歌唱这些游吟诗人》中：兰博充斥着自我，过于拘谨；纪霍

[1] 诗歌最后一行，法语原文：le rossignol，la grive，le geai et le pic。其中第一个单词 le rossignol，"夜莺"的音节最长，后面均为单音节词，意思分别为"斑鸠、八哥和啄木鸟"，而根据汉语音节及诗歌上下文，译者擅自调整了鸟儿的顺序，敬请谅解。

只一笔带过：“他好像一只干燥的羊皮袋，在古老的水波上哼着悲伤而单调的歌。”

兰博·德·奥朗日实在喜欢单音词叠加，用精湛的技巧训练来折磨嗓子，这突出表现在他著名的《颠倒的花》之歌中：

Cals flors? neus gels e conglapis
Que cotz e destrenh e tenca,
Don vei mortz quils critz e siscles
Pels fuels, pels rams e pels giscles.

什么花？雪花、冰花、霜花，
折磨、切割、扑打，
我从中看见毁灭，听见它
嘶嘶咆哮，摧残枝叶、嫩芽。

此后不久，阿尔诺·丹尼埃尔以此为主题，在《苦涩的风》[1]中走得更远。

---

[1] 原文引拉丁文 *L'aur'amara*。

和佩尔的歌一样，这些歌也吟唱秋日或冬天。锋利的亮色犹如坚冰，像欲望和心愿一样紧绷，保护着爱情的欢乐，而首先是遭到冷遇而心灰意冷的苦楚。而贝尔纳·德·文塔杜尔同样出现在《我歌唱这些游吟诗人》中，他远离了“晦涩之诗”，发展了同样的动机：我的内心充满喜悦，它为我改变了自然万物，并为我颠覆了所有一切[1]：冰霜于我如夏日绚烂的花朵，我的爱如此火热，以至于我可以赤身裸体，在雪地里奔跑。

回到佩尔·德·奥维涅和“随着昼短夜长”，这首歌通过传统主题结合了欲望所产生的张力及反语，彰显了“晦涩之诗”一种新的倾向，而这种欲望奠定了游吟诗人爱情诗的基础，并为日后的诗歌提供了素材。而所有这些足以吸引“生平”作者。

然而这首诗歌也产生了别样的回音。第二节以哀歌的语调，追忆了一种“遥远而亲近的爱情”，就像饶弗莱·于戴乐，这时期他肯定已经去世，但并没有被遗忘：

Contra so m' agradal parers

[1] 原文为拉丁文 tot me desnatura。

D' amor lonhdana e de vezis,
Quar pauc lo levars nil jazers
Mi val ses lieys cuy sui aclis.

真高兴，一种遥远而亲近的
爱情，出现在我生命里，
因为没有她，我的心上人，
起身，睡卧，对我都毫无意义。

同样，以下诗节一开头就让人立刻想起“我坚信主是真实存在 / 感谢主让我见识了远方的爱”[1]，并由此开启了第五节“当（五月）时日悠长”，但即刻又转入一种全然不同的音调：

Qu' ieu vey e crey e sai qu' es vers
Qu' Amors engraissa e magrezis,
L' un ab tichar l' autr' ab plazers

[1] 原文引拉丁文 le Ben tenc lo Senhor per verai/Per qu' ieu veirai l' amor de lonh。

E l' un ab plor e l' autr' ab ris;
Lo quals ques vol n' es manens o mendicx,
Per qu' ieu n' am mais so que n' ay qu' esser reys
(Assatz non re!) d' Escotz ni de Galics.

我见证，我相信，知道的确如此：
爱情将人滋养，令人憔悴，
让人受骗，令人欣喜，
让人欢笑，令人哭泣。
让人富有，或沦为乞丐，只要她愿意，
我渴望爱情，胜过做苏格兰国王，
或加利西亚皇帝（这庞大的虚无）。

爱情的富翁和爱情的乞丐：在游吟诗人的诗中，爱情的对比、矛盾及反语占有特殊地位。这很容易与基督教有关得失的教义产生共鸣[1]。穷人是爱情的富翁，富翁却很悲惨，因为物质的富足毫无价值，甚至会成为拯救的

[1] 参见《马太福音》(16:24-25)，于是耶稣对门徒说："若有人要跟从我，就当舍己，背起他的十字架来跟从我。因为凡要救自己生命的，必丧掉生命；凡为我丧掉生命的，必得着生命。"

障碍。它们适用于所有逆转。爱情的富足，胜于家财万贯。感受到爱，能让人富有，即使乞求的是一种无望的爱。游吟诗人懂得从这一主题中发现一千种差别细微的新思路。被拒绝的爱，佩尔·维达勒说，就像“富人屋檐下的穷人”，他们不敢抱怨，生怕不招人喜欢。佩尔·罗吉埃（Peire Rogier）就宣称自己拥有无私的爱而无比富有，无需任何回报，堪称“骄傲的穷人”：

Non ai donc pro car sol la vey?
Del vezer suy ieu bautz e letz;
Plus no m' eschai,
Que ben o say,
Mas d' aitan n' ai ieu joy e pretz
E m' en fauc ricautz a sazos
A guiza de paubr' ergulhos.

仅仅看她一眼，我便受益良多不是么？
她的目光让我怡然自得，
仅此而已，从她那里，
我没得到任何别的，

但收获喜悦和价值，
有时我会因此自命不凡，
以一个骄傲的穷人的方式。

佩尔·罗吉埃和佩尔·德·奥维涅是同时代人，也是同乡，甚至是第一个在《我歌唱这些游吟诗人》中占一席之地的诗人。通过吸引人们对《随着昼短夜长》这首诗的关注，“生平”不仅彰显了这首诗的特征，还强调了它既能反映出游吟诗人已然建立的艺术传统，同时反映出这一代人在那个世纪的创新能力。这些佩尔·德·奥维涅喜欢在讽刺诗中嘲讽的诗人，实际上与他保持着对话，这些对话通常很和谐，但有时也不协调。

比如，他很关注贝尔纳·德·文塔杜尔的艺术，却无情嘲笑了他的家庭出身。就我们的品味来判断，他在皮伊韦尔写给他的讽刺诗并不十分优雅，只为完成一首完整的歌，如“我将歌唱，因为我必须唱”从怀念开始，并引用了这位伟大的游吟诗人的原话。具有讽刺意味的是，第一节完全是原创作者的主张：

Chantarai, pus vey qu’ a far m’ er.

D’ un chant nou quem gronh dins lo cays:
Chantars m’ a tengut en pantays,
Cum si chantes d’ aital guiza
Qu’ autruy chantar non ressembles;
Qu’ anc chans no fo valens ni bos
Que resembles autruy chansos.

我将歌唱，因为我必须唱，
何况有一首新歌骨鲠在喉：
唱歌让我心忧：
我以怎样的方式
才能让诗歌独树一帜？
因为倘若与他人雷同，
这诗歌将毫无价值。

然而在接下来的第二节，随即出现了贝尔纳·德·文塔杜尔著名的《云雀之歌》的变奏：

Belh m’ es quan l’ alauza se fer
En l’ ayr per on dissen lo rays

E monta tro l' es bel que bays
Sobrel fuelh que brandal biza···

我喜欢当太阳光沉落时，
云雀窜入天空，
直到自在飞升，
又落入清风扶摇的林中……

在这首歌中，对恋人的抱怨谨慎而坚持，优雅而果敢，只得到柏拉图式的鼓励，却未有实际收获，这完全是贝尔纳·德·文塔杜尔的方式。佩尔仍然与他的“朋友贝尔纳·德·文塔杜尔”交流“辩论诗”（tenso），他指责友人放弃了歌唱和爱，当夜莺邀请他的时候。贝尔纳回答说，他放弃爱，是因为太痛苦，而幸运的是，他从此有了躲避这种疯狂的避难所。佩尔对此感到愤怒：唯有爱情，能够带来谦卑与价值。

重视与他同时代的伟大艺术和一些小缺点，佩尔·德·奥维涅由此成为时代的先驱者之一。应当同时认真对待他的创作主张和自吹自擂，而这些都表现在他的早期诗作《我想用历久弥新的方法创作》中：

Sobrel vieill trobar el novel
Vueill mostrar mon sen als sabens,
Qu’ entendon be cil que a venir son
C’ anc tro per me no fo faitz vers entires.

我想用历久弥新的方法创作，
向学者们展示我的学识，
以便让将来的人们更好理解，
在我之前，从未出现过完美无缺的诗歌。

也许正是这最后一句（依照词语的现代意义）给了“生平”启迪，注意到佩尔是纪霍·德·波尔内勒之前最好的游吟诗人，然而他只写诗（就抒情诗而言），而纪霍是写歌的第一人。“生平”描写他的性格，也许正是从这首诗中的自夸开始，并加上了《我歌唱这些游吟诗人》中他对自己的赞美和对其他游吟诗人的批评、嘲讽。

而这种自夸并不妨碍他对“古老的游吟诗人”的尊敬。因为一如中世纪一贯的思想，在他眼中，旧事物总是好的，而新事物都很糟糕。因此，新的“游吟诗人”

正是他所嘲笑的同伴。如果说他写的诗歌最好，那是因为他属于旧的流派。这样说也不完全正确，因为我们已经看到他还接受了新的“晦涩之诗”。而我们也同时看到他对饶弗莱 · 于戴乐的追忆。在《我歌唱这些游吟诗人》中，他像纪尧姆九世一样，表达出自己“拥有掌控一切的能力”。这种话可以用来吹嘘他们在爱情中的才能，我们，我们在恋爱中是“片与刀”，普瓦蒂哀伯爵总这样口出狂言。而佩尔 · 德 · 奥维涅的创作背景则更纯洁：

Qu’ iem tenc l’ us el pan e1 coutel
De quem plas apanar las gens.

因为拥有面包与刀，
我很乐意让人吃饱。

而这又让我们想起马尔加布吕，他在类似的上下文中也对自己的创作方式发表评论，论及著名的“自然之诗的创作”，诗云：

Esegon trabar naturau

Port la peira e l’esca el fozill.

为了与自然之诗协调一致，
我带来石头、诱饵和打火机。

因为这是他愿意遵循的马尔加布吕的教诲——尤其是老马尔加布吕的经验教训，其中的隐晦与苛刻成为其他“晦涩之诗”的前身；他不仅不鄙视这种创新，还在他的讽刺诗《玫瑰绽放让我欣喜》[1]的结尾，对此表达了敬意：

Chantadors, lo vers vos fenis:
Aprendetz la comensansa.
Marcabrus per gran dreitura
Trobet d’altretal semblansa,
E tengon lo tug per fol,
Qi no conois sa natura,
E noill membr’, e per qes nais.

[1] 原文引拉丁文 *Bel m'es quan la roza floris*。

歌手，我为您写首诗：
学习开头。
当马尔加布吕以同样的精神写作，
表现出伟大的严谨。
他们都把他当成疯子
——所有误解自身天性的人，
他们早已忘了，也不知自己为何出生。

佩尔在此强调，只有那些精神肤浅，既不懂得回归自我，也不了解自己的人，才会将马尔加布吕看成一个疯子，也许他想起了马尔加布吕“自然之诗”的结尾，抱怨“那些愚蠢渺小的游吟诗人混淆了一切，把他的诗歌变得可笑并竭力嘲讽”。

不仅如此，他还在其他方面记得马尔加布吕，有时还会借鉴他的一句诗。在同一首讽刺诗《平息你们的心》[1]（若从字面翻译，应为“开朗心情”）中，号召人们参加十字军，与马尔加布吕的思想完全一致。也可能是

[1] 原文引拉丁文 *Vostre coratges s'esclarzis*。

“只因我心获得安宁”[1]，这是马尔加布吕的讽刺诗第一句，触及另一个主题，确实如此。在别处，可能是关于整首诗——“夜莺，你就从我这里出发，去她家里，见一见我的心上人”[2]。这显然是“鸥椋鸟”[3]的两首歌的回音。

富于挑衅的晦涩，对于众多不知名的对手的深刻揭露，对于爱情的道德确认，直至amar（爱）与amor（爱情）的对立，所有这些马尔加布吕的特征，都可以在佩尔的《树叶、花朵和成熟的果实》[4]这首诗里找到，并通过“晦涩之诗”辅音的错落及节奏的跳动而增强、放大。“晦涩之诗”似乎在通过自然和以“贤明的睿智”（assenatz sens）教导诗人的方式来证明自身：

E semblam ben els ditz escurs
Et en razos
De dir ses motz romputz,
De que cove que mot mellurs

[1] 原文引拉丁文 Pos mos coratges esclarzis。
[2] 原文引拉丁文 Rossinhol，en son repaire/M' iras ma dona vezer。
[3] 原文引古法语 l' estornel。
[4] 原文引拉丁文 *Lo fuelhs el flors*，*el frugz madurs*。

Tu cuy det sos
E motz far mentaugutz.

（“这贤明的睿智”）对我而言，
似乎就是在隐晦的交谈
与探讨中直奔主题，
这多么适于你的进取，
它能让你创造唤醒记忆的
文字与旋律。

这里（第三行）ses motz romputz 字面意思是“没有中断的语言”，语意不明。A. 弗拉达（Fratta）认为所谓“中断的语言”也就是“语意的中断”，寓意的一词多义。这种巧妙的解释似乎太牵强。“没有中断的语言”无疑就是“不打断他的谈话”，以免谈话者刚说到一半就被打断而受到伤害，让他一口气把话说完。换句话说，就是主张将一种粗暴的坦率与晦涩的言语相结合，而这再度与马尔加布吕的精神如出一辙。

这种结合之后走得更远。在这首诗中，诗人自称要忠于“引领他的爱情”，而此时这已不再是一首情歌，而是一首源自真爱的智慧的赞美诗了。这种爱情的智慧引领诗人的艺术创作，使得幽暗与坚定相结合，并在其艺术中得到充分体现。

爱情的智慧又是指什么？是怎样的智慧和怎样的爱情？与此同时，诗歌称赞“贤明的睿智”，唯有从快乐中方能体会这“聪慧的机智”[1]与“伟大而纯洁的智慧”[2]。一些人坚持认为，这种完美的回归只属于上帝，而这首诗的色调无疑是宗教性的。而另一些人则不这么看。

如果有可能将中世纪的文学分为宗教文学和世俗文学，那么这种讨论是有意义的。然而中世纪的世界充满了宗教信仰，以至于所有常规的努力和所有理想化的目标无不打上宗教的烙印。这首诗的运行轨迹是从创造到自然的繁殖力，再到智慧，从智慧到爱，其共同点及一以贯之的要素就是快乐，它诞生于丰饶的自然奇观所造就的诗人。

Lo fuelhs el flors, el frugz madurs

---

❶ 原文引拉丁文 gienh ginhos。

❷ 原文引拉丁文 grans sabers…purs。

Quan er sazos
M' es ioys e gaugz m' adutz.

在这个季节，树叶、花朵
和成熟的果实
带给我欢喜，让我充满快乐。

这快乐也是孵化完美智慧的先决条件：

Quar ses gaug grans sabers ni purs
Ni gienh ginhos
Non er aut elegutz.

因为没有快乐，伟大而纯洁的智慧，
聪慧的机智，都无从置于
崇高的位置。

尽管有恶人，但幸有智慧，快乐依然存在，她是美好爱情的源泉：

Qu’ab lo plus gent ioy vau segurs
Qu’anc entre nos
Sai fos aparegutz,
E no mi tenran dan digz durs
D’omes iros
Ni lauzengiers lengutz,
Que l’assenatz sens
Nos camja nil beutatz,
Don suy iaurens
De bon’amor amatz.

所以我将以最崇高的快乐
守护我的安全，
不让任何人出现在我们中间，
说一些伤害我的卑鄙流言，
也不允许愤怒及诽谤者
恶语中伤，
因为智慧和美丽都不会
因此改变，为了我们，
所以我充满快乐，

坠入爱河。

这就是诗人如何驱逐不良情爱及其支持者，决心要在美好爱情的指引下乖乖排队，得到纯正的诗歌礼物。给我这礼物，他在曲终唱道：

Qu' ieu sobriers fos
Als grans et als menutz
Dels esciens
De trobar ses fenhs fatz,
Don suy grazens
Ad aquelh don m' es datz.

摒弃了愚蠢的杜撰，
我创作的这些诗歌，
胜过所有大大小小的学者，
我所要感激的，
是赐予我灵感的那一位。

最后两行毫无疑问，是在感谢上帝。诗中许多表达方式都带有宗教色彩，这也是确信无疑的。但人们并不能由此得出结论：“美好爱情”就是上帝之爱。这首诗的目的在于将爱情，包括人类之爱，植根于知识和道德的完美，而这种完美只能来源于上帝。我们知道：自从第一代游吟诗人在热情的爱的庆典上出现以来，就渴望汇合所有爱的形式，从而说出整体的爱，而这将在下个世纪的诗歌中得到发扬与深化。一些人对这种渴求的体验或表达超过了其他人。

佩尔·德·奥维涅代表了很多人。他超越众人，使上帝在他的工作中占有显著位置。在好几首诗中他都表达了他的虔诚与忏悔——认罪悔罪，赞美上帝[1]。没有什么比这更美的。而最终人们不会忘记，根据“生平”，在人世间生活了很久之后，“他去苦行苦修，直到去世”。这里，“苦行苦修”意味着他出离了世俗世界，进入宗教生活，为了面对死亡。很多游吟诗人都是如此。

[1] 以马内利，法语原文为 Loué soit Emmanuel，在希伯来语中即“上帝与我同在”，参见圣经《以赛亚书》（7：14）：“因此，主自己要给你们一个兆头，必有童女怀孕生子，给他起名叫以马内利（就是‘上帝与我们同在’的意思）。《以赛亚书》（8：7-8）：“因此，主必使大河翻腾的水猛然冲来，就是亚述王和他所有的威势，必漫过一切的水道，涨过两岸；必冲入犹大，涨溢泛滥，直到颈项。以马内利啊，他展开翅膀，遍满你的地。”

可见就是这样一位诗人，他的作品打上了和同伴个人关系的印记，与此同时，也带有时代的诗歌倾向，并受其前辈的影响。这位诗人如此重要，以致于“生平”没有对他在皮伊韦尔的讽刺诗中所提供的逸闻趣事添枝加叶，而专注于他的诗歌创作。

而我们也并不否认在这首讽刺诗里，从这些游吟诗人喜欢的讽刺挖苦中散发出的光芒。即便不是所有人都留下一个不朽的名字，但其中四位凭着他们作品的反响成为最重要的诗人：佩尔 · 罗吉埃、纪霍 · 德 · 波尔内勒、兰博 · 德 · 奥朗日、贝尔纳 · 德 · 文塔杜尔。其光辉业绩还有很多可说的。我们不要在分析的路上走得太远。我们将乐于设想并立即放下他们，转而在“生平”“源起”和诗歌之间曲折徘徊。我们这样做的确很有问题，好像从此以后我们对游吟诗人的诗歌便了如指掌，只需通过浏览这点成果即可揭示诗歌的真相了。

第十二章

“当我尝试写‘晦涩之诗’”

佩尔·罗吉埃是第一个被佩尔·德·奥维涅攻击的游吟诗人，也许因为他们是同乡，都是奥维涅（Auvergne）人。而后者的意图，他在讽刺诗第一节中解释说，是为了歌唱那些过分自以为是，但其实只是个“牧者”[1]（牧羊人，总是与牲畜同住，几乎没有什么人的声誉，愚昧、无知，以粗俗的歌曲自娱自乐）的游吟诗人：没有辨别升降的能力，从字面意义上讲，也就是缺乏音乐常识；从寓意上看，即没有辨别善恶的能力。而后他继续说道：

D' aisso mer mal Peire Rogiers,

---

[1] 原文为加引号的 pasteurs，既是牧师，也是牧羊人，这里是一个具有讽刺意味的双关语。

Per qu' eis n' er encolpatz premiers,
Car chanta d' amor a presen;
E valgra li mais us sautiers
En la gleisa o us candeliers
Tener ab gran candela arden.

因为在大庭广众之下歌唱爱情，
佩尔·罗吉埃在这方面表现突出
（他也因此第一个被指控）；
而他本该待在教堂里手捧诗篇、烛台，
上面再插上一根燃烧的大蜡烛。

为什么佩尔·罗吉埃最好还是待在教堂望弥撒、唱圣歌，为诗篇（至于烛台和蜡烛，最好不要解释得太具体）奉献服务，好过做一个情歌歌手招摇过市？因为作为议事司铎，“生平”回答说，他扔下荨麻僧袍去当了一名流浪艺人：

Peire Rogiers si fo d' Alverne e fo canorgues de Clarmon; e fo gentils hom e bels e avinenz, et savis de letras e de sen natural; e cantava e trobava ben. E laisset la canorga e fetz se joglars, e anet per cortz, e foron grasit li sieu cantar. E venc s’en a Narbona, en la cort de ma domna Ermengarda, qu’era adoncs de gran valor e de gran pretz. Et ella l’acuilli fort eill fetz grans ben. Et s’enamoret d’ella e fetz sos vers e sas cansos d’ella. Et ella los pres en grat. E la clamava《Tort-n’avez》. Lonc temps estet ab ela en cort e si fo crezut qu’el agues joi d’amor d’ella; don ellan fo blasmada per la gen d’aquella encontrada. E per temor del dit de la gen sil det comjat el parti de se; et el s’en anet dolenz e pensius e consiros e marritz a · N Rambaut d’Aurenga, si cum el dis el sirventes que fetz de lui: Seign’En Raimbautz, per vezer… Lonc temps estet ab En Rambaut, et estet en Espaigna ab lo bon rei N’Anfos de Castela et ab lo bon rei N’Anfos d’Arago, et ab lo bon comte Raimon de Tolosa. Gran honor ac el mon tan com hi estet, mas poi se rendet a l’orden de Granmon e lai el definet.

佩尔·罗吉埃是奥维涅人，克莱蒙的议事司铎。

生于贵族之家，英俊、殷勤、聪明、有学识，是一名优秀作曲家和杰出诗人。他放弃了议事司铎，成为流浪艺人，游走于宫廷之间，所到之处，他的诗歌均被认可。而后他来到纳博讷（Narbonne）地区，艾尔芒佳德夫人（Ermengarde）的庭院。当时艾尔芒佳德夫人德才兼备，声名显赫。她热烈欢迎他，并给他提供各种帮助。他爱上她，并为她创作诗与歌。她勉强接受，他称之为“您对我不公平”。他在她的身边待了好长一段时间，人们相信他已赢得她美好的爱情，而她因此受当地人谴责。因害怕流言蜚语，她给他放了长假并与他分手。离开时，他黯然神伤，忧思缠绕，来到兰博·德·奥朗日殿下身边，正如其讽刺诗云：“兰博殿下，我来见您……”他在兰博殿下身边又待了好长时间，然后去了西班牙，和高贵的阿方索·德·阿拉贡国王殿下及英勇的图卢兹的雷蒙阁下住在一处，这在他生活的世界十分风光。而后他加入了格朗蒙修道会[1]，并在那里去世。

[1] 格朗蒙修道会（l' ordre de Grandmont），天主教修道会，1076 年建立于利穆赞，后扩展到英国，1772 年解散。

从这段生活经历、爱情和这些诗歌来看，佩尔·罗吉埃只是一个还俗的议事司铎。在一首讽刺诗中宣布了一批蹩脚诗人之后，他就从自己试图跻身的一流诗人的行列落败，不是因为他的艺术有所欠缺，而是因为他的不当行为。他是马尔加布吕很好的继承人：一位成功进入宗教行列的道德主义者，他对佩尔·罗吉埃的大逆不道感到愤怒，殊不知后者会在另一个意义上重新开始他的宗教生活。

佩尔·罗吉埃并不是唯一放弃原先的宗教职位的诗人。佩尔·卡德纳勒也将放弃他的议事司铎之位，为了追寻青春的渴望与诗歌的召唤：

> Peire Cardinal si fo de Veillac,de la suitat del Puei Nostra Domna; e fo d’ onradas gens de paratge, e fo filz de cavalier e de domna.E cant era petitz, sos paire lo mes per quanorgue en la quanorgia major del Puei; et apres letras e saup ben lezer e chantar.E quan fo vengutz en etat d’ ome, el s’ azautet de la vanetat d’ aquest mon, quar el se sentit gais e bels e joves. E molt trobet de bellas razos e de bels chantz.

> 佩尔·卡德纳勒生于维莱（Velay），俾伊圣母天神报喜大教堂（le Puy Notre-Dame）所在城市一个上好的贵族家庭，他是骑士和贵夫人的儿子。年幼时，父亲就把他送到俾伊城的一个大司铎那里，想把他培养成一名司铎；他在那里学习，在阅读和歌唱方面很有天赋。但成年之后，他因为感受到快乐、美好与青春，渴慕尘世虚荣，而成了一名多产作家，在论证和诗歌方面表现出色。

然而与佩尔·罗吉埃不同，他再也没有返回宗教生活。应该说形势变了，因为这是在十字军开始讨伐阿尔比教派之后[1]。佩尔·卡德纳勒或将在他漫长的余生中诅咒入侵者和牧师：在他去世数百年后，其“生平”作者米盖尔·德·拉·托尔认为，这不是没有可能，因为他在13世纪初开始创作，而他最后的诗歌作于1272年。

---

[1] 这里指1209—1229年，教宗诺森三世为铲除阿尔比派而对法兰西南部朗格多克发动的长达20年的军事讨伐。阿尔比派源自卡特里派，又称纯洁派（又译迦他利），是中世纪的一个基督教派别，受到摩尼教思想影响，兴盛于12—13世纪的西欧，主要分布在法国南部。由于该教派于1145年传入法国南部的阿尔比（Albi）城，又称阿尔比派。

在高斯伯尔·德·布瓦西博这里，起初的道路也是如此。与其诗歌作品相比，他的“生平”所涉及或想象的可怜命运更加精彩：

Lo monges Gaubertz de Poicibot si fo gentils hom de l' evesquat de Lemogas. fils del castellan de Poicibot. E fo mes morges, quant era enfans, en un mostier que a nom Saint Lunart. E saub ben letras e ben cantar e ben trobar. E per voluntat de femna issi del mostier, e venc s' en a selui on venian tuit aquil que per cortesia volion onor ni benfit, a · N Savaric de Malleon, et il det arnes de joglar, vestirs e cavals; dont el poi anet per cortz e trobet e fetz bonas cansos.Et enamoret se d' una donzella gentil e bella e fasia sas cansos d' ella. E ella nol vol amar si no se fezes cavaliers e no la tolgues per moller. Et el o dis a · N Savaric cum la donzella lo refudava. Don En Savarics lo fetz cavallier eil donet terra e renda, e tolc a donzella per moller e tenc la a gran honor. Et avenc si qu' el anet en Espaingna e la donzella remas. Et us cavalliers d' Angleterra se entendia en ella, e fetz tant e dis qu' el la mena via e tenc la longa sason per druda, e pois lalaisa malamen anar. E quant Gaubertz tornet d' Espaingna, el alberga una sera en la ciutat on ella era. E quan venc la sera,el anet deforas per voluntat de femna et entret en l' alberc d' una paubra femna, quel fon dich que laentre avia una bella donzella; e trobet la soa moiller. E quant el la vit et ella lui, fo grans dolors entre lor e grans vergoingna. Ab lei estet la nuit, e l' endeman s' en anet ab ella e mena la en una morgia, onla fes rendre. E per aquella dolor laisset lo trobar el cantar.

修士高斯伯尔·德·布瓦西博出生于利木日教区的一个贵族家庭，是布瓦西博庄园主的儿子，从小就在圣-雷欧纳德（Saint-Léonard）修道院当修士，成绩优异，是一名优秀的音乐家和诗人。而出于对女性的欲望，他离开了修道院，来到萨瓦里克·德·莫雷翁阁下那里（所有渴望学习骑士礼仪，寻求荣誉和祝福的人都来找他）。莫雷翁阁下给他配置了流浪艺人的行头、服装和马匹，他于是前往宫廷，创作了优美的诗与歌。爱上一位美丽的贵族小姐，他为她创作

> 诗歌。而她不愿接受他的爱，除非他成为一名骑士并娶她。他向莫雷翁阁下讲述了她为何拒绝他：莫雷翁阁下于是封他为骑士，给他土地和年薪。他就这样娶了这位小姐并将她视为尊贵的荣誉。之后他去了西班牙，将妻子留在家里。一位英国骑士爱上了她，为她做了许多，也对她说了许多，直到她跟他一起出走，在相当长一段时间里，他一直把她奉为女主人，但之后恶意离开了她。当高斯伯尔从西班牙回来，在她居住的城市住了一夜。那天晚上，出于对女性的欲望，他走进一间贫女之屋，因为听说那里有位美丽佳人。而就在那里，他遇到了他的妻子。二人相见，这是怎样的痛苦，怎样的羞辱！和她过了一夜之后，第二天他就将她送进修道院当了一名修女。而这次沉痛打击使他放弃了诗与歌。

蒙多顿（Montaudon）的僧侣则谨慎得多，早在多年前他就提醒自己不要还俗。他那些成功的歌曲和讽刺诗丰富并充实了他的隐修院，其中之一也像佩尔·德·奥维涅的作品一样嘲笑他的同伴。如果他也去西班牙，一定会有神父的祝福相伴，以免令他憔悴。同时受到修道院院长和阿方索·德·阿拉贡国王的保护，他在那里结束了原先修道院首领的任期，完成了自己世俗及教士的光辉生涯。

他的确把一切安排得井井有条，也许是他头脑过于冷静，以至于将“女性的欲望”化为乌有，而这种欲望，曾将高斯伯尔·德·布瓦西博折磨得死去活来。对职业生涯及来世选择的审慎态度，使他顺利完成了修道院院长的任期而不必“改宗”，掉头转向一个早已被遗忘的神。然而他的“生平”难道不意味着这种明智的谨慎，也许正是上帝最糟糕的遗忘么？

与此相反，其他大多数游吟诗人，就像我们所说的奥维涅人佩尔·德·奥维涅和佩尔·罗吉埃这两位，在人世间经历了爱情、诗歌，有时还有战争，之后都皈依宗教。就这样，伟大的贝尔纳·德·文塔杜尔和好战的风风火火的贝特朗·德·伯恩也一同进入了那个特殊的达龙（Dalon）修会。

我们是否应该感到惊讶？难道没有发现第一代游吟诗人都显示出他们的宗教关怀和忧虑？这些热情的、色情的诗人，不怕露骨的语言，有可能非常放纵，他们是否都忧虑上帝？这种忧虑似乎总伴随着对爱的本质的质疑不是么？

佩尔·罗吉埃在格朗蒙修道会去世。这个修道会于1076年由埃蒂安·德·穆雷（Etienne de Muret）在昂巴扎克（Ambazac）（Haut-Vienne上维埃纳）附近的穆雷（Muret）建立，日后迁至利摩日（Limoges）附近的格朗蒙，它是边缘的，也非常严酷。说它严酷，因为这是个隐士修会。说它边缘，因为它并不遵循圣本笃（Saint Benoit）制定的教规❶，从理论上讲，从虔诚者路易❷之后，所有宗教修会都应遵循这些规则。

它的特殊性在于，因为这是个皈依之地而显得尤为重要。Les convers，即“杂务修士”，他们从小并没有被送进修道院当僧侣，而是在成年之后自愿入教，通过个人的内心活动皈依而转向上帝。而这一术语也指做事务性工作的世俗兄弟，他们通常也是“皈依者”。在修道院的事务或院长选举中，让“杂务修士”与其他僧侣处于平等地位，是13世纪圣-多米尼克（Saint-Dominique）

---

❶ 圣本笃教规，指公元6世纪意大利人圣本笃（Saint Benoit）为其修士所制定的教规。

❷ 虔诚者路易（Louis le Pieux），即路易一世（778—840），法兰克王国的国王和皇帝，814—840年在位，查理大帝之子及继位者，虔信宗教。

的大胆尝试，而他最终也未能使平等规则在修道会贯彻执行。即使在格朗蒙，这两种修士之间的冲突也是经常性的，尖锐激烈的。

对于一个游吟诗人来说，像佩尔·罗吉埃这样皈依而进入格朗蒙修道会，或是像吉汉姆·阿德马（Guihem Adémar）那样，在13世纪改宗转向，这究竟意味着什么？这表明他可以改宗，选择服从一种特别严苛的教规，而与此同时，进入一个由后来者和皈依者组成的修会。他们都是在经历世俗生活之后，在此找到自己的归属。也许这样可以确保从旧日岁月里光荣隐退。如第一篇“生平”所言，“在世间获得荣耀”；或者像第二篇简要“生平”[1]里所说的，从他们曾经的“良好社会”出离。佩尔·罗吉埃和吉汉姆·阿德马一样，以各自的方式脱离了原有的社会阶层，成为一名流浪艺人，一个是离开了议事司铎的神职，另一个由于过于贫穷而无法留在骑士行列。

---

[1] 根据“生平”LVI：吉汉姆·阿德马来自日福当（Gevaudan）的梅吕埃（Meyrueis）城堡，出身高贵，是一个贫穷骑士的儿子。领主梅吕埃大人使他成为一名骑士。他才华出众，表现出色，是一位优秀诗人。因无法维持骑士身份，沦为江湖艺人。所有上流社会都给予他殊荣。之后他加入了格朗蒙修会。参照原注。

作为原先的议事司铎，佩尔·罗吉埃或许已不再需要修道院为皈依者提供的便利，也许他本可以找到一个不那么严苛的教会庇护所。倘若人们不对这种皈依的动机寄予厚望，也就不会贬低第一篇“生平”❶的精神价值了。

而最终并不是“皈依”让我们去研读诗人的作品，作品本身也没有宣扬皈依宗教。更多情况下，是经常出现在游吟诗人作品中的小注释或妙语警句触动了我们，就像当初曾感动同时代的人。“对我而言，”佩尔·罗吉埃说，“有幸见到她足矣。我不再要求更多：我为她感到满足和自豪，像个骄傲的穷人。”

佩尔·维达勒，一位伟大的诗人，其“生平”和“源起”说他处于“半疯癫状态”，或将想起这位“骄傲的穷人”，但正如皮埃尔-雅凯·赫利亚兹（Pierre-Jakez Heliaz）指出，否认被拒绝的爱，只能满足《骄傲的骑士》❷自身的匮乏，反倒使可怜人蒙羞：

Plus quel paubres, quan jai el ric ostal,

---

❶ “生平”，原文为拉丁语 a priori。

❷ 《骄傲的骑士》，书名，作者是皮埃尔-雅凯·赫利亚兹（Pierre-Jakez Heliaz）。

Que nocas planh, sitot s' a gran dolor,
Tan tem que torn az enuech al senhor,
No m' aus plainer de ma dolor mortal.
Bem dei doler, pos ellam fai erguelh,
Que nulha re tan no dezir ni vuelh;
Sivals d' aitan nolh aus clamar merce,
Tal paor ai que no s' enueg de me.

正像一个穷人寄居在富人的屋檐下，
无论多么痛苦，从不抱怨，
生怕不受主人待见；
我不敢抱怨自身致命的痛苦，
满心苦楚，让我骄傲，
她是我世上最大的渴求，胜过所有，
但此时我却不敢乞求她的怜悯，
诚惶诚恐，生怕让她烦心。

佩尔·罗吉埃获得荣耀还有另一个原因：他是第一个主张用俗语创作并获得巨大成功的诗人。这种快言快语以轮流对白的形式，表现出人物心灵和理智这两种诉求的内在冲突：

Ailas!—Que plangz ? -la tem murir.
Que as ? -Am. -E trop ? —Ieu hoc, tan
Quen muer.—Mors ? -Oc.—Non potz guerir ?
Ieu no. -E cum ? -Tan suy iratz.

—De que?— De lieys,don suy aissos.
—Sofre.—Nom val.—Clamal merces.
—Sim fatz.—Noy as pro?
—Pauc.—Not pes,
Sin tras mal,—No ? —Qu’ o fas de liey.

哎呀！——你为何抱怨？——我怕死。
——你有什么？——我爱。——爱得
很深？——是的，爱到死。——你死了？
——是的。——还能活过来？
不能。——怎么会？——太伤心。
伤什么心？——因为她，我好苦。
——忍受你的痛苦。——无可奈何。

求她怜悯。——试过了。
何所得？——无所有。
痛苦，你别怕。——不怕？
——全都为了她！

对话按照这种语调持续到另一诗节，这是一种很好的语气。游吟诗人对于寓意的发展及人格化的呈现并不很感兴趣，而赞赏上古晚期和中世纪的拉丁作家，他们很快将在奥依语文学中扮演同样角色。令人欣喜的是，这快速而琐碎的对话精妙绝伦，它们被短促的诗句围绕着，其中一段尾白稍长，有时会出现令人意想不到的跨行。

比佩尔·罗吉埃更年轻，纪霍·德·波尔内勒不仅将回忆起创作方法，而且会想起比他年长的诗人的诗歌，他正是在以下的讽刺诗中，受到佩尔·德·奥维涅的攻击——

I
——Ai las, com mor!
——Quez as, amis?
——Eu sui traïs!

——Per cal razo?
——Car anc jorn mis m’ ententio
En leis quem fetz lo bel parven.
——Et as per so to cor dolen?
——Si ai.
——As enaissi to cor en lai?
——Oc eu, plus fort.
——Est donc aissi pres de la mort?

——Oc eu, plus fort que nous sai dir.
——Per quet laissas aissi morir?

——哎呀，我要死了！
——怎么了，朋友？
——我被出卖了。
——因为什么？
——因为有一天，我一心思念她，
她对我和颜悦色。
——这就是为什么你心中苦闷？
——的确苦闷。

——你的真心全放在了那里？

——是的，有过之，无不及。

——所以你濒临死亡？

——是的，比我说的更近。

——为何要让自己这样死去？

II

Car sui trop vergonhos e fis.

——No l' as re quis?

——Eu，per Deu, no!

——因为过于敏感又胆怯。

——你什么都没问她？

——我？没有，我的上帝！

数十年后，在弗拉芒卡[1]传奇故事中，人物交流之简洁在整个故事的发展过程中被推向极致。吉汉姆

---

[1] 原文 Flamenca，指 13 世纪流行于法国南方、西班牙、意大利等地的骑士传奇故事。

（Guilhem）和弗拉芒卡（Flamenca）每周交流一次，每人每次只开一次口，说一个短语。尽管对话如此简洁而紧张，却足以让他们彼此表达爱意并定下约会。

同时，轮流对白还突出表现在佩尔·罗吉埃的一首相对“晦涩”的“短诗”❶中，生涩、严酷，音色也不温和，因为一半的诗句都结束在冷僻的韵上。这首诗歌“所有诗节都押同一个韵”❷，每两节一变，直到第二个韵来了，前一句的回音已然消失，听觉不满意了。这种效果在纪霍·德·波尔内勒的诗中震聋发聩，我们将看到，它与“晦涩之诗”相反：这种交流不那么生硬，而反驳更持久，更具争议性，刺耳性的（estrmp）韵也消失了，一首歌曲的难度降低到了“每两节用一个韵，到下一诗节再换一个韵”❸。

在佩尔·德·奥维涅的这首讽刺诗末尾，似乎出现了另一名“晦涩之诗”最优秀的信徒：兰博·德·奥朗日。而针对他的指责，来自那些隐晦、高冷的诗句：

---

❶ 原文引拉丁文 brevitas，“短诗”。

❷ 原文引拉丁文 unisonans，即所有诗节都押同样的韵。

❸ 原文引拉丁文 coblas doblas，作者用法语做了上述解释。

El noves es En Raimbautz
Ques fai de son trobar trop bautz;
Mas ieu lo torni en nien,
Qu' el non es alegres ni cautz;
Per so prez aitan los pipautz
Que van las almornas queren.

第九位是兰博大人,
他在诗中自命不凡;
而我却不以为然——
其中看不出任何激情与快乐,
我估计都是些芦笛[1]玩家,
他们四处吹奏寻求施舍。

要是用作讽刺的一部分，这幅肖像倒挺合适，道出了“生平”开头所介绍的兰博的特征，这位大领主所悦纳的晦涩诗人：

---

[1] 原文 flûtiau，水泽，水生或沼生植物，又名一枝花、芒芋、鹄泻、泽芝。这里指一种类似笛子的乐器。

> Roembauz d’ Aurenga si fo lo seingner d’ Aurenga e de Corteson e de gran ren d’ autrez castels. E fo adreich e eseingnaz, e bons cavalliers d’ armas, e gens parlans. Et mout se deleitet en domnas onradas et en donnei onrat. E fo bons trobaires de vers e de chansons; mas mout s’ entendeit en far caras rimas e clusas.

> 兰博·德·奥朗日是奥朗日的一位领主，也是库尔泰宗[1]和其他许多城堡的主人，有着良好的教育和文化背景，是一名全副武装、善于雄辩的优秀骑士，非常乐意和一些适合的女士幽会并适度献殷勤。这是一位优秀诗人，创作诗与歌，探求艰深、晦涩的韵律。

他应该还像讽刺诗中的佩尔一样富于挑战性，假装自己不是什么诗人、什么人物，只是一名沿街乞讨的流浪艺人。兰博·德·奥朗日是蒙彼利埃诸侯的封臣，也是

[1] 库尔泰宗（Courthézon），法国普罗旺斯—阿尔卑斯—蓝色海岸大区沃克吕兹省的一个市镇。

一位大领主。他的母亲与图卢兹伯爵结盟，凭借其社会地位、个性和诗歌才华，将那个时代最优秀的游吟诗人都吸引到身边。

如果不乞讨面包，他就不会那么富裕：如一些契约中所证明的，他一生被迫数次出售自己继承的财产，以偿还他父亲纪尧姆·德·奥梅拉（Guillaume d'Omelas）所欠的债务。直到后来，他大约仅剩在自己的土地上拥有的一个领主的名号了。

兰博·德·奥朗日约生于 1145 年，1173 年就去世了，还特别年轻，但他留下了丰富的作品，有 40 多首诗歌。

在这个小世界里，这些人彼此很熟悉，兰博·德·奥朗日与佩尔·罗吉埃，还有纪霍·德·波尔内勒都交流过诗歌。兰博站在佩尔·罗吉埃一边，他们属同一流派，但并不站在“晦涩之诗”的支持者纪霍·德·波尔内勒一边，也不站在与他风格相近的贝尔纳·德·文塔杜尔一边。

诗歌流派的问题复杂、枯燥，常令人困惑。让我们来听听诗人的争论。首先是佩尔·德·奥维涅关于纪霍·德·波尔内勒的言论：

El segonz Guirautz de Bornelh,
Que sembla oire sec al solelh
Ab son chantar magre dolen,
Qu' es chans de vielha portaselh,
Que sis mirava en espelh,
Nos prezaria un aguilen.

第二位就是纪霍·德·波尔内勒，
他好像太阳下一只干燥的羊皮袋，
哼着悲伤而单调的歌曲：
那是提着水桶的老妇人的歌。
如果他照照镜子，就会认清自己
一枚蔷薇果的价值。

这种嘲弄有何益处呢？无非是告诉我们，纪霍的嗓音细若游丝，体格也不那么健壮，他的朋友因此拿他取笑。他的“生平”说到，他总是带着两名歌手演唱歌曲，这证实了他几乎不靠自己的嗓音演唱。而将他与“提着水桶的老妇人的歌”相提并论并非偶然，我们很快会看到。

一只干燥的羊皮袋的声音，一个或许不敢照镜子的身体，这正是一位伟大诗人的声誉，“生平”称之为“游吟大师”。

Girautz de Borneill si fo de Limozi, de l’ encontrada d’ Esiduoill, d’ un ric castel del viscomte de Lemoges. E fo hom de bas afar, mas savis hom fo de letras e de sen natural. E fo meiller trobaire que negus d’ aquels qu’ eron denan ni foron apres lui; per que fo apellatz maestre dels trobadors, et es ancar per totz aquels que ben entendons subtils ditz ni ben pauzatz d’ amor ni de sen. Fort fo honratz per lo valenz homes e per los entendenz e per la dompnas qu’ entendian los sieus maestrals ditz de la soas chansos. E la soa vida si era aitals que tot l’ invern estava en escola et aprendia lettras, e tota la estat anava per cortz e menava ab se dos cantadors que cantavon la soas chansos.Non volc mais muiller, e tot so qu’ el gazaingnava dava a sos paubres parenz e a la eglesia de la villa on el nasquet, la quals glesia avia nom, et a ancaras,Saint Gervas. Et aici son escritas gran ren de las soas chansos.

纪霍·德·波尔内勒生于利穆赞的埃克斯西德伊（Excideuil）[1]，利木日子爵的一座大城堡。身材矮小，但人很聪明，有扎实的文学功底，是最优秀的游吟诗人，超过他之前和之后的任何人：这就是为什么人称“游吟大师”。听见这美名，人们都这样称呼他，他善于在爱与智慧之间把握平衡。了解这一点的人和关注其诗中妙语的女士都将他视为重要人物。他的生活井然有序：整个冬天在学校里教写字，夏天就带上两名歌手一同演唱。从来不想结婚，他把所有挣到的钱都给了自己贫穷的父母和出生的乡村教堂，这座教堂至今沿用着从前的名字圣热尔韦（Saint-Gervis）教堂。这里是他创作的大部分诗歌。

冬天，纪霍“apprenait les lettres”，是否应当理解为他“教写字”，或“研习写作”？从一些诗歌注释中人们得出结论，他是在教写字。而后，人们称他为“游吟大师”，这一习惯用语意思是他是最好的游吟诗人，而不是他向他们传授了艺术，而即便如此，也不能用“研习字

[1] 埃克斯西德伊（Excideuil），法国多尔多涅省的一个市镇。

母”来表示。

一名教师，他教什么？“教写字”，当然不是教纯文学❶。纪霍教的应该是字母拼写，就像在玛丽 · 德 · 法兰西❷的寓言故事中，一位牧师试图教狼识字一样，“从前有位牧师 / 他想教狼识字”❸，可见是一名学校教师。

但这依然存疑。“生平”说到“他是一位文法学者”❹，显然不单是说他会读会写字，而用了 letras 一词，这在当时更多是指“语法”。纪霍教拉丁语，那么别的学者呢？而他又在哪里教？当然不是在他们村里。

冬天做教师，夏天成了巡游诗人，独身，好儿子，优秀基督徒，行事有条不紊、春风化雨，略显狭窄的生活。这种 savis hom（同时是学者、智者）的智慧，使他懂得在爱情与感知之间掌握平衡（同时是智慧和感觉），

---

❶ 法语 lettre，为“字母”，belle-lettre 即“纯文学”。

❷ 玛丽 · 德 · 法兰西（Marie de France），12 世纪下半叶的法国女诗人。出生在法国。长期生活在英国国王亨利二世的宫廷，英国人称她为“玛丽 · 德 · 法兰西”，即法国的玛丽。她以不列颠骑士爱情为题材，创作了一系列短篇故事诗，最著名的是讲述特里斯丹的爱情故事《金银花》。她的故事诗中常出现狮、狼、鹰等贪婪而凶残的动物，作者称之为“富有的盗贼”。

❸ 原文引拉丁文 Un prestre volst jadis aprendre/ A un lu lettres fere entendre。

❹ 原文引拉丁文 savis hom fo de letra。

成为更为谨慎，而非激情似火的诗人。

“生平”同时彰显了他的荣耀，没有任何夸张，有数量可观的诗歌为证，还有一些歌谣集，他的诗歌置于开篇，在所有其他诗人的作品之前。他们的诗歌以弗尔盖·德·马赛（Folquet de Marseille）为首，组成最豪华阵容。这位皈依的游吟诗人日后成了图卢兹主教[1]。人们是否应当怀疑这种缘自道德与诗意的双重偏好？

而在纪霍那里，情况未必如此。他显然是作为智慧、灵巧的诗人而被赏识。他的“源起”看似平淡无奇，且不乏奚落、嘲笑。他曾住在国王阿方索二世·德·阿拉贡的宫廷，与国王交流“论争诗”，又在第三次十字军东征中，随狮心王理查一同出海远征。以通常意义的恋爱标准来看，他在爱情上相当不幸，其中不乏戏剧性的波折。从精神分析学的角度来看，这是他思想中的女人，没有给他任何好处，只给了他一只手套，而他却把这只手套弄丢了，因此招来她的愤怒（她假装怒不可

---

[1] 弗尔盖·德·马赛（1155—1231），原文 Folquet de Marseille，奥克语 Folquet de Marselha，马赛的大家族首领，同时以图卢兹的弗尔盖著称。先是作为商人和游吟诗人，日后加入西多会，成为一名僧侣，最后成为图卢兹主教。

遢，并以此为借口换了情人）。纪霍由此陷入困境，在寻求建议之后，开始寻找下一位。而下一位也叫阿拉曼达（Alamanda），与前一位同名，从而以一种弱化的形式重现了经典场景，由此形成了一种钻牛角尖式的爱情案例，并为日后加泰罗尼亚的游吟诗人雷蒙 · 维达勒 · 德 · 贝撒路就这一主题创作新诗提供了素材（novas）——So fo el temps com era gais（“曾经的快乐时代”）：有位骑士被日思夜想的夫人拒绝，而下一位给了他爱情，不像前一位女主那样对他如此冷酷无情；但这一回，愤怒的诗人却到加泰罗尼亚大领主，游吟诗人的保护人乌卡 · 德 · 马塔普拉纳（Uc de Mataplana）那里去控告她偷走了他的爱情。这位保护人日后于1213年在穆雷（de Muret）战役中死在其君主阿拉贡国王皮埃尔二世身边。乌卡判决这位骑士胜诉，而条件是他必须放弃后来者，继续为前任女主服务。试想，如果奥克塔夫 · 米尔博[1]读了这些游吟诗人的故事，会从怎样的角度将这个插曲写进他的《女仆日记》。

[1] 奥克塔夫 · 米尔博（Octave Mirbeau，1848—1917），法国小说家、剧作家。《女仆日记》是他的三部自传体小说的第一部。

放下奥克塔夫·米尔博，再回到纪霍·德·波尔内勒。最后一个“源起”无疑是臆造的，根据用途，从其中解析的这首诗歌来看，显示诗人被利木日子爵剥夺了书籍和财产，也可能是被他的保护人的儿子阿德马五世（Ademar V）于1211年从埃克斯西德伊城堡中夺走的。而那时他应该已是耄耋之年。

这些诗歌拥有节制的完美和掌控的技艺，是“过度”与“晦涩”的敌人，这也正是它们获得成功的原因，甚至成了兰博·德·奥朗日反对他的理由：

Aram platz, Guiraut de Borneill,
Que sapcha per c’ anatz blasman
Trobar clus,ni per caI semblan;
Aisom digatz si tan prezatz
So que a totz es cominal,
Car adonics tug foran egal.

我很想知道，纪霍·德·波尔内勒，
为何您要指责晦涩之诗，
因为什么，告诉我，

如果您欣赏公众的观点，
因为众生平等。

对于这一“区分”的要求和贵族的拒绝，拒绝与所有后来者混淆，不与其同流，纪霍在下一节中以所有人都能理解的诗歌作答，而兰博和他之间的讨论，根据不同类型一节节持续下去。而最有争议的回答出现在他的另一首歌中。也许因为兰博在《谴责“晦涩之诗”》中暗指他，纪霍在回答或争论开始时说道：

A penas sai comensar
Un vers que volh far leuger
E si n’ai pensat des er
Quel fezes de tal razo
Que l’entenda tota gens
E qu’el fass’a leu chantar;
Qu’eul fatz per pla deportar.

Bel saupra plus cobert far;
Mas non a chans pretz enter,

Can tuch non son parsoner.

Qui ques n’ azir, me sap bo,
Can auch dire per contens
Mo sonet rauquet e clar
E l’ auch a la fon portar.

Ja, pos volrai clus trobar,
No cut aver man parer
Ab so que ben ai mester
A far una leu chanso;
Qu’ eu cut c’ atretan grans sens
Es, qui sap razo gardar,
Com los motz entrebeschar.

我写一首诗，落笔总那么艰难，
但从昨天起，
我就想以一种轻松的方式，
好让人人都能理解，
且容易歌唱，

因为我写诗歌
只为取乐。

将一首诗写得晦涩神秘，
这对我轻而易举，
但如果不能让人人参与，
这诗歌的价值便有所缺失。
即便恼人亦在所不惜，
我仍愿以嘶哑或清亮的嗓音吟唱，
直到泉边回荡着我的歌曲。
当我尝试写“晦涩之诗”，
不会因为擅写
明快之歌，
而减弱其效果，
因为遣词造句，
字斟句酌，
同样耗费精神。

被所有人理解，乐于让自己的歌在众人唇上飞，无论他们唱得好坏（“用沙哑或清亮的嗓音”），但愿它在各种场合为众人传唱，愿它回荡在泉边，而在那里，仆人会来汲水，彼此交流传唱：这便是纪霍的雄心壮志。而这也正是兰博在“论争诗”中对他的指责：为所有人写作，让人人都能接受，为每个人“共有”，不让自己鹤立鸡群。

但纪霍在诗歌前几行和引用的最后一节中还说了些别的（以下是一首情歌，涉及古典问题，并以上述对话的形式出现在作品中：“我必须冒险向她坦白，或者不得不放弃爱？”）。而针对兰博指责他对“晦涩之诗”的蔑视，他坚持认为，“明快之诗”的创作丝毫不比“晦涩之诗”更容易。他正在创作的“明快之诗”落笔总那么艰难，从昨天起就一直苦思冥想（第1—2行）。“遣词造句”和理性及逻辑思维一样耗力费神。自纪尧姆九世以来，“紧扣词句”就成了严苛诗人的骄傲。这也是“晦涩之诗”出现以来，晦涩诗人的口号。而纪霍提出不同的要求，同样困难——保持清晰。

所以，纪霍创作简单诗歌并不是因为缺乏创作力或诗歌技巧。他也会顺应时尚，写一些看不懂的东西：“那天，当我尝试写晦涩之诗……”

他有时也会做一些尝试，证明“简单”并非如人们想象的那么简单。在西班牙阿拉贡国王阿方索二世的宫廷中，他宣称自己正以晦涩词句创作一首歌，但最终是为了让这些“晦涩”从歌中消失。如第一节诗云：“我写一首诗，落笔总那么艰难”)，他暗示，所谓轻松明快，从诗人的角度来看，就是最终将初稿中“晦涩难懂”的内容全部删除，通过细致入微的努力，让听众完全听懂并接受。就这样，他的歌从加泰罗尼亚一直传到普罗旺斯：

Tot suave e de pas
Rien jogan
Vauc un chantaret plana

De dichs escurs
C’ us non i remanha.

C’ aissi leu, si s’ era plas,
Poiri’ entrels Chatalas
Passar en Proensa;
Que chansos leu entenduda

Lai val e lai s’ esvertuda.

漫不经心地，一步一步
笑着乐着，
我要删除一首歌中的
晦涩词语，
直到一个不剩。
这很容易，如果歌词简单，
它就能从加泰罗尼亚，
传到普罗旺斯；
因为一首通俗歌曲，
会自行传到很远很远，
发挥它最大的效应。

简单总是相对的。而诗歌的韵律和格律都经过精心设计。他的一些诗歌韵律非常精致，如但丁在《论俗语》[*De vulgari eloquentia*（*II*，*5*）] 中引用的“这里您将听到一首完美的歌”[1]，可见他所说的创作“晦涩之诗”对他轻

---

[1] 原文引拉丁文 Er auziretz encabaltz chantars。

而易举并未夸大其词。而总是具有讽刺意味的自我回归，保护了他丰沛的创作才能：

Er auziretz encabalitz chantars,
Q' ieu sui amics encabalitz e pars!
Aujatz! e fo anc mais dicha
Tant grans foillia en chantan ?
Greu n' escamparai ses dan!
S' ab lieis m' apareill ni m' ec
Cui sui plus liges que sers,
Terra, tu co me sofers?

这里您将听到一首完美的歌，
因为我同样是个高贵完美的情人！
够了！人们曾在歌中
说过如此蠢话？
如果自比并认同此人，
我将难以摆脱灾难，
好在我比奴隶更谦卑，
大地，你怎么还要将我带走？

有必要引用整首诗歌以呈现其精妙。首先，因为这八行韵脚都很冷僻、敏感，从一节跳到另一节，涉及每节第一行 -etz 的内在押韵和第六行 -ec 上的押韵。这两个粗糙的辅音正是“晦涩之诗”的韵律特征。但同样因为最后四节持续进行的内心对话，类似于我们在佩尔·罗吉埃和纪霍自身所发现的，而这里尤为精致、生动，有时激动人心，这证明了诗人与兰博·德·奥朗日之间存在着很深的默契。在这首诗歌结尾，诗人确认，爱的冲突折磨着他，并将他口中说出的自认为合理的部分判定为荒谬之辞，“他的兰豪尔”（Linhaure）会明白这句话。兰豪尔是诗人的昵称，以兰博·德·奥朗日的名字为人所熟知。在早前的诗歌中，这位诗人称一名女子“比贝济耶人[1]更坏”。而这个“贝济耶女人”可能是指游吟女诗人（trobairitz）阿兹莱·德·波尔凯拉格[2]，即那个对

[1] 贝济耶人（Béziers），法国奥克西塔尼大区埃罗省的一个市镇，地处奥尔布河岸山坡，离地中海约 10 千米。早在上古时代已有人聚居，后来被古罗马人征服。古罗马人在此城建立了根据地。中世纪被摩尔人占领。12 世纪，贝济耶成为卡特里派的盛地，卡特里派是信奉善恶二元论的基督教苦行派，后被定性为异端，遭遇灭顶之灾。

[2] 阿兹莱·德·波尔凯拉格（Azalais de Porcairague），用奥克语写作的贵族女游吟诗人，出生于蒙彼利埃（Montpellier）地区，生活在 12 世纪后半叶，留下一些爱情诗篇。

兰博 · 德 · 奥朗日不忠的女人。

回到诗歌开头："这里您将听到一首完美的歌，因为我同样是个高贵完美的情人！（字面意思为：完美与同等）"，可以理解为："我的歌所唱的，与他们所说的完全一致"。而随即便是："我刚才说的话多么愚蠢！"难道这不正是一个著名游吟诗人本身对一首著名诗歌所做的绝好讽刺与否定吗？这位诗人比兰博 · 德 · 奥朗日更年长，比纪霍 · 德 · 波尔内勒更强，而他也出现在被佩尔 · 德 · 奥维涅嘲笑的一系列游吟诗人的行列：是贝尔纳 · 德 · 文塔杜尔？

Non es marvelha s' eu chan
Melhs de nul autre chantador,
Que plus me tral cors vas amor
E melhs sui faihz a so coman.

这不足为奇，我唱得
比其他游吟诗人更动听，
因为我的心更被爱情吸引，
我也更屈从于爱的命令。

或许还有：

Chantars no pot gaire valer,
Si d' ins dal cor no mou lo chans,
Ni chans no pot dal cor mover,
Si no i es fin' amors coraus.
Per so es mos chantars cabaus
Qu' en joi d' amor ai et enten
La boch' els olhs el cor el sen.

不是从内心深处唱出的歌，
都毫无价值，
不是缘自深切完美的爱情，
歌声都无从发自内心。
这就是为什么，我的歌声完美：
因为我将我的口，我的眼，我的心，
我的精神，全部献给了欢乐爱情。

这就是他们中年长的诗人贝尔纳·德·文塔杜尔所云，毫无疑问，已非常著名。而佩尔·德·奥维涅将他排

在佩尔 · 罗吉埃和纪霍 · 德 · 波尔内勒之后的第三位，并以一种特别伤人的方式嘲笑他的家庭出身。

E1 tertz Bernartz de Ventadorn,
Qu’ es menre de Bornelh un dorn:
En son paire ac bon sirven
Per trair’ ab arc manal d’ alborn,
E sa maire escalfav’ al forn
E amassav’ a l’ issermen.

第三位是贝尔纳 · 德 · 文塔杜尔，
他几乎和波尔内勒一样纤细，
他的父亲是一名英勇的仆人，
为了射箭，手持边角料做的软弓，
他的母亲为了加热炉灶而拾捡树枝。

佩尔 · 德 · 奥维涅的嘲讽，更多是针对其同伴而不是诗歌。他对佩尔 · 罗吉埃（一个还俗的教士）的身世，纪霍 · 德 · 波尔内勒的生理缺陷（嗓音细微）及贝尔纳 · 德 · 文塔杜尔的家庭实施攻击。贝尔纳的父亲原本是个仆人（如果照此低级玩笑，弓的字面意思，可能指军人），而他的母亲则是一名女仆，厨子的女儿（如果照此低级玩笑，炉子的字面意思，应该是一名厨娘或面包师）。

第十三章

理智与情感

这些细节没有丢失，因为都记录在八份之一的抄本（卷2）中，其中包含了“生平”。与别人的不同，贝尔纳·德·文塔杜尔的“生平”引了佩尔·德·奥维涅的一节诗歌作为开头：

> Bernartz de Ventador si fo de Lemoisin, d' un chastel deVentador, de paubra generation, fils d' un sirven et d' una fornegeira, si con dis Peire d' Alvergne de lui en son chantar, qan dis mal de totz los trobadors:
>
> Lo terz Bernartz de Ventador[n]
> Q' es meindre d' un Borneil un dorn;
> En son paire ac bon sirven

Qe portav' ades arc d' alborn,
E sa mair' escaudaval forn
El pair' dusial' essermen.

Mas de qi q' el fo fils, Dieus li det bella persona et avinen,e gentil cor, don fo el comensamen gentilessa, et det li sen e saber e cortesia e gen parlar; et aveia sotilessa et art de trobar bos motz e gais sons.

Et enamoret se de la vescomtessa de Ventador, moillier de so seingnor. E Dieus li det tant de ventura, per son bel captenemen et per son gai trobar, q' ella li volc ben outra mesura, que noi gardet sen, ni gentilessa ni honor ni valor ni blasme, mas fugi son sen et seget sa voluntat, si condis N' Arnautz de Meruoil:

Consir lo joi et oblit la foudat
E fuc mon sen e sec ma voluntat;

e si con dis Gui d' Uisel:

Q’ enaissi s’ aven de fin aman,
Qel sens non a poder contral talan.

E el fo honoraz e presiatz per tota bona gen, e sas chansos honradas e grasidas.E fo vesuz et ausiz e receubuz mout voluntiers e foron li faich grand honor e gran don per los grans barons e per los grans homes, don el anava en gran arnes et en gran honor.

Mout duret lor amors longa sason enan qel vescoms,sos maritz, s’ en aperceubes. E qan s’ en [fo] aperceubut,mout fo dolens e tris, e mes la vescomtessa, soa moillier, en gran tristessa et en gran dolor, e fez dar cumjat a Bernart de Ventador q’ el isis de la sua encontrada.

贝尔纳·德·文塔杜尔出生在利穆赞，那里有一座城堡叫文塔杜尔。他出生贫寒，是仆人和面包师的儿子，就像佩尔·德·奥维涅在诗中所说——他说了所有游吟诗人的坏话：

第三位是贝尔纳·德·文塔杜尔，
他几乎和波尔内勒一样纤细，
他的父亲是一名英勇的仆人，
为了射箭，手持边角料做的软弓，
他的母亲为了加热炉灶而拾捡树枝。

然而，无论他是谁的儿子，上帝都给了他英俊、优雅和心灵的高贵，这才是贵族之根本；上帝还给了他智慧、知识，富于魅力的谈吐举止。他拥有纯粹的精神，精通创作优美诗文及生动旋律的艺术。

他爱上了文塔杜尔子爵夫人，他的领主的妻子。他表现出色，其诗歌如此诱人，以致于上帝赐他好运，让他被疯狂爱上。她爱他，以致于不顾理性、贵族身份、荣誉或诽谤。正如阿诺·德·马赫勒所说，她抛开理性，追寻欢乐：

我眼里只有享乐，忘乎所以，
抛开理性，与欢乐一体。

又如吉·德·尤塞勒（Gui d' Ussel）诗云：

总算和真诚的情人相遇，
在欲望面前，他的理性不堪一击。

（贝尔纳）得到了所有上流社会的尊敬和认可，他的诗歌也赢得了荣誉和好评。人们看他，听他，真心欢迎他。一些大贵族和大人物都给他带来荣誉和礼物。他出行前呼后拥，尽享尊荣。

他们的爱情持续了很久，直到她的丈夫子爵大人发现。丈夫因此陷入极度痛苦，也让他的妻子子爵夫人深陷忧伤。他给贝尔纳放了长假，勒令他离开此地。

这一版本不仅单独引用了佩尔 · 德 · 奥维涅的话，而且还是唯一将贝尔纳 · 德 · 文塔杜尔的心灵高贵与出生低微相互对照的“生平”，其中还展现了支持者对游吟诗人的热烈赞美，以及子爵夫人对诗人的疯狂激情。然而让我们再从其他七部抄本中来认识他的余生，其中的故事更加详尽：

Et el s'en parti e si s'en anet a la duchesa de

Normandia, qu' era joves e de gran valor e s' entendia en pretz et en honor et en bendig de lausor. E plasion li fort las chansos el vers d' En Bernart, et ella lo receup e l' acuilli mout fort. Lonc temps estet en sa cort, et enamoret se d' ella et ella de lui, et fetz mantas bonas chansos d' ella. Et estan ab ella, lo reis Enrics d' Engleterra si la tolc per moiller e si la trais de Normandia e si la menet en Angleterra. En Bernartz si remas de sai tristz e dolentz, e venc s' en al bon comte Raimon de Tolosa. et ab el estet tro quel coms mori. Et En Bernartz, per aquella dolor,si s' en rendet a l' ordre de Dalon, e lai el definet.

Et ieu, N' Ucs de Saint Circ, de lui so qu' ieu ai escrit si me contet lo vescoms N' Ebles de Ventadorn, que fo fils de la vescomtessa qu' En Bernartz amet. E fetz aquestas chansos que vos auziretz aissi de sotz escriptas.

而后他又出发去诺曼底公爵夫人那里，那是一位年轻而德才兼备的夫人，听说了有关他的功绩、荣誉和赞美之辞，她也迷上贝尔纳的诗与歌，热烈欢迎，并热情接待他。他在她身边待了许久，他爱上她，她也爱上他，她给了他灵感，让他创作出许多优美的诗歌。而当他正和她在一起时，英格兰亨利国王娶她为妻，将她带离了诺曼底，回到英国。留在海峡的另一端，贝尔纳伤心欲绝。他去找图卢兹伯爵雷蒙，在那里一直陪他，直到伯爵去世，贝尔纳则因遭受痛苦而皈依宗教，进入了达龙修会[1]，并在那里去世。

而我，尤克·德·圣–希尔克所写的有关他的这些内容，是贝尔纳所爱的子爵夫人的儿子艾伯勒·德·文塔杜尔告诉我的。以下您将听到的，就是贝尔纳创作的诗歌。

在这段故事中，除了贝尔纳出生卑微，几乎没有什么是真的。就连这一点也不一定，只有佩尔·德·奥维涅能够证明：他讽刺诗中的玩笑和风趣，只有建立在真实的基础上才有意义。而其余的错误和不真实由来已久。

如果贝尔纳爱上文塔杜尔子爵夫人，那只能是艾

[1] 达龙修会（l' ordre de Dalon），与本笃修会均建立于1114年，位于圣特-特里［Sainte-Trie(Dordogne)］，临近奥特弗城堡（le chateau d' Hautefort），1162年开始实行西多会的教规。贝特朗·德·伯恩也曾在此隐退。参照原注。

伯勒三世（Eble III）的第一任妻子玛格丽特·德·特朗纳（Marguerite de Turenne），艾伯勒三世于1170年去世。而尤克·德·圣-希尔克声称，他的故事来源于这位子爵夫人的儿子文塔杜尔伯爵。或者艾伯勒四世是艾伯勒三世第二任妻子阿查莱·德·蒙彼利埃（Azalais de Montpellier）的儿子，他们于1150年结婚。很显然，对贝尔纳而言，此时向她施以诗意及情感教育为时已晚。因为如果"生平"所言属实，他与阿里埃诺·德·阿基坦一起在诺曼底待了许久，这段时间应在1152—1154年间。而假设他确实是"生平"作者尤克·德·圣-希尔克，生于12世纪末，他如何能遇见1150年前后出生的艾伯勒四世？如果他认识文塔杜尔子爵，则更有可能是他的儿子艾伯勒五世。

为何他们在诺曼底的停留时间应在1152—1154年？因为这两年里，阿里埃诺确实留在诺曼底。而通过与英格兰国王诺曼底公爵的婚姻，她成为了诺曼底公爵夫人。因此，"生平"错误断言她早前已是公爵夫人，而实际是在嫁给亨利二世之后，她才不得不离开诺曼底。

只有一点可以肯定：贝尔纳与阿里埃诺·德·阿基坦有过交往，并为她写了一些诗歌，但没有任何证据表明他爱上了她，并曾与金雀花王朝的亨利二世[1]国王一起待在英格兰。这一点，在《当我眺望荒野》[2]一诗的结尾得到证实：

Faihz es lo vers tot a randa,
Si que motz noi deschapdolha,
Outra la terra normanda,
Part la fera mar prionda;
E sim sui de midons lon hans,
Vas sem tira com azimans,
La bela cui Deus defenda.

Sil reis engles el ducs normans
O vol, eu la veirai aban
Que l' iverns nos sobreprenda.

---

❶ Henri II Plantagenet，在英国称金雀花王朝，在法国称安茹王朝。王室家族起源法国安茹的贵族，从 12 世纪开始统治英格兰，首任英格兰国王是亨利二世。

❷ 原文引拉丁文 *Lancan vei per mei la landa*。

Pel rei sui engles e normans,
E si no fos Mos Azimans,
Restera tro part calenda.

这是一首完美的诗，
纯净了无尘埃，
写在诺曼底之外，
隔着荒凉幽深的大海；
而尽管远离了我的爱人，
她仍吸引我如磁铁一般，
美人——愿上帝保佑！

如果英格兰国王诺曼底公爵恩准，
我会去看望她，在冬季来临前。

按照国王的意愿，我是英国人和诺曼人[1]，

[1] 诺曼人，诺曼语：Normaunds，法语：Normands，拉丁语：Normanni，古代欧洲民族，起源于北欧丹麦、冰岛、挪威等地，原属诺斯人中的（Norman 一词由 Norseman 演变而来）维京人的一支。10—11 世纪，他们征服了今天法国北部的大片地区，将该地区称为诺曼底。

若不是去看望我的“磁铁”[1]，

我会待在这里，过完圣诞节。

从最后两节来看，似乎贝尔纳与英格兰国王亨利二世诺曼底公爵一起在英格兰，他希望从国王那里获得假期，以便在冬季来临前返回大陆，他心爱的人就在那里，但如果他不急于再见到她，他会很高兴与国王待在一起过圣诞节。的确，这七分之二的手稿并未提及这最后两节。如果这些都是真的，那么这首歌只能是作于国王在他漫长的执政期13次回英国过圣诞节期间。卡尔·阿贝勒说，他不能确定这首诗歌是作于1155年或1157年，或是1163至1165年间，但可以确定初步日期。这就意味着在12世纪中叶，贝尔纳·德·文塔杜尔已完成学业，并享有一定知名度。

这并不意味着其他什么。从贝尔纳的诗歌中出现的众多昵称来看，有挚爱的女人，也有保护人或朋友，有些可以有确定的解释，另一些则只能猜测，人们曾试图

[1] 原文拉丁文为Azimans，法文是Almant，均为“磁铁”的意思。此处应为双关语。

重写传记，但仍有许多空白，即便人们想象那些旅行、相会和爱情。

自从卡尔·阿贝勒以来，人们看出他的作品中相继出现了三个分别以文塔杜尔（Ventadour）、阿兹曼（磁铁）、康诺特（Reconfort）和维也纳（Vienne）为中心的诗歌圈。

第一个诗歌圈与他在文塔杜尔城堡数年的求学经历有关，作为一个仆人的儿子，他曾在那里与歌手、封臣及对手，纪尧姆九世的朋友艾伯勒二世一起学习，一同受教育。弗里德里希·迪埃兹（Friedrich Diez）曾引用诗歌“时间来来去去 / 天天月月年年，往复轮回”[1]，其中他还抱怨诗歌难以接近心上人：

Ja mais no serai chantaire
Ni de l' escola n' Eblo,
Que mos chantars no val gaire
Ni mas voutas ni mei so.

[1] 原文为拉丁文 Lo tems vai e ven e vire / Per jorns，per mes e perans。

我将永远不做歌手，
也不属于艾伯勒先生的流派，
因为我的歌，连同悦耳的
旋律，不能让我前行。

从上文中我们已经看到，“艾伯勒先生流派”[1]的形式被其他游吟诗人所采用，而这并不意味着贝尔纳就直接是艾伯勒的学生。

迪埃兹和其他人还相信，他们可以从最后一节“我想我不再歌唱”[2]中找到依据：

Ventadorn er greu mais ses chantador,
Quel plus cortes e que mais sap d’ amor
M’ en essenhet aitan com eu n’ apren.

文塔杜尔从此再也不会没有歌手，
因为最谦卑，最懂得爱的人
教会我一切关于爱的知识。

---

[1] 原文引拉丁文 l’ escola n’ Eblo。
[2] 原文引拉丁文 Bem cuidei de chantar sofrir。

在卡尔·阿贝勒看来，这里被诗人当作主人的不是艾伯勒二世子爵，而是他心爱的女人，由此可见，爱情与诗歌给了他同样的启迪。而这就削弱了原先将文塔杜尔的诗歌与其早年在歌手艾伯勒身边求学的经历相联系的假说。然而，即使贝尔纳愿意声称自己在诗中用了与文塔杜尔（Ventadour）的名字相关的“chantador”一词（“文塔杜尔从此再也不会没有歌手”），也很难说不是对一直号称“歌手”的文塔杜尔的艾伯勒二世[1]的一种暗示——贝尔纳作为他的继承人出现，而所幸灵感来自他的心上人。

那些赞美阿兹曼，也就是艾芒[2]（不是他所爱之人，而是一枚神奇的磁铁）的诗歌创作于贝尔纳与英格兰宫廷来往密切的时期，诗中并没有说阿兹曼（Aziman）是指阿里埃诺。这不是因为最后一节赞美“磁铁”邀请流浪艺人为诺曼皇后献歌，而是因为“磁铁”和阿里埃诺原本是同一人。一些大胆段落让人怀疑是否可以对王后如此放肆。人们想知道前面引用的写给国王亨利二世妻

❶ 文塔杜尔是地名，也是家族姓氏。

❷ 阿兹曼、艾芒为同一个人名，即拉丁文 Aziman，法文 Aimant，意为“磁铁”。

子的诗歌《当我眺望荒野》[1]是否是真的，他可以许愿让她命令自己跟随她来到“她更衣的卧室”，在床上脱鞋？而即便在曲终，人们能相信吗？用昵称，称之为“我的艾斯科德”，而这并不是指亨利二世，如果“磁铁”就是王后，他敢许愿与“我的磁铁”同枕共眠并爱抚她？然而，证据才是决定性的，围绕爱情的社交游戏在诗歌中得以呈现，时隔九个世纪，这种善意的习俗却大多离我们而去？

至于康诺特和维也纳，仅仅只是一个拼凑的诗歌圈，就像阿贝勒所做的那样，那是比任何“源起”都更狂乱的自传小说：康诺特应该是一名想象中的女子，她引起了现实中他所爱的女子维也纳的嫉妒。

而 Bel-vezer（字面意思为“美丽–风景”）又是谁呢？这个昵称出现频率最高，甚至不确定是他的心上人，因为贝尔纳区分了“我的女主”（midon，主人一词，字面为阳性）和贝乐–维兹？我们是否应该相信贝乐–维兹是一名女性保护人，并假设她和心上人之间的关系如同阿里埃诺·德·阿基坦与“磁铁”？

---

[1] 原文引拉丁文 *Lancan vei per mei la landa*。

这种假设与另一种情形同样冒险。为什么贝乐-维兹常与奥维尼（Auvergnat）一同被称为“博盖尔（Beaucaire）领主”，这本来是图卢兹伯爵的头衔，而他在奥维尼没有任何财产？我们是否应该假设奥维尼和利穆赞之间存在着一种对应，而后者指另一位知己，即在贝尔纳·德·文塔杜尔的一首歌中与之对话的那一位[1]？

当人们自以为掌握了这些线索即可由此深入探寻之时，其实已远离了诗歌。而事实上，外在因素对贝尔纳·德·文塔杜尔的诗歌几乎没有太大影响。而内在的诗意克制、内敛，不追求华丽技巧，更愿意将瞬间感受到的具体印象略做抽象概括，并不断沉思关于爱的本质、诗人的欲望和女性的行为举止，才是影响文塔杜尔诗歌的因素。

贝尔纳·德·文塔杜尔的诗歌兼具感性和理性，将我们眼前发生的一切凝聚其中，表现出游吟诗人的艺术魅力与局限，而这一切（如果我们足够坦诚就应当承认）如果说不时让我们惊奇，也不断令我们失望。

---

[1] 原文引拉丁文 Bernart de Ventadorn，del chan。贝尔纳·德·文塔杜尔与一名歌手。

我们带着振奋人心的心情来接近游吟诗人，他们甚至化身为诗歌观念，或者更确切地说，是他们古老的资历加强并巩固了我们的诗歌观念，并使其更具正当性。灵魂的激情与在世的瞬间体验在此天然契合。最细致入微的思索与最大限度的弃绝之间对立统一。另一个悖论，或者更确切地说是所有诗歌的初始矛盾，即对内在秘密的公开承认。通过出其不意的遣词造句，将粗暴与柔和，协调与不协调合为一体。

但是，如果我们迫使自己对他们做系统性的研究，在阅读过程中，我们就会有成倍的收获，并产生一种颠倒的印象：抽象的、推理的、沉重的诗歌常常貌似平凡而外露。我们曾是雅克 · 鲁博（Jacques Roubaud）[1]，后来成为阿尔弗雷德 · 让鲁瓦。

为何会出现这种矛盾的印象？在诗中，人们首先看到的不是春季或秋季的开始与随之而来的发展之间的反差吗？往往是开场白吸引我们，而随后则令人沮丧。就我们的品味而言，游吟诗人最完美的诗集应当是他们所

---

[1] 雅克 · 鲁博（Jacques Roubaud, 1932— ），法国诗人，代表作《颠倒的花》《游吟诗人的艺术》等，参照原注。

有诗歌的第一节。游吟诗人一厢情愿，想把诗歌变得抽象、理性，但实际对世界的即时存在抱有强烈感情，且异常敏感。正如他们所说，“时光与季节”的流转牵动着我们的敏感神经，使我们在让位于思考之前瞬间受触动而陷入狂喜，随后再思念那名女子，或女人和爱情，她们有时也会絮絮叨叨，令人厌倦。即便是贝尔纳·德·文塔杜尔的《云雀之歌》，其开头（我们将很快看到）也触及细枝末节，这是天才诗人的纯粹表现，而从第四节开始陷入泥潭。

第十四章

想象中的身体

在爱情的表达中，这种诗意同样呈现出对比与反差：一种大胆而精确的想象和令人费解的论证。它激情似火，同时羞羞答答，就像一个少年，因为害怕行动而给自己找出无数理由。这种双重反差造成的结果就是爱的身体不断出现又神奇消失，因而出现一个词叫“缺席的存在”。

如果说身体经常在歌中缺席，是因为它经常让位。让位于谁？或心灵，或爱情。让位于心灵，“心灵”一词被更多提及：在《中世纪奥克语词句索引》中，“心灵（cor）”一词共出现4928次，相比之下，“身体（cors）”出现3304次。cor和cors两个词很接近，它们之间从来不会混淆，但可以互换。首先，心灵总是诗人的心灵，而身体则是所爱女人的身体。诗人总是谈论着错误的心灵看见欲望的身体，也许不如不见：

> Tout m' a mo cor, e tout m' a me
> E se mezeis e tot lo mon.
>
> 她掳去了我的心，带走我，
> 连同她自己与整个世界。

爱人的心会以另一种方式取代爱人的身体，当心灵，爱的隐喻在被吃掉的心的传说中混同于身体器官。吉尔汉姆·德·卡贝斯达尼所爱的女人身体并没有在诗歌《双重忧郁》[1]中提及，而他的心还在跳动——根据著名的"源起"记载，雷蒙·德·卡斯戴尔-鲁西荣受到诗歌警示，将诗人之心烹了，让他的妻子吃掉。

然而在诗歌中，更多情况下是身体被爱情驱逐。诗人讲述的爱，连同因爱产生的抱怨，他所描述的影响，最终占据了诗的空间，以致于使心爱的女人从诗中消失。关于游吟诗人及其艺术，可以说最贫乏之处，就在

[1] 原文引拉丁文 *Lo dous cossire*。

于说“爱”这一词，而诗中最贫乏的，也许就是在半拟人化的道路上，永久使用“爱”，从而使这个词变得越来越苍白，从语义学上似乎已失去了完整的意义。诗中绵绵情话取代了真实爱恋：好像是在谈情说爱，但从远处看，爱人并未在那里倾听［Dieus! ke ferai ? Dirai li mon coraige ? ——科农 · 德 · 贝杜纳（Conon de Béthune）自问道］。这首诗是在爱人缺席的情况下创作和演唱的。从最后一节看，包含向中间人，向信使求助（或许就是诗歌本身——“诗歌，它将说出……”），有时还要借助沉思默想。诗歌中所说的一些情话，是生活中诗人根本不敢向那位夫人说出口的，这些不可能的情话取代了不可能的爱。而消失、逃避、沉默至此，人们还如何指望诗中出现爱人的身体？

它以一种令人炫目的方式出现，同时人们不会意识不到，诗中所唤起的是一个想象中的身体，这个完美的身体同时也是隐藏的。如此谨慎而害羞，让“缺席的存在”与狂热的想象相结合，从而加剧而非减缓了其中的欲望。

大胆的害羞，因害怕和欲望而颤栗，在这方面，没有谁能比得上贝尔纳 · 德 · 文塔杜尔。就像一个害羞的人终于爆发，一个怯懦的求爱者突然说出埋藏心底的欲望，而当他们保持克制，愈发寝食难安，且战战兢兢，止步不前，生怕表现出对爱人的不敬：

…sos cors es bels e bos
E blancs sotz la vestidurage
(Eu non o dic mas per cuda),
Que la neus,can ilh es nuda,
Par vas lei brun’et escura.

……她的身体如此完美，
洁白，在衣衫下面，
（我只能凭想象这么说！）
当她赤裸，雪落在她身边，
都像是棕色的，灰暗的。

这是怎样一种坚持，需要用 nuda（赤裸）并与 cuda（想象）押韵，就好像通过野蛮的想象而揭穿审慎的假相！然而过于洁白使赤裸的身体不可见。而不可见，如何呈现？这身体如此洁白，以致于落在她身边的雪，看起来都像是棕色的，灰暗的？如何表现这身体，除了一阵炫目，静默无言。因为眼前如此光辉、纯洁，以致于什么也看不见。那遮蔽目光的，不是“我只能凭想象这么说”[1]所包含的，它更多是一种被激起的想象，而想象过度则导致失明。最终只剩下纯净的纯白与圣诞节冬天的神秘关联，这种神圣的化身似乎要清空色情，而与此同时，欲望却以最火热、最风雅的方式得以呈现。在贝尔纳·德·文塔杜尔这里，想象中的风雅带着放纵与玩笑的影子，这并不让人意外，在这首诗歌中以单一韵律和单一格律构成的诗节温柔体贴，给人一种亲切单纯的印象：

Las！ e viure quem val,
S’ eu no vei a jornal
Mo fi joi natural,
En leih, sotz fenestral,
Cors blanc tot atretal,
Com la neus a nadal,

---

❶ 原文引拉丁文 eu non o dic mas per cuda。

Si c’amdui cominal
Mezuressem egal.

哎呀呀，活着有什么价值，
如果我不能每日
看见真实完美的喜悦，
在床席，在窗棂下面，
那身体之洁白，
如圣诞瑞雪，
愿两者同样圣洁。

直到想疯了这洁白的身体，这才爱抚它，与之亲密：

Ara cuit q’en morrai
Del dezirer quem ve,
Silh bela lai on jai
No m’aizis pres de se,
Qu’eu la manei e bai
Et estrenha vas me
So cors blanc, gras e le.

我想，我将死于
这临到我的爱欲，
如果美人躺在那里，
而不让我陪伴、抚摸，
不让我吻她，抱住她
洁白、丰盈、光滑的身体。

一种强烈的欲望，但只能想象会发生什么、不会发生什么。甚至连想象也不敢越雷池一步，却对微不足道的拜物饶有兴趣：

Mal o fara, si nom manda
Venir lai on se despolha,
Qu' eu sia per sa comanda,
Pres del leih, josta l' esponda,
Elh tragals sotlars be chaussans,
A genolhs et umilians,
Silh platz que sos pes me tenda.

我会很受伤，

要是她不命令我
到她更衣的地方，
好让我听从她的命令，
毕恭毕敬，跪在她床边，
脱下她合适的鞋，如果她乐意
把双脚伸到我面前。

被欲望折磨的想象力创造了如此精确的细节，愉悦的环境，如愿以偿的梦。而当梦想消失，则倍受欲望的折磨：

Be la volgra sola trobar,
Que dormis，on fezes semblan,
Per qu’ eih embles un doutz baizar,
Pus no valh tan qu’ eu lolh deman.

我想在她独自一人
睡着或假装睡着的时候，
给她甜蜜一吻，
因为我不配向她提出如此请求。

而有时贝尔纳会更大胆，但总是表现出苦涩之心和悲观情绪：

Lo cors a fresc, sotil e gal,
Et anc non vi tan avinen.
Pretz e beutat, valor e sen
A plus qu’ eu no vos sai dire.
Res de be non es a dire,
Ab sol c’ aya tan d’ ardit
C’ una noih lai os despolha,
Me mezes, en loc aizit,
Em fezes dels bratz latz al col.
Si nom aizis lai on ilh jai,
Si qu’ eu remir son bel cors gen,
Doncs, per que m’ a faih de nien?
Ai las! com mor de dezire!

她的身体清鲜、苗条、活泼，
如此可人，我从未见过，
集功德、美貌、价值与精神

于一身，还有许多我无法言说，
她将再不缺乏任何美好，
只要敢于和我一同共度良宵，
她会在那儿脱去衣衫，
用玉臂将我的颈项缠绕。

如果她不在温柔乡收留我，
让我凝视她娇美迷人的身体，
她又为何要让我陷入空虚？
哎呀呀！让我死于爱欲！

死于爱欲，死于不能“触碰裸体”。这身体和灵魂的痛苦，在诗歌最后一节出人意料地表现出剧烈而惊人的颓丧，而其余部分波澜不惊。这也许是贝尔纳·德·文塔杜尔的作品，但作者究竟是谁，仍不能确定：

Faitz vostre cors salvatge
Tan privat qu’ eu lo senta,
Car s’ eu mor, domna genta,
Que ja nuza nous senta,

Mos cors n' aura damnatge
E m' arma n' er dolenta.

让你野性的身体再靠近些，
好让我能够触及，
因为如果我死了，美人儿，
将永远无法触碰您的裸体，
我的身体将因此受苦，
我的灵魂也万劫不复。

梦见偷吻与偷窥，野性的欲望激发了想象。这些特征对我们来说，只是青春期爱情的印迹。而在许多游吟诗人，尤其是贝尔纳 · 德 · 文塔杜尔的诗中都有所发现，这也是他那个时代的人们所未能幸免的。

第十五章

“她天生赤裸，惊为天人”❶

实际上，这些特征在贝尔纳·德·文塔杜尔的诗中是如此明显，如此强烈，在其他许多游吟诗人中也反复出现。对于裸体的令人痛苦、沮丧的疯狂想象激发了灵感，并因此创作出一首令人赞叹的诗歌，其中汇集了游吟诗人所有诗意的源泉，这里不再赘述。因不能确定其作者，所以容易被忽略。在五部抄本中，有四部（E、I、K、N）保留了这首诗，并都将它归在艾梅里克·德·贝雷诺瓦（Aimeric de Belenoi）的名下，而第五部C本常被人怀疑，可能有理由将其归于吉汉姆·阿德马名下。与13世纪上半叶的诗人艾梅里克·德·贝雷诺瓦的朴素风格相去甚远，这位诗人倾向于将对爱情抽象化，且暗示并承

❶ 原文引拉丁文 La genser c' anc nasques nuda。

认自己受到佩尔·德·奥维涅的《随着昼短夜长》和阿尔诺·丹尼埃尔的《苦涩的风》及六节诗的影响。这些影响可追溯到比艾梅里克·德·贝雷诺瓦稍早的时期，更接近“晦涩之诗”的追随者吉汗姆·阿德马的风格：

I

Al prim pre dels breus iorns braus,
Quan brandals brueils l' aura brava
Els brancx, eill brondelh son nut
Pel brun temps sec que1s desnuda,
Per us brus braus brecs de cor
Trobadors a bric coratge
Fauc breus menutz motz cortes
Lasatz ab rima corteza;
Que eu ai sotil sen ferm,
Per lieis, don non ai fermansa.

当野外短暂的一天刚刚降临，
野风吹荡着灌木丛林，
树枝在阴暗干燥的天气裸露，

因为某些游吟诗人阴暗、狂野，
尽显大胆的心，愚蠢的勇气，
我以简洁、谦恭的词语，
与彬彬有礼的诗韵相交织，
因为无法确定她是否爱我，
我有着敏锐而坚定的精神。

II

E sim sentis lo cor ferm
Quel plagues, bel faz fermansa,
Ja mos chantars tristz ni braus
No fos, ni de razon brava;
Mas tan me ten de ioi nut
Sill quem don Dieus tener nuda,
Qu' a penas pens en mon cor
Nuill ioi, tant ai trist coratge,
Quar del sieu bel cors cortes
Nom fai amstat corteza.

要是我能够确信，

保证让她欢心（我可以保证！），
我的歌也不会如此悲伤、狂野，
话题也不至于那么疯狂，
而当她让我欢喜赤裸，
愿上帝也让她赤身裸体，
我却满心痛苦，
充满悲伤的勇气，
因为她美妙而文雅的身体，
她与我没有文雅的友谊。

III

Bem tenc per nesci cortes,
Quar ieu de la plus corteza
En aitals motz dir m' aferm;
Domna, veus m' aissi fermansa:
Pel sobretalan qu' es braus,
E quar ma volontatz brava
M' a fait faillir, tot desnut,
Ab la vostra verga nuda
M' en baez lo cors el cor,

Tan que aia ferm coratge.

我真正是个十足的傻瓜，
自从说出这彬彬有礼的傻话，
从此静默无语：
“夫人，我要将自己献给您
作为爱情人质：
因为我的欲望过于狂野，
野性的渴求让我犯罪，
让我剥去伪装，赤身露体；
因为您以裸杖，
击碎了我的身心，
直到我有足够的勇气。

IV

Als non dezir en mon cor,
Mas que Dieus vos don coratge
Qu' alcun bel semblan cortes,
Don' avinens e corteza,
Mi fezessetz ab cor ferm,

Qu' en aura non ai fermansa,
E nos fes vostre cors braus,
Don' umils, lai on tanh brava,
Ab cors de totz mals aips nut,
La genser c' anc nasques nuda.

我心别无他求，
如果上帝不给您欲望，
彬彬有礼的美丽女郎，
给我礼貌的欢迎，
出于坚定的心，
（因为除了坚定的爱，我一无所有）
对我也不那么野蛮，
温柔的女郎，却在
需要狂野时裸体，
她天生赤裸，惊为天人。

想必读者对平庸的翻译很不满意，但愿他能在原文上花一点功夫，从诗节和韵律开始，把握整首诗的魅力。

一方面，交替使用的阴阳韵，每次合抱一个阳性名词和一个由此衍生的阴性名词[1]。

另一方面，所有诗节中，每一节韵脚相同，而它们会根据下一个韵律规则，一个接一个排列：上一节的最后一个韵，或者更确切地说，即词法上的那一对韵，过渡到下一节开头第一行的韵；第一节开头第一对韵，来到第二节第二对韵的位置；第一节第二对韵移到了第二节第三对韵的位置；照此规律，第一节倒数第二对韵，就变成了第二节最后一对韵。而后再由第二节过渡到第三节，以此类推。人们由此可以了解阿尔诺·丹尼埃尔的六行诗的原理。

这有什么益处呢？人们会问，这种刻意的形式会不会让人感觉沉重而疲倦？它们与人们引用这首诗的说辞没有任何关系，因为这首诗的引用原本是用来说明游吟诗人诗中的色情，表明他们对于裸体及隐藏身体的游戏之审慎与轻率。

真的一点儿关系也没有？每一节出现五个韵和五对词语的韵脚，总共十行，这样五个诗节即完成了韵律的

---

[1] cor-coratge（野性），(a) ferm-fermansa（坚定），或一个阳性形容词，接一个阴性形容词：braus-brava（野性的），cortes-corteza（礼貌、文雅的），nut- (des) nuda（赤裸的）。

总体轮换。六节诗也是如此，在六节诗中，完成六行诗歌韵律的转换。然而这里只有四节，我们由此得出结论，这首诗并不完整，而是缺了一个诗节。或许。但是这一诗节，我们找不到任何痕迹。五部抄本呈现给我们的这首诗歌都只有四节，也许原本就这样不规则。有道理么？是的，只有一个理由：它之所以止于第四节，因为诗歌结束在 nut-nuda（赤裸）这个韵上，这也正是整首诗的惊人之处："她天生赤裸，惊为天人。"

删除预期的一节，诗歌以一种醒目的方式结束于"裸体"，并从一节联想到下一节。这是怎样的赤裸？

在前几行中，先是冬天树枝的裸露。前面已经说过，游吟诗人诗中诱惑与失望的交织，源自开头诗节的炫目与之后诗节中一连串的推理之间的衔接，或缺乏衔接。这并没有令人失望。不仅因为形式上的精巧和"晦涩之诗"的难懂使精神保持清醒，还因为冬天的开始与随后部分之间像押韵一样紧密结合。伴随着头韵同样粗砺的单音节词［breus（短促），braus（野性），brun（阴暗）］，描绘出天气与寒风之严酷——风剥开树皮使树枝裸露，连同悲惨的游吟诗人徒劳的努力；而与之相反，诗人的艺术通过精美的韵律，将词语巧妙编织紧扣，因为他对女人的爱也许得不到任何回报，而这更激发了他的智慧和创造力。

冬日严酷的裸露就这样通过爱的恩泽被转移到诗歌中，这种爱的忧虑也由此转化，给经历过的人们带来敏锐的诗意。借由这因爱而产生的诗歌，这种裸露也适用于爱情：冬日严寒中裸露的树枝，艰涩的诗歌，因为诗人“欢喜赤裸”，渴望见到并拥抱他赤裸的爱人。

这是双重的赤裸，阳性的与阴性的：nut 和 nuda，两个词都跟着押韵。然而阳性的赤裸是隐喻，女性的赤裸只在文字中。诗人自称赤裸，只因被爱情剥去了试图披上的伪装：他因爱情而“欢喜赤裸”。这是他所喜悦的，他也想象她的赤裸，愿意她裸体，并祈求上帝保佑，能将她赤身抱在怀里[1]。

这大胆的表达仅仅只是祈祷和想象的投影，而此后，诗歌又转而围绕着女性的裸体，并不直接靠近，而通过一系列位移来激发她。首先是和缓的描述，几乎是委婉的表达，其中“友谊”一词的节制和形容词“礼貌”的优雅，弥补了对爱人身体的提及，减轻了悔恨的羞愧和

---

[1] 原文引拉丁文 Sill quem don Dieus tener nuda。

羞耻：

因为她美妙而文雅的身体，
她与我没有文雅的友谊。

接下来就是第三诗节，此前诗人还在为自己的才华和技艺感到骄傲，承认自己“愚蠢而又礼貌”。这是什么意思？这意味着尚未得到任何爱的保证，他便自信地谈起自己的心上人，这很愚蠢。但这是心甘情愿的愚蠢，是对爱的提炼：这种野性的、过度的欲望[1]，他存心无羞耻地拿出来展示，其唯一目的就是让他值得为这个错误承受打击。而他为何愿意承受打击？他对他的美人说，“因为您以裸杖，击碎了我的身心。”[2]这无济于事，而论及这种对欲望颠覆性的表达也将是很沉重的。难道我们能说，这次将轮到暴露狂希望在她面前暴露的那位暴露她自己了？

情感的转移也是如此，然而或许越是美妙，越令人

---

[1] 原文引拉丁文 sobretalan，volontatz brava。

[2] 原文引拉丁文 Ab la vostra verga nuda /M' en batetz lor cors el cor。

不安，这一节最后一句让人愿为她付出牺牲：“她天生赤裸，惊为天人。”

当然，每个人生来赤裸，这司空见惯，不言而喻。“天生史上最美裸女”，即她是人世间未有过的绝代佳人❶。然而从情人的角度想到一个出生时就赤裸的爱人，这非比寻常。他被禁止看见她赤裸。他几乎不敢想象她的裸体，只能寄希望于上帝有朝一日让她赤身裸体。而这被简化为发明一个复杂的诡计，以一种近乎荒谬的设想，想象她或可以一根裸杖击打他的身体。这里是指她赤裸的身体？通过将名词与其形容词分开，形象地表示为面对“她无瑕的裸体”❷。而他所能做的，只是天真地将她想象为一个新生儿：一个赤裸的婴儿。凭着每个人生来都是赤条条的证据，最后一句向爱人美丽的裸体致敬，这样既不冒犯，也不必像贝尔纳·德·文塔杜尔那样受拘束（“我只能凭想象这么说”）。

并不是所有游吟诗人的诗歌都如此精美。而对裸体狂热而羞涩的想象，总是表现为梦想，或不可及的愿望，

❶ 乔布（Job）曾说：Nudus egressus sum de utero matris meae.（“我从娘胎里生来赤裸，将裸体归于人类与生俱来的天性。”）参照原注。

❷ 原文引拉丁文 Ab cors de totz mals aips nut。

愿心爱的女子赤身裸体，这是人之常情，不足为奇。阿戴马尔·勒·诺瓦（Azemar lo Negre，Adhémar le Noir）只是通过想象看见他爱人的裸体。当然，这种想法随后向他显示“如他所见”，但人们知道，那也只是在梦中看见：

Mas eu sui tant enveios
De lei vezer cui desire
Qu' inz en mon cor la remire
E vei sas bellas faichos;
Per cho m' auci desiran
Quant la remir en pe(i)ssan,
C' ades la cuich vezer nuda
Enaissi con l' ai veguda.

而我真正渴望见到她，
她才是我想要的，
我从内心深处凝望她，
看见她的美；
若是在想象中凝视她的时候，

我死于欲望，

我相信自己即刻看见她的

裸体，正如我曾看见的一样。

马尔加布吕在寄出他的求爱信后，对于送信的鸥椋鸟提出怎样严格的要求？

Vol’e vai

Juesca lai,

El retrai

Qu’ieu morrai,

Si nos sai

Consi jai

Nuda o vestia.

飞去，

直到那里，

告诉她

我会死，

如果不知她睡觉时，

是裸睡或穿衣。

如果将这些出现过的只言片语，这些对“裸体”的表述放在一起，出一本游吟诗人的诗集也足够了。“因为您的裸体我不曾拥有，也无从征服”[1]，兰博·德·瓦格拉[2]在他著名的音乐歌舞《卡朗达·玛雅》（Kalenda maia）中说。兰博·德·奥朗日则依照假想的顺序，大胆使用将来时，而不是条件式[3]，但他谨慎补充道，仅仅想一想这份幸运就比当皇帝更美。不真实的幻想再次占了上风：

Ben aurai, domna, grand' honor
Si ja de vos m' es jutgada
Honranssa que sotz cobertor

---

[1] 原文引拉丁文 Que nuda / tenguda / nous ai，ni d' als vencuda。

[2] 兰博·德·瓦格拉（Rimbaut de Vaqueiras），12 世纪后半叶的普罗旺斯游吟诗人，“他是来自普罗旺斯城堡（Chateau de Vaqueiras）的一个穷骑士的儿子；他的父亲被命名为佩洛尔（Peiror），被认为是个疯子”。《卡朗达·玛雅》是诗人用古奥克语书写的一部歌舞剧。

[3] 在法语中，将来时表示将要发生的事，条件式指在一定条件下有可能，但未必一定发生的事。

Vos tenga nud' embrassada;
Car vos valetz las meillors cen,
Qu' eu non sui sobregabaire:
Sol del pes ai mon cor gauzen
Plus que s' era emperaire.

夫人，这对我将是何等荣誉，
如果您认为我值得
在一床被子下面，
拥吻您的裸体，
因为您价值连城，超过最佳百倍。
我毫不夸张：
仅仅这么想想，
我心里就比当皇帝更美。

贝尔纳·马蒂几乎说过同样的话，而他无需裸体。也许正因为如此，他更加乐观。的确，他的整首诗都带着诙谐的语气：

S' illam fai breu cossentida

D' aquo dont ai dezirier,
Qu' ieula bays nud' o vestida,
Ja aura ricor non quier:
Assatz val mais qu' emperaire,
Si desotz son mantel vayre
Josta son belh cors m' aiziu.

如果她很快答应
我的渴望，
让我吻她，当她裸体或穿着衣裳，
我无需再有任何财富，
就远在皇帝之上，
如果能在她松鼠皮的大衣下，
对她美丽的身体，想怎样就怎样。

显而易见，将女友赤身裸体抱入怀里的愿望是如此遥不可及，以致于可以被系统化，分两个阶段呈现。

一是从物质层面，保持“爱的问候”，而“爱的问候”本质在于与心上人的距离，因为这些诗文都是献给她的。因此，在爱的问候中，“夫人远比我能说出的更美丽迷人”[1]，阿诺·德·马赫耶（Arnaut de Mareuil）就这样通过大胆的细节，描述了失眠的幻想和一场色情的美梦。

另一方面，作为纯粹的假设，让女友“赤身裸体”的情节屡次出现在对话体诗歌或“派对游戏”中，两位诗人都在爱情问题上钻牛角尖。吉·德·于塞勒问他负债累累的兄弟艾伯勒，如果他正拥抱着赤裸的女友，给他一千马克他是否愿意离开：

N' Eble, pus endeptatz
Etz, doncx si teniatz
Ahora vostr' amia
Nuda entre vostres bratz
Per far que queus vulhatz,
Chauzetz qual vos plairia:
Qui vos aportaria
Mil marcx e vos dizia:
N' Eble, sius levavatz

[1] 原文引拉丁文 Dona genser qe no sai dir。

E d' aquius moviatz,
Yeu los vos donaria…

艾伯勒，因为您负债累累，
假如现在您正将女友赤身裸体
抱在怀里，并可以
做您想做的一切，请选择——
假设这时有人拿来一千马克
对您说：艾伯勒，如果
您现在起身离开，
我就把这些全都给您……

艾伯勒怒不可遏：他当然不会拿他的女友换钱！

另外两个“参与者”，一位是两个不知名的游吟诗人之一，另一位是来自热那亚的诗人博尼法西奥 · 卡尔沃（Bonifacio Calvo），给两人提供几乎相同的选择：是希望看着女友穿着衣服而不能碰她，还是将她赤身裸体抱在怀里而不能看她（也不能跟她说话，博尼法西奥 · 卡尔沃补充道）？这样的辩论涉及中世纪感官的五种品级。视力是最崇高、最智慧的感官（在博尼法西奥的诗中，它与言语并列)，总是享有特权，尤其是拒绝见她，就意味着鄙视爱人的女性之美。然而在爱的领域，触觉显然独具魅力。

而此时，根本问题还不在这里。在所有参与者中，游戏所提供的两种选择，每一种都会造成失落感。在此，失落感与爱人的身体有关，根据假设的限定，禁止在诗歌中纵情享乐；诗歌本身只能取代不可能的欢乐。“参与者”在身体缺席的前提下，可以任意演奏所有恋曲。

这种不可能的裸体欲望同样出现在贝特朗·德·伯恩的著名诗歌中。好战的奥特弗尔（Hautefort）说，“夫人，因为您不在乎我”，论据如下：由于他所爱的人让他去度假，而他却无处找寻和她一样的人，所以诗人将从每一位他认识的夫人那里借取魅力，从这位借取眼神，从那位借得精神，从第三位借一副嗓音和她的双手，再从另一位借头发，下一位借牙齿，等等。然而在这一连串的列举中，他想要向一位“姣姣者”（Mieills-de-Ben）[1] 借取的完全不同。他要一切：

---

[1] “姣姣者”，原文引拉丁文 Mieills-de-Ben，字面意思为“比好更好”。

A mon Mieills-de-Ben deman
Son adreich nou cors prezan,
De qe par a la veguda
La fassa bon tener nuda.

对于我那姣姣者，我想要
她年轻曼妙的身体：
我似乎看见
她赤身裸体时，美轮美奂。

而从内心深处，贝特朗·德·伯恩并不比贝尔纳·德·文塔杜尔更大胆。他只想将“姣姣者”赤身抱在怀里，而只在想象中见到她。由于这首诗只是幻想，他不可能真正以每个人的完美局部构成一个完美女人，因此大胆赞美到了诗节末尾，因其上下文的不真实而有所减弱。

这首诗是一个幻想，一个玩笑，这在游吟诗人的诗歌中占有不可忽略的比例。欲望、沮丧、兴奋、痛苦，总是这样。而所有这些通常都以搞笑的方式展现或暗示，但这并不意味着笑声会使欲望减弱，痛苦或失落感减轻，变得不那么深刻，恰恰相反。如兰波（Rimbaud）诗云：

“十七岁的年龄，什么都不在乎”[1]，这种表达并未减轻青春期令人心碎的痛苦，因为在嘲笑他们。游吟诗人的“生平”和“源起”通常带有讽刺意味，有时是喜剧性的，既不会偏离诗歌，也不会让人产生误解。相反，作者非常了解诗歌，并使之扩展延伸。再说一遍：游吟诗人通常比人们认为的喜剧诗人更多，从他们中的第一位开始就不像人们想象的那么特殊，也不仅如皮埃尔·贝克（Pierre Bec）所说的那样“反文本”。

这种简单观察使上述思考不再那么沉重。身体并不总是像人们刻意说成的那样令人难堪，也不总是如此战战兢兢。当某个吉拉东（Giraldon），也可能是纪霍多·洛·罗（拉丁语 Guiraudo lo Ros，法语 Guiraut le Roux）观察发现，“女人裸体比着装更美”[2]，他似乎知道自己在说什么。至于某位兰博（Raimbaud），普罗旺斯的一位大领主贝拉卡茨（Blacatz），诗歌对话的参与者，诗人的保护人，他本人也是一位诗人，显然不会不知道何

[1] 兰波（Arthur Rimbaud，1854—1891），法国通灵诗人。引自《浪漫传奇》：“十七岁的年龄，什么都不在乎，—— 一个美好的黄昏，咖啡屋 / 杯盏交错，光影闪烁着喧闹之声！——这就去碧绿的椴树林漫步。”

[2] 原文引拉丁文 dompna val mais nuda que vestia。

谓让女友“保持赤裸”：

Qand ab midonz ,cui ador,
Puosc iazer sotz cobertor,
Ren als no m’ es tan plazen
Cum qand la puosc tener nuda.

当我和我心爱的女子
在同一床被子下面睡卧，
没有什么比这更让我欢喜，
当我能让她保持赤裸。

如果说“被子下面”❶ 在上述兰博 · 德 · 奥朗日这首诗中已明确有所指，说明这里所说的愿望已不再是不可实现的范畴。

而回顾人们在游吟诗人的诗中遇见的所有年轻人的身体，“苗条或丰腴” ❷。想想贝特朗 · 德 · 伯恩为了朋友

❶ 原文引拉丁文 sotz cobertor。

❷ 原文引拉丁文 delgat e gras。

拉飒（Rassa），乔弗瓦·德·布列塔尼伯爵而描写他的美丽女友时，所用的超强词语：

Rassa, domn’ ai qu’ es fresqu’ e fina,
Cuenda e gaia e mesquina:
Pel saur, ab color de robina,
Blanca per cors com flors d’ espina
Coude mol ab dura tetina,
E sembla conil per l’ esquina.

拉飒，我有位美人，
年轻、苗条，快乐又清纯，
满头金发，闪着红宝石的光泽，
身体洁白，如山楂花，
臂肘圆润，乳房坚挺，
要说她还有兔子般的腰身。

然而，所有这些并未超出我们从吉汉姆·阿德马的美丽诗歌中所学到的。对身体的暗示越强烈，越不让它真实呈现，就像纪尧姆九世那样，将身体隐藏，通过淫秽的隐喻和粗野的性幻想加以掩饰，让诗歌赢得更多笑声。除了羞怯的躲闪和痛苦的欲望，他还道出了尴尬。女性的身体，爱人的身体令人尴尬。无论是轻佻的描写，或出于恐惧将它掩盖；将它升华为冰清玉洁，使冰雪般的身体化为不可见，或是在无法实现的春梦中尽可能远离它：都无济于事，令人烦恼。游吟诗人有时知道该如何说出这种尴尬。他们知道如何说，但却不说；而越是不说，越发增强了对身体的迷恋。正是这女性身体隐藏在第一节的春日或冬季的风景里，就像藏在往日谜一样的画中，而词语的交织又邀约另一次身体的缠绵。让人总想起贝尔纳·马蒂诗云：

> C' aisi vauc entrebescant
> los motz el so afinant:
>
> Lengu' entrebescada
> Es en la baizada.
>
> 就这样，我编织词语，
> 使旋律更精致：

舌头也是一种交织，
在亲吻之时。

这身体是诗歌的核心，根据库尔贝（Courbet）的画作标题，因为它是“世界的起源”。这不正是吉汉姆·阿德马在诗歌结尾处对我们说的？“她天生赤裸，惊为天人。”

第十六章

“哎呀，所有享乐之人，无论是谁，我看见都羡慕不已！”

回到贝尔纳·德·文塔杜尔。如果说他带我们绕了一大段弯路，那是因为他的诗歌既是克制的，又是性感的，而且越克制，越性感。这表现为对欲望的永恒沉思和对失恋的抱怨最终仅存的欲望：

Ai，las！ tan cuidava saber
D' amor, e tan petit en sai!
Car eu d' amar nom posc tener
Celeis don ja pro non aurai.
Tout m' a mo cor et tout m' a me,
E se mezeis e tot lo mon,
E can sem tolc, nom laisset re
Mas dezirer e cor volon.

哎呀呀，我以为自己天知地知，
关于爱情，我一无所知！
因为我无法保持爱心，
如果爱她，永远一无所得——
她俘获了我的心，俘获了我本人，
连同她自身与整个世界。当她将自身
也从我这里掳去，我将一无所有，
仅剩欲望和内心的渴求。

这是一首充满激情想象的羞怯的诗，因为这是一首颓丧之诗。

这就是为什么尽管人们普遍认为它愚蠢、绝对武断，且异想天开，而他最著名的诗歌《云雀之歌》的“源起”，却显示出对偷窥的痴迷和带着清醒认知的绝望。

这个“源起”基于想象，通过尤克·德·圣-西尔克所写的“生平”得以传播，这位诗人爱上了被认为是诺曼底公爵夫人的阿里埃诺·德·阿基坦，而这些都是抄本 Sg 的题外话，作为插曲对正文的补充：

E apelava la B[ernart]《Alauzeta》, per amor d’un

cavalier que l' amava, e ella apelet lui《Rai》. E un jorn venc lo cavaliers a la duguessa e entret en la cambra. La dona, quel vi, leva adonc lo pan del mantel e mes li sobra1 col, e laissa si cazer e[l] leig. E B[ernart] vi tot, car una donzela de la domna li ac mostrat cubertamen; e per aquesta razo fes adonc la canso que dis: Quan vei l' alauzeta mover.

贝尔纳称她为"云雀",因为有位爱她的骑士,她称之为"阳光"。一天,骑士来找公爵夫人,进入她的卧室。夫人看见他,就将她的披风挂在他脖子上,而她自己倒在床上。贝尔纳看见了一切,因为夫人的一名女仆偷偷指给他她所在的位置;就此,他写了一首诗:"当我看见云雀兴奋颤栗……"

这个故事是诗歌前三行的简单推论:

Can vei la lauzeta mover
De joi sas alas contral rai,
Que s' oblid' es laissa chazer…

当我看见云雀兴奋颤栗，
振翅飞向阳光，
随后忘情坠落……

出于两个原因，人们一致认为这个“源起”很可怜。首先，它只是根据用途，从它所评论的诗中抽取材料，让人看见这样的傻话：“贝尔纳称她为‘云雀’，因为有位爱她的骑士，她称之为‘阳光’。”这是原因之一！而为何阿里埃诺称他为“阳光”，而贝尔纳就称她为“云雀”？为何两个词中一个称呼另一个？“阳光”和“云雀”之间又有何联系？没有，除了这两个词在诗歌开头的关联。

第二个让人失望的原因才是主要的。《云雀之歌》的成就并没有被否定。第一节就令人钦佩，诗云：

Can vei la lauzeta mover
De joi sas alas contral rai,
Que s' oblid' es laissa chazer
Per la doussor c' al cor li vai,
Ai! tan grans enveya m' en ve

De cui qu' eu veya jauzion,
Meravilhas ai, car desse
Lo cor de dezirer nom fon.

当我看见云雀兴奋颤栗，
振翅飞向阳光，
随后忘情坠落，
只因涌入内心的甜蜜，
哎呀，看见所有享乐之人，
无论是谁，我都羡慕不已！
我实在惊讶，我的心
居然没有因欲望而瞬间融化。

通常春日序曲的种种元素被这背光飞向太阳的云雀，唯一纯净的画面所取代，几乎没有图像（很难背光看见那么小的云雀——飞向太阳的一个小点），只是某种运动的抽象呈现。

这是怎样一种运动！以一种自杀的姿势“忘情坠落”，即刻令诗人在爱的欢愉中猝死，个中理性被彻底废弃（这就是圣托马斯·阿奎那所谴责的性高潮，即使是在合理的情况下达到的），并使他对自己眼中所有享受爱的人们都产生“性嫉妒”。

这运动与坠落，不是坠落，是一种狂喜，通过跨行显现：“兴奋颤栗”，或“哎呀，所有享乐之人，无论是谁，我看见就羡慕不已！”[1] 人们以为诗人渴慕的是云雀，但不是，这里他渴慕的是“所有享乐之人，无论是谁”，而这是一回事。这运动与坠落通过歌声的坠落，使一种异乎寻常的野心在旋律中得以彰显——“这是怎样的渴慕，席卷而来”[2]。

除此之外，“源起”还发现，没有什么比发明一个关于阿里埃诺·德·阿基坦和她的情人之间的色情小游戏更好的事了，而诗人则与女仆串通，通过锁孔[3] 窥探这滑稽一幕。好可怜。

也许可怜。但“源起”并不缺乏基本要素，并知道如何把握。而这种可怜的本质正是性嫉妒与偷窥：“看见

---

❶ 原文引拉丁文 mover/de joi，或 ai！ tan grans enveya m' en ve /de cui qu' eu veya jauzion。

❷ 原文引拉丁文 tan grans enveya m' en ve。

❸ “锁孔”此处原文为 le trou de la serrure，与下文“通风口”（un soupirail）说法不一，存而不论。

所有享乐之人，无论是谁，我都羡慕不已。”“源起”再没说出别的什么——没有批判性的评论，只讲一个故事；不去分析诗歌艺术，而借一个故事来表达，其作用和含义是一样的。

人们会说，“源起”并没有对本节中看来值得我们赞赏的评论发表确切意见，诸如情感运动、心理联想、韵律的形式游戏、旋律的效果等。它只是个故事，不是文字说明。这说明这个故事对诗歌不敏感？不，恰恰因为它确切而强烈地感受到诗歌的影响和含义。不仅如此，“源起”还引用了诗歌。在威尼托[1]的奥克语诗集中，“源起”和诗歌相互交织，使这些复制的抄本中，诗句与散文相互结合而不重复，从而构成一个整体。散文故事并不奢望取代诗歌，只是出于对不可替代之物的敏感，试图确立诗歌的价值。

偷窥者的嫉妒、挫败与恼怒，与一个更幸运的恋人命运相比，这都是“源起”在发展过程中所持的偏好，而它们从游吟诗人的诗歌中不断发现并孜孜以求的，也

[1] 威尼托（Vénétie）位于意大利东北部大区，意大利语 Regione Veneto，首府是威尼斯。

正是这首诗所构想的爱情经历与表达。

这显而易见。即使“源起”可能只是前三行诗歌的推论，它仍然保留着诗歌其余部分的回音，并通过共鸣使之更丰富。通过表达对“阳光”骑士的欲望，“云雀”公爵夫人夺去了诗人的一切，连同她与他自身及整个世界，而留给他的，唯有欲望。无用的欲望，而一旦她的欲望移情别恋，受挫的欲望只能通过酝酿沮丧的诗歌而得以残存。因此，没有性别标记的“无论是谁”，“我看见所有享乐之人”，都可以是“她”，也可以是阻碍我见到她的那个“他”。当然，我羡慕他，但我更羡慕她，她，我不仅羡慕，而且渴求。

所有这些都在这首歌中。人们可以从中立即察觉，因为看见一个失去自我意识，“忘情坠落”的云雀，一个偷窥者，他经历了对所见的所有享乐之人“都羡慕不已”。而“羡慕”一词让人首先想到他的竞争对手。对于这位竞争对手，“源起”显然给他留有一席之地，但强调那心爱的女人才是羡慕的第一人：从这个意义上说，它用最隐秘的方式点亮了这首歌。

第三诗节莫不是想以看似平常的方式，说心上人的眼睛是一面镜子，诗人溺毙其中，好像“泉中美丽的水仙”？正如出于嫉妒看见云雀的幻象，被云雀本身（而不是对手）的享乐所唤醒，诗人回归了自身的欲望；同样佳人的“幻象”——他眼中的她，和她眼中所看见的，他的目光——以自恋的方式，投向他自身的幻象（自己本人眼中的幻象），并被“深深叹息”[1]所表达的不满与颓丧所杀。偷窥者的失败在于他可能有很好的眼力，却唯独看不见自己：

Anc non agui de me poder
Ni no fui meus de l' or' en sai
Quem laisset en sos olhs vezer
En un miralh que mout me plai.
Miralhs, pus me mirel en te,
M' an mort li sospir de preon,
C' aissim perdei com perdet se
Lo bels Narcisus en la fon.

我无法控制自我，

[1] 原文引拉丁文 li sospir de preon。

自从那一刻，我已不属于我自己。
当她让我看着她的眼睛，
在令我赏心悦目的镜子里。
镜子，自从我久久凝视你，
深深的叹息杀了我，
以至于我迷失自己，好像
水仙少年，从泉中消失。

说实话，贝尔纳·德·文塔杜尔或许以为水仙少年溺毙于爱情，不是因为其自身形象，而是因为回声，就像我们有时在中世纪发现的一样。而在这种情境下，依旧产生共鸣。

可以说，所有这些都是非常笼统的，抽象的，只是一种假设。但我们还有另一个非常确切的理由，认为enveya[1]一词，可以指“欲望”，也可以说是“嫉妒”——invidia。这个词在这个意义上至少还有一次被游吟诗人用在其他地方，那是明确无误的（或者说不可能抹去“欲望”的含义）。在这一诗节末尾，兰博·德·瓦格拉

[1] enveya，拉丁文，前文译为“羡慕”。

说，一颗坚强的心最终屈服于爱，知道如何更好地爱他的女人，“太过多情的谦卑者，渴慕所有女人”[1]。在这里，“欲望”的含义显而易见，而且是第一位的，并不排除“太过多情的谦卑者”被欲望所吞噬。

挫折感，偷窥者和嫉妒对性的刺激，嫉妒与欲望的结合，再一次成为“源起”从游吟诗人的诗歌中不断发掘的因素。如果没有如此讨厌的“源起”，或许我们无法从《云雀之歌》中看到这一切。

根据“源起”的评论，兰博 · 德 · 瓦格拉的歌在“产生欲望”的意义上使用“嫉妒”（envieux）一词，而这个“源起”也仅出现在一个抄本（P）中，与云雀无关。兰博是一名贫穷骑士的儿子，后来成了江湖艺人。但他的保护人博尼菲斯 · 德 · 蒙菲拉（Boniface de Montferrat）[2]给他配置了行头，并让他恢复了骑士身份。

---

[1] 原文引拉丁文 c' umilz trop amoros，de totas envejos。

[2] 博尼菲斯于1192年成为蒙菲拉侯爵，1205年成为萨洛尼卡（Thessalonnique）国王，之后被选为第四次十字军东征首领，名声大振，一说“侯爵”就知道是他。而他日后成为南方和北方游吟诗人的主要资助人。参照原注。

Don ell s’ enamoret de la seror del marques, qe avia nom ma dompna Biatrix, qe fo molher d’ Enric del Carret. Et troba de lei mantas bonas chansos. Et apellava la《Bel Cavalier》.

Et per aiso l’ apellava enaisi, qe a En Rambautz segi aital aventura, qe pozia vezer ma dompna Biatrix qant el volia ,sol q’ ella fos en sa chambra, per un espiraill; don neguns non s’ apercebia. Et un jor venc lo marges da cassar; et entret en la chambra et mez la soa spaza a costa d’ un leit,et tornet s’ en foras. Et ma dompna Biatrix remas en[la] chambra; et despoillet se son sobrecot et remas en gonella. Et tollc la spaza et se la ceinz a lei de cavalier.Et tra[i] s la for del fuor et geta la en alt, et pres la en sa ma et menet se l’ al bratz d’ una part et d’ autra de la spala; et tornet la em fuer, et se la desceinz et tornet la a costa del leit. Et En Ranbau[t]z de Vaqera[s] vezia tot so qe vos ai dich per lo spiraill. Don per aso l’ apellet pois totas vez《Bel Cavalier》en sas chansos. si com el dis en la premiera cobla d’ aquesta chanson qe comenza aisi:

Ja non cuidei vezer
C' Amor me destrenses
Tan que dopna[m] tengues
Del tot en son poder;
Qe contra lor orgueil
For' orgoilhos con s[u]eil;
Mas beutat et jovenz,
El gentilz cors plagenz
Eill gai ditz plasenti[er]
De mon Bel Cavalier
M' a[n] fait privat d' estraing;
E puois dur cor s' afraing
Vas Amor, en loc car,
Sap mielz sa dompna amar
C' umilz trop amoros
De totas envejos.

兰博因此成了侯爵的妹妹贝雅特丽斯（Béatrice）的情人，而后者是恩里科·德勒·卡雷托（Enrico del Carretto）的妻子。兰博为她创作了许多好歌，并称她为“美丽骑士”。

这就是为什么他这样称呼她的原因。兰博很幸运，只要他愿意，就可以从通风口看见卧室里的贝雅特丽斯夫人。没有人发现。一天，侯爵打猎回来，走进卧室，把剑搁在床边，然后又出去。而这时，贝雅特丽斯夫人已经在卧室里了，她脱下外套，只穿着内衣衬裙，而后她握住剑，像骑士一样束腰，抽剑出鞘，挥舞了一番，又把剑握在手中，贴在臂上，从一只肩换到另一只肩。之后插剑入鞘，解开束腰，再将剑放回床边。而所有这一切，兰博·德·瓦格拉都从通风口看得真切。这就是为什么他后来在诗中称她为“美丽骑士”，如第一节诗云：

我从未想到有一天
爱情将我如此折磨，
一位女子可以凭她的大能
完全掌控我，
因为面对她们的骄傲，
我原本如往常一样矜持自豪，
但是我的美丽骑士之美，

连同她的青春、高贵，
优雅的身体和迷人的快乐，
已然驯服曾经狂野的我。
当一颗狂野的心倾向爱情，
在钟情之地变得柔和，
这太过多情的谦卑者终于
懂得爱他的心上人，
胜于渴慕所有女人。

如果游吟诗人心仪的女子的确就是指这位（昵称）“美丽骑士”，那这一节似乎没有什么能让我们察觉到“源起”描述这幕场景所包含的暗示，即使将文字放在《云雀之歌》的“源起”所描述的同样的痛苦境地中来看。诗人乐于承认自己对爱情的反叛，被“美丽骑士之美，连同她的青春、高贵，优雅的身体和迷人的快乐”所诱惑[1]。

---

[1] “源起”倾向于认为兰博爱上的“美丽骑士”贝雅特丽斯是博尼菲斯的妹妹，但其实，作者通过《游吟诗人传记》考证分析，博尼菲斯不是贝雅特丽斯的哥哥，而是她的父亲。作者还提供了另一种说法，认为“美丽骑士”并非蒙菲拉的贝雅特丽斯，而实际上是两个女人，诗人兰博为她们写了不少诗歌，给一个献上爱情诗，对另一个表达敬意。参照原注。

这种赞美是如此普遍，如此平庸。而“源起”同时描述了一件天真的逸闻趣事——从通风口持续窥视卧室里的夫人是天真的，而且非常色情（女人脱去一半的衣服，握剑，等等）。整个过程建立在偷窥的基础上，但偷窥却如隐喻一般，被替换（这个词有双重含义）、弱化、挪移。

夫人开始脱衣，但脱得很少。奇怪的是，进入她房间的男人是她的兄弟，而不是她的丈夫或情人。他没待在房间里，而是把剑留下，靠在床边。她开始玩剑，假装自己是个男人，并没有受到任何威胁。因为她出色扮演了男人，而剑赋予了她这样的地位，如果我们相信“源起”中所言，是观察她的诗人赋予她“美丽骑士”的昵称[1]。这个“昵称”本身是“被替换的”，因为她假装舞剑，但没有骑马。

这种替换因而是双重的，因为按照纪尧姆九世的暗黑隐喻，女人按理说受到男人之剑的威胁，而被男人骑在头上。

与贝尔纳·德·文塔杜尔不同，兰博没有对手，只

---

[1] 昵称，原文引拉丁文 senhal。

是从他凝视的奇观中得到乐趣。然而，与云雀的“源起”一样，这里也是色情的想象，它揭示了这首歌里所没有说出的，同样令人不安。

然而，启示可以表现在两重意义上。诗歌和“源起”之间的传播与交流是相互的。《云雀之歌》的“源起”明显是色情的，而这首诗歌只是个隐喻：透过云雀的视线，以隐喻的表达和纯粹的暗示引起诗人对“所见享乐之人的羡慕不已”。反之，兰博·德·瓦格拉的诗歌显然充满爱意，沉湎于心上人的魅力，而它的“源起”只是隐含色情，偷窥者提供的场景只是个隐喻。

这个“源起”似乎只是基于“美丽骑士”这一幕场景所创作的，而没有其他任何依据，布提埃尔这样认为，内容十分有限，而且更确切地说，这个“昵称”仅与这一幕场景完全吻合。尽管如此，包含这个“源起”的唯一抄本还是完整引用了这首歌的第一节。而除了“美丽骑士”，它还能去哪里找到与此相关的其他故事呢？

实际上，如果记得“源起”并重新读这首诗歌，我们会发现它将诗意的情思转入具体的物质空间：她就像是这一过程的具体化身。

诗人说他总是远离爱情：“源起”描绘了他躲在卧室

之外，远远望着贝雅特丽斯。

这位诗人说，他的“美丽骑士”的魅力使他“变得柔和”[1]，变得更亲切、内向，与从前大相径庭：“源起”为我们描述了他所见的那一幕场景，仿佛灯下蝴蝶让人神魂颠倒，心醉神迷。

诗人说，一颗坚硬的心会在“钟情之地”[2]变柔软，“源起”将所有故事都集中在这位贵妇人卧室中的“钟情之地”。

烟花之心（“这太过多情的谦卑者，渴慕所有女人”）在胸中燃烧，随时准备接受所有屈辱，以实现自己的目标，而谁承想最终他爱一个女人，是因为想要所有的，诗人反感自己的野蛮性格，叛逆爱，躲在一旁远观，让自己一点点被驯服而不轻易进入房间——就像人们驯服的野兽。

显而易见，整节诗设置了一个空间布局。诗人穿越这空间，游荡在阴影中。他从远处观察这位夫人，但在诗歌中，出于其身心及道德品质的原因，他没有靠近，

[1] 原文引拉丁文 privat d' estraing。

[2] 原文引拉丁文 en loc car。

尽管她诱惑着他，尽管她并没有意识到这一点，浑然不知有人正在暗中观察。通过描述她自娱自乐的小场景，“源起”以其深度和技巧把握了诗歌精神，远远超出对这位“美丽骑士”空发议论。

再回到这一节的最后两行，umilz trop amoros / De totas envejos，直译为“这太过多情的谦卑者，渴慕所有的。”这 de totas envejos（渴慕一切所有）只能意味着“他想要她们全部”；根据我们的推断，与词源学相反，enveya 和 enveyos 可能意味着不是“嫉妒”，而是“想要”。是的，但为什么最终还是一个“谦卑者”？唐璜式的性格还能否表现出谦卑呢？

谦卑，因为贵妇人很骄傲，爱她们的人必须自我谦卑，而像她们一样骄傲并且拒绝自谦的人，只能看着她们逃离爱情，如诗（5—6 行）所云“面对她们的骄傲，我原本如往常一样矜持自豪。”

但也许还有另一个原因需要谦卑。还记得在“源起”所描述的场景中，这位贵妇人采取了男性化的姿态，抚弄一件本质上是男性化的物体，并为此接受了男性化的昵称。场景中隐喻的色情与贵妇人的男性化密不可分，贵妇人通过使自己与男性相似而成为男性的理想选择。

此外，在《云雀之歌》中，诗人似乎很羡慕自己所爱之人亲身体验的享受，这与贵妇人所享受的另一个男人所体验到的享受一致。而在兰博·德·瓦格拉的诗歌中是否就不存在同样的暧昧呢？一个“太过多情”的人渴望所有女人，而他也羡慕所有女人。他想和所有人一起享受，因为他羡慕所有人的享受。这就是为什么他很“谦卑”，因为他不能和所有人一起享受，当所有人都有能力享受的时候。他不断努力克服一种像是自卑感的情结。也许唐璜式的人物确实如此。

这种姿态要求对两种享受进行识别，同时需要了解他所渴望的男人和女人之间的相似之处。如果他想爱，那么这个男人就必须女性化：赫拉克勒斯（Hercules）在翁法勒（Omphale）女王脚下纺线[1]，游吟诗人谦卑、温柔而顺服（女性特质）。而他的“贵夫人”，就是字面意义上的他的“女主人”却“男性化”，几乎总有一个男性的昵称，就像男性常被称为 midons(meus dominus)，“我

[1] 希腊神话中的人物，大英雄赫拉克勒斯杀死了他的朋友伊菲托斯，因此被罚给女王翁法勒做三年奴隶，其间他穿上女人的衣服和侍女一同在女王脚前纺织，而女王则披上狮皮，手持木杖。一段时间后，翁法勒给了赫拉克勒斯自由，并嫁给他，他们还生下了一个儿子。

的老爷”“我的主人”，显示他具有掌控人的力量。

从这个意义上讲，诗节的最后两行所暗示的正是“源起”所讲述的这个故事：一个女人在男人的凝视下扮演男人。而这个男人，这位游吟诗人在他的诗中抗议道，他并不像是其他人，“渴慕所有女人”，但只能说他“从远处来”，“嫉妒”她独自一人，他的确回来了：从estraing（陌生世界）回来，变得驯服、熟悉而亲切。在阴影中，他谦卑地贴在通风口上，看着自己心爱的女人舞剑。

这幕场景是“源起”提供给我们的，其中enveya（嫉妒）和enveios（想要）的歧义，即诗歌存在的差异，这里只作一个简单提示，其实也是两个“源起”，即贝尔纳·德·文塔杜尔的与兰博·德·瓦格拉的“源起”之歧义，表现得十分明显，且产生共鸣。

也就是说，“源起”提出了基本观点，因为所有游吟诗人的诗歌都基于这种暧昧，或对于触及渴望的目标的犹豫不决：“嫉妒”或“想要”；想自己心爱的人，或嫉妒她，或嫉妒那个让她称心如意的人。这是三种不同的欲求，也是相同的欲望。而这里正是将欲望和嫉妒联系在一起的症结所在。

第十七章

青少年的爱

通过将论及的诗歌，与因他人的享受而引起的痛苦的性冲动相联系，“源起”似乎想要阐明一种模仿的竞争和欲望的理论。

我们知道，勒内·吉拉德（René Girard）在他的第一部作品中就通过文学实例阐述了这一理论，其中最具特色的就是陀思妥耶夫斯基（Dostoïevski）的《永远的丈夫》。丈夫只是在看到别人的欲望，并且只有当别人的欲望在自己眼中足以证明自己的欲望时，才能渴望他的妻子。他因此将妻子暴露在别的男人的目光中，并激起他们的欲望，直到不可避免的事情终于发生，才发现自己已上当受骗。这种情况放到这种男人身上即表现为他似乎总会偶然爱上已婚女人，或已经被别人爱上，或爱上被别人钟情迷恋的女子。这种男人同样需要别人的选择来支持自己的选择。他不能爱一个女人，如果他是第一个，也是唯一一个爱她的人。他的欲望是模仿的，且必然导致他参与模仿的竞争。

这些情形在“源起”中频繁出现，模仿是青春期的特征，也是青春期爱情的标志，具体表现为一方面爱得极端，同时又缺乏安全感，有时为了寻求自身所缺乏的保障，选择年龄更大，经验更丰富的女人作为追求目标。而游吟诗人的诗歌所赞美的爱情就具有青春期爱情的特质：大胆而羞涩，光辉而内敛，总是诚惶诚恐，生怕心上人感到不悦，将痛苦、怨恨，连同充满恐惧的偷窥者的沉醉一并融入崇拜，充满疯狂的想象力，似乎总是停在那里，“乌木与玫瑰的交融处”，性行为本身的边缘，或至少笼罩着一层薄纱。一种因渴望享乐而落空，备受痛苦的爱。

这种爱贯穿整个游吟诗人的故事。在“源起”中，还有许多零星片段。

因此，雷蒙·德·米拉瓦勒（Raimon de Miraval）的众多“源起”都将他描述成一个永远的丈夫。他的“生平”保存在十部抄本中，这位来自卡尔卡松（Carcassonne）的贫穷骑士总是以一副优雅而礼貌的生活仲裁者的形象出现，时尚大贵族，尤其是女士们都寻求他的陪伴。他的目光令人羡慕，她们都希望得到他的青睐，却没有任何人给予他什么。他仅仅作为假想欲望的对象而存在。人们心中所需要的不是他，而是其他人渴望他的事实。至于他，如果相信他的“生平”，他很少能离得开女性，以至于他在西多会修女的修道院中结束了生命。人们很想知道他在那里做了些什么。

正是贫穷，迫使雷蒙·德·米拉瓦勒为了在上流社会中占有一席之地而施展自己的才能和魅力。他出入红男绿女间，游刃有余，自愿或不情愿（如最后一句所说，一定是自愿的，因为他从未从任何女士那里得到任何好处，而所有女士都误解了他）。“生平”在阿谀奉承的外表之下，描绘出他更深刻的负面形象：他以非官方形象出现，显示自己不可或缺，并趁机敛财，当然是凭借他的诗人气质。而同样依靠才能，他还散布一些绯闻，并在贵妇人面前尽显美丽心灵，一见钟情，或坠入爱河，对她们百般奉承。甚至也有可能是出于他做中间人的天赋：这是我们将要读到的一首诗里所包含的暗示，而诗歌“源起”则予以否认。

这份“源起”包含在抄本 E、P、H、R 中，说到雷蒙·德·米拉瓦勒爱上阿扎莱·德·布瓦松（Azalaïs de Boissezon），而她欣然接受，并看出“他能给她带来价值和荣誉，超过世上任何一个男人”。没错，她的判断准确无误：

> Raimons de Miraval si s' enamoret de N' Alazais de Boisazo, qu' era joves e gentils e bela, e fort volontoza de pretz e d' onor e de lauzor; e quar ella conoisia qu' En Miravals li podia plus dar pretz et honor que nuils hom del mon, si fo molt alegra, quar vit qu' el li volia ben; e fes li totz los bels semblans e dis li totz los bels plazers que dona deu far ni dire a nuill cavalier; et el la enanset en cantan e en comtan, aitan com poc ni saup; e fes de leis mantas bonas chansos, lauzan son pretz e sa valor e sa cortezia: e mes la en si gran honor que tuit li valen baro d' aquela encontrada entendion en ela: lo vescoms de Bezers e1 coms de Toloza el reis Peire d' Arago, als cals Miravals l' avia tan lauzada quel reis, senes vezer, n' era fort enamoratz e l' avia mandat sos mesatges e sas letras e sas joias, et el eis moria de volontat de leis vezer. Don

Miravals se penet quel reis la vengues vezer, en fes una cotbla, en la chanso que ditz Arab la forsa del freis:

S’ a Lumbertz cortejal reis,
Per tostems er jois ab lui;
E si tot s’ es sobradreis,
Per un be l’ en venran dui:
Que la cortezai’ el jais
De la bella N’ Alazais
El fresca colors eill pel blon
Faun tot lo setgle jauzion.

Don lo reis s’ en venc en Albuges et a Lombertz per ma dona N’ Alazais; e · N Miravals venc ab lo rei, preguan lo qu’ el li degues valer et ajudar ab ma dona N’ Alazais. Fort fo ereubutz et onratz, 1o reis e vegutz volentiers per ma dona N’ Alazais. E1 reis, ades que fo asetatz apres d’ ela, si la preguet d’ amor; et ella li dis ades de far tot so qu’ el volia. Si que la nueit ac lo reis tot so queill plac de leis. E l’ endema fo saubut per tota la gen del castel e per tota la cort del rei. E · N Miraval, que atendia esser ricx de joi per lo precx del rei, auzit aquesta novella. Fon tritz e dolens.

雷蒙·德·米拉瓦勒爱上了阿扎莱·德·布瓦松，她年轻、高贵、美丽，渴望成就、荣耀和赞美。当她发现米拉瓦勒对自己献殷勤，而且他能给她带来价值和荣誉，超过世上任何一个男人，她于是非常高兴，并尽显美好，对他说了一位女士可能对骑士说的最动听的语言。而他则在他的诗歌和言谈中赞美她，他能够并且知道该怎么做；他为她创作了许多好歌，赞美她的功德，她的价值和她的文静贤淑；他让她感到如此荣耀，以至于这一地区所有达官贵人都爱上她：贝兹耶子爵、图卢兹伯爵和阿拉贡国王皮埃尔，米拉瓦勒则在他们身边对她大加赞美，以致于国王未曾谋面就已深深爱上她，并给她寄信，传消息，送礼物：国王拼命想要见她。米拉瓦勒则尽力安排。而后，他以此为主题，在歌中写了这样一节，题为《微风猛烈》[1]：

如果国王在龙贝尔[2]建立宫廷，
快乐将与他永远相随；
尽管他聪明灵巧，
更有一件美事，一箭双雕，
只因美丽的阿扎莱
快乐又礼貌，
她清鲜的肤色和金色长发
使整个世纪欢乐逍遥。

于是，为见阿扎莱夫人，国王来到阿尔比茹瓦（Albigeois）城的龙贝尔；米拉瓦勒与国王一同出现，恭请王国支持并帮助阿扎莱夫人。而受到阿扎莱夫人热情接待，国王很荣幸（？），直到坐在她身边向她求

[1] 《微风猛烈》，原文引拉丁文 *Ar ab la forsa del freis*，法语译文为 Par la violence de la bise。这里的 bise 或为双关语：一是（俗语）亲吻，一是微风。

[2] 龙贝尔（Lombers），王国所在地，如今法国南部比利牛斯大区塔恩省的一个市镇。

爱，她欣然答应，说愿做他想做的任何事情。当晚，国王如愿以偿，赢得她的爱。第二天，消息传开，整个城堡和王宫里的所有人都知道了。而一直等在那里的米拉瓦勒，以为国王如愿也能让自己满心欢喜，谁知得知此事，难过又伤心。

在这个故事里，诗人承认的意图（安排阿拉贡国王和阿扎莱会面，以便国王可以在她面前，向他恳求他们之间的美事）与预期的结果之间存在着明显矛盾。另一个更大的矛盾在于，米拉瓦勒竭尽全力，通过自己的诗歌唤醒国王的爱情。创建“源起”的诗节就是其中一例。国王被邀请到阿扎莱的庭院，诗人向她保证她将获得百倍（或至少双倍）的报酬；他赞美女子之美丽，并在最后一句宣称她的魅力能“使整个世纪欢乐逍遥”。人们不很清楚。诗人以存在征服的可能性来诱惑国王。这种矛盾让人们怀疑诗人在诗中确实故意扮演了中间人的角色，而“源起”中所提及的可能存在的痛苦在这首诗里并未出现，但这却是隐藏的真实情形。

因为这一次，同样也是不以评论而以基本事实为要点。这一基本事实同时也为雷蒙 · 德 · 米拉瓦勒的“生平”与“源起”提供了来源，尤其是“源起”，知道如何从诗中推测，并通过诗歌和“源起”各自发展的依据之间的差异，突显每个人都只能通过想象自己在他人的位置上得到的享受而享受，而这种想象自然也是痛苦的来源。诗歌中诗意的真相正是“源起”讲述的故事。

但如果在读完这一节和与之相关的“源起”之后再阅读整首诗歌，人们会惊讶地发现这些矛盾已然存在。因此，我们可以假定“源起”的作者自然把握了整首诗的精神，就像我们在贝尔纳·德·文塔杜尔和兰博·德·瓦格拉的“源起”中看到的一样，不仅从这一诗节中找到与“源起”的关联，而且对诗人自身的矛盾异常敏感，“源起”突显了这些矛盾并尝试解决。

诗歌的走向大致如此。冬天的最初寓意是指这世上礼仪的价值开始衰败。这是有关冬季伊始的主题在道德上的演变，可以看作是礼仪和社会变化的图景，而不是从字面上理解，反对火热的爱，或诗人体会到的永远是春天。在随后的诗节中，诗人观察到爱的暴虐无常，而在这种不确定之中保持忠诚的人将遭受磨难。在第三节中，诗人承认爱使他受到前所未有的痛苦，就像在女人身边，爱总是被欲望杀戮，而欲望让他惶恐不安。这是诗歌的后续部分

（人们看到“源起”所评论和引用的是第 VI 诗节）：

IV

La grans beutatz que pareys
En la belha cui hom suy,
El rics pretz q’ a totz jorns creys,
M’ a tout domneyar d’ autruy;
Mas us dous esgartz m’ atrays
Vas la belha, don jamais
Non temsera fam, freg ni son,
S’ agues cor del dig quem repon.

大美出自我所忠诚的美人，
相信每一天，
从她身上显出的美德，
让我欲望升华，心无旁骛。
然而，一个温柔的眼神如此吸引我，
走向美人，我从此不再饥渴、
忧愁，如果她给我一个满意的答复。

V

Pero, si tot s' es gabeys,
Mos bos respieitz me conduy,
E sim dizia sordeys,
No vuelh tornar lai don fuy.
Pus vengut es als assays,
Poder a quem derc' om bay,
Qu' ieu nol fug, sim ra o sim ton,
Ni ja no vuelh saber vas on.

而这时，尽管她如此傲慢，
引领我的，仍是美好希望。
即使我的爱人对我恶语中伤，
我再不会回到自己曾经逃离的地方。
既然考验已来临，
她能将我提升或下降，
因为我不会逃避，也不想知道
哪儿能避难，即便受她的压榨与摧残。

VI

S' a Lombers cortejal reys,

Tostemps mais er joys ab lui;

E, si tot s' es sobradreys,

Per un pretz lin venran duy:

Que la cortezi' el guays

De la belha n' Alazais,

El fresca colors ab pel blon

Fan tot lo segle jauzion.

如果国王在龙贝尔建立宫廷，

欢乐将与他永远相随；

尽管他聪明灵巧，

更有一件美事，一箭双雕，

只因美丽的阿扎莱

快乐又礼貌，

她清鲜的肤色和金色长发，

使整个世纪欢乐逍遥。

VII

Dona, tan vos suy verays
Que de totz cortes assys
Vuel que Miravalh vos aon,
Mas non aus dir qals etz ni don.

夫人，我对您如此忠诚，
愿您所有的礼节事宜，
都让米拉瓦勒为您打理；
但我不敢说出您是谁，在哪个区域。

VIII

Per mon Audiart suy guays,
Que tota gens ad eslays
Prezon mais lo comte Raimon
De nulh autre comte del mon.

我为我的奥蒂雅尔[1]感到满意，
因为与雷蒙（Raimon）伯爵相比，
所有人都会毫不犹豫，
认为其他伯爵不值一提。

诗人因此准备忍受，而不再逃避，哪怕爱人带给他全部的灾难——饥饿、寒冷，忧伤、屈辱，以期得到报偿。

所有这些都显得平庸，且用笨拙的方式表达。“源起”似乎自然意识到，面对如此痛苦并经受着欲望的折磨，诗人依然转向了阿拉贡国王，成为媒人，并希望国王能获得他的女人的青睐。而事实上，这是让这一节（VI）与音调和内容截然不同的其余部分协调一致的唯一方式。此外，“源起”之所以对这种不同如此敏感，是因为“在这首歌中写了这样一节……”[2]好像孤立于整首诗之外。在诗歌创造的故事里，假设雷蒙 · 德 · 米拉瓦勒正

[1] 奥蒂雅尔（Audiart），雷蒙六世（Raimond VI），图卢兹伯爵，在游吟诗人的作品中以奥蒂雅尔的名字出现；伯爵以雷蒙 · 德 · 米拉瓦勒（Raimon de Miraval）命名。

[2] 原文引拉丁文 en fes una cotbla，en la chanso que ditz…

在恋爱中耿耿于怀，唯独这一节（VI）没有给他带来任何灵感。

但是这种巧妙的解释也有局限性，不足以让诗歌一以贯之。而如何才能使第 VI 节与下一节，以及最后一节[1]协调一致呢？

人们当然可以了解米拉瓦勒，只要确定他愿意支持夫人“所有礼节事宜”[2]，就意味着他已准备好在她和国王之间做媒人，这与第 VI 节中的语调并不矛盾。但是这种解释不仅和“源起”（其实，它也不是对诗歌的权威解释），而且也与第 III 至第 V 诗节所表达的哀怨与多情相互矛盾。

再者，第 VII 节最后一行，“但我不敢说出您是谁，在哪个区域”[3]与第 VI 节第一行提到的“龙贝尔”和第六行“美丽的阿扎莱”也存在明显矛盾。而最终解决矛盾的办法只有一个，就是承认这位让人敬畏爱戴的女人，诗人在整首诗中都在谈论她，却不敢说出她的名字和住址，可见她不是阿扎莱 · 德 · 布瓦松。按照这一假设，要

---

❶ 原文引拉丁文 tornada，指献词或一首诗的最后一节。

❷ 原文引拉丁文 totz cortesassay。

❸ 原文引拉丁文 Mas non aus dir quals etz ni don。

么将第 VI 节看成一个孤立环节，与上下文无关（这种情形在游吟诗人中屡见不鲜）；要么有必要关注第 IV 节中关于逃离的注释：对她的爱“让我心无旁骛”[1]；还有第 V 节中，即使受伤害，“我也再不会回到自己曾经逃离的地方”[2]，让人怀疑他从前爱过又离开的那个残酷女人很可能就是阿扎莱，而此后阿拉贡国王可以随意邀请她，做他想做的任何事情。那个受尊敬、被渴望，愿意为之奉献服务的也许另有他人，他隐去了她的名字，而有人向国王提起阿扎莱的名字，国王此前并不认识她。这种猜测似乎可以从雷蒙 · 德 · 米拉瓦勒的另一首讽刺诗《巴约纳》（*Bajona*）中得到证实，主题是关于加泰罗尼亚一位悲惨的江湖艺人，期望从阿拉贡国王那里获得财富，尤其是最后一节诗云：

Als Catalans diguatz gen
Non lur enuege, Bajona!
Quel domnei plus avinen,

[1] 原文引拉丁文 M' a tout domneyar d' autruj。
[2] 原文引拉丁文 No vuelh tornar lai don fu。

Aitan quan mar revirona,
Podon a Lombers trobar
Ab N' Alazais, el plus car.

告诉加泰罗尼亚人，
这并不费力劳神，
巴约纳！
为全世界最珍贵的
爱情做贡献，
人们将在龙贝尔，
在阿扎莱夫人身边实现。

换句话说，雷蒙·德·米拉瓦勒指使江湖艺人巴约纳邀请加泰罗尼亚人成群结队地前往龙贝尔，去向美丽的阿扎莱献殷勤。人们的天真超越了“永远的丈夫”。这种仪式在所有语言中都有。

而这并不是“源起”所理解的，“源起”更愿意相信诗人在为阿扎莱受苦，渴慕她，赞美她且失去了她，于是倍加赞美，并试图由此分享他的爱欲。如此无穷尽的解释越强大，越醒目，也就越痛苦，甚至从本质上比这纷繁的诗句所表现的不确定因素更真实。

每个人都只能通过想象自己在他人位置上的享乐而享乐。“生平”和“源起”都在孜孜不倦地探索这一课题，并从中挖掘出这种享乐可能带来的无限痛苦和屈辱。

不满于让阿拉贡国王表现得如此谦卑，同样是雷蒙·德·米拉瓦勒的“源起”，在另外三部抄本（E、P、R）中以另一种形式得出结论，呈现出一种受挫折的负面荣耀，以及米拉瓦勒对女性的幻灭。此外，在业余爱好者收集并展现他们个人品味的原始《歌谣集 H》中，“源起”是孤立的，但来源于综合因素，包括引文的支撑，以及雷蒙·德·米拉瓦勒的爱情经历。

这个故事说到他被艾尔芒佳德·德·卡斯特（Ermengarde de Castres）和他自己的妻子欺骗，甚至表现得非常不堪。抄本 H 的版本很短。抄本 E、P、R 增添了不少令游吟诗人感到沉重且耻辱的细节。将阿扎莱·德·布瓦松和阿拉贡国王的故事版本相结合，或可构成一部真实的小小说。

故事还在延续。了解到阿扎莱如何欺骗并出卖了米拉瓦勒的情形，另一位女士艾尔芒佳德·德·卡斯特特意召见他，并给他安慰。他开始在歌中赞美她，而与此同时，一位大领主奥利维耶·德·塞萨克（Olivier de Saissac）正在追求她。米拉瓦勒最终向她求爱。她回答说，她不愿做他的情妇而准备嫁给他。

米拉瓦勒喜出望外，回去告诉他的妻子——游吟诗人高黛伦萨（Gaudairença），他说一间屋里有一个游吟诗人就足够了，他会把她送回她父亲那里。而她爱着一位骑士，名叫吉尔汉姆·布莱蒙（Guilhem Bremon）。她假装对丈夫的决定非常生气，暗中让吉尔汉姆·布莱蒙来接自己。他来了，随行的还有好几个骑士。然后她告诉米拉瓦勒，她的父母和朋友来接她了。“米拉瓦勒很高兴，他的妻子更开心。”他把她送出城堡，吉尔汉姆·布莱蒙和他的同伴们正在那里等着她。当骑上马时，高黛伦萨才告诉米拉瓦勒，由于他不想要她了，他必须把她送给吉尔汉姆·布莱蒙做妻子。他回答说他很乐意，并把自己的结婚戒指给了吉尔汉姆，将高黛伦萨送给他做了妻子。于是两位新人终成眷属。

随后，米拉瓦勒去找艾尔芒佳德，告诉她，他已经离开妻子，而妻子已嫁给别人，因此往后可以自由娶她了。她回答说太好了，他只需回家准备他们的婚礼。而第二天她就隆重嫁给了奥利维耶·德·塞萨克。米拉瓦勒沮丧之极。这沮丧加上他在阿扎莱 · 德 · 布瓦松那里遭受的痛苦，使他陷入持续两年的抑郁。

这个故事是一种变体，尤其是主人公遭受屈辱，这在“生平”和“源起”中时有发生。而在这位游吟诗人著名的“源起”之后，人们称之为里高 · 德 · 巴尔贝齐厄氏（Rigaut de Barbezieux）综合征。

里高所爱的一位女子也深爱着他，但要求他们的爱必须绝对忠贞。而另一位女士向他许诺，如果他为了她离开他的女友，她会给他百般恩惠。里高按她的要求做了，尽管被他抛弃的女友向他承诺了她从前曾拒绝过的未来。然而当他出现在要他与女友分手的女士面前，要求她信守诺言时，她把他赶走了，并告诉他，如此轻易离开他那美丽又大方的女友是一场灾难。而后，他又试图和他的前女友和好，但她拒绝见他。

绝望之余，他去深山丛林隐居，尽管当地骑士、淑女都在为他求情，但只要他的女友还不原谅他，他就拒绝出山：

Et la[s] dompnas el cavalier s’en venguen a la domna et pregero la q’ella li degues perdona[r]; et la dompna lor respondet q' ella non faria ren, tro que C.dompnas et C.chevalier,li qual s' amesson tuit per amor, non venguesson tuith devant leis, man[s] jontas, de genolhos, clamar li merce, q' ella li degues perdonar; et pois ella li perdonaria,se il aqest fraisian. La novella venc a Ricchaut, don ell fetz aqesta chanson que ditz:

At[re]si com l' olifanz
Qe, can c[h]ai, nos pod levar,
Tro qe l' autre, a lor gridar,
De lor voz lo levon sus,
Es eu voill segre aqel us;
Qe mos mesfait [zl es tan greus et pesant[z]
[Qe], se la cort del Poi et lo bobanz
E los fins precs de[l]s leial[s] amadors
Nom relevon, ja mai non serai sors,
Que den[h]essen per mi clamar merce
Lai on prejars ses merce pro nom te.

骑士淑女们找到这位女友，恳求她能原谅他。这位女士回答说，她无动于衷，除非找到百位女士和百名骑士彼此真心相爱，并一同来到她面前，双手合十，下跪并大声祈求她的宽恕与怜悯，她才会原谅他。消息传到里高那里，他创作了这首歌：

正如大象跌倒时
无法站立，
直到同伴们齐声哭泣，
它们的声音会将它扶起，
如是方法我也想遵循；
因为我罪孽深重，
在心里权衡，如果俾伊宫廷[1]
及其宏伟壮丽，
连同忠诚的恋人们虔诚的祈祷
都不能使我重新站立，
我将从此一蹶不振，
承蒙他们为我求情，而那时，

[1] 俾伊宫廷，原文 la cour du Puy，其中 Puy 为地名，位于法国中南部上卢瓦尔省。

毫无怜悯的祈祷，对我已毫无意义。

按照这位女友的要求，人们果然找来一百对真心相爱的情侣来到她面前，跪求她宽恕里高，她终于同意了。

里高的歌是“源起”的开端，其灵感来自《博物学者》[1]所描写的大象的习俗。原作为希腊语的动物寓言，被翻译成拉丁语，获得巨大成功。根据《博物学者》的说法，大象没有脚关节，因此，不能躺下睡觉而喜欢靠在一棵树上。猎人发现他最喜欢的树，就将树干锯断半边。这样，当大象来倚靠它时，树就会折断并倒下。大象也随之跌倒在地，因为缺乏关节，无法站立。然后它就呼喊同类（根据《博物学者》，它的喊声类似于猪的吼叫）。而其他大象跑来跑去，却无力将它扶起，只有最小的小象设法滑到它的脊背下面，将它抬起一点。从那一点开始，人们再设法让它一点点重新站起来。

《博物学者》从宗教寓言的角度来看待动物习俗。对他而言，大象是人，猎人是魔鬼，树是罪孽。一旦因罪

[1] 《博物学者》，原文引拉丁文 *Physiologus*，是中世纪欧洲的基督教博物志，大约于公元 2 世纪完成，作者不详。

孽而堕落，这人就不能再被其他人救起：无力帮助他的大象是主教和先知。而只有最小的大象基督，以孩童形象来到人世间，才能使人摆脱罪恶，并成为其救世主。

因此，里高·德·巴尔贝齐厄将这个宗教寓言转化到亵渎爱情的范畴，不可谓没有胆识。然而这是一种变体，因为对他而言，是大象的声音（“源起”中说，是一百对忠诚恋人的祈祷）来救助倒下的人。孩童救世主放在爱情诗的上下文中，不再有说服力。里高作为一名诗人，喜欢在自己的诗歌中作惊人类比。在另一首诗歌中，他开头就将夫人眼中因忧愁而陷入沉默的情人，比作珀西瓦尔在寻找圣杯的一行人面前惊呆了，无法提出拯救的问题，而这首诗歌的创作日期，或可成为关于圣杯传说最古老的证明。

至于大象的诗歌，因提及俾伊宫廷而增添了一份爱情课的教案，同样令文学史学家感到震惊。

让我们回到游吟诗人的故事，故事的主人公抛下一名女子去找另一个，而最终竹篮打水，将两个女人一并失去。“源起”在对待这一主题上独具匠心，将不幸的人置于最屈辱的境地，同时也承认这首诗含而不露：轻浮爱情的诱惑，必然导致崇高爱情的挫败。而“源起”并不是以田园牧歌的方式娓娓道来，田园牧歌轻松愉快，直截了当地表达欲望，满足乡村姑娘的幻觉。而“源起”更注重汲取隐含的内在特质，这通常表现在游吟诗人的诗歌中：女人的优越性来自这样一个事实，即她是他渴望的情妇，而男人是欲望的奴隶；她因此可以驾驭男人，让男人为了得到她而采取最屈辱的方式。这与当时的科学及道德神学正相反。当时的科学和道德神学认为：女人的智力是由亚当的肋骨，而不是他的大脑所创造，因此低于男人；男人不允许她控制自己身体的欲望，而她应当做的只是顺从。但诗人与恋人们都知道，这不是真的。

为了这种倾向，高赛勒姆·费迪付出的代价或许超过其他所有游吟诗人，可想而知，诗人在爱情中所遭受的屈辱。不仅所有的“源起”都包含这段屈辱的爱情故事，就连他屈辱、幽默的“生平”也表现出一连串的恶意，把他塑造成一个遭遇不幸的受害者，那都是他的不幸：

> Gauselms Faiditz si fo d' un borc que a nom Userca, que es el vesquat de Lemozi, e fo filz d' un borges. E cantava peiz d' ome del mon; e fetz molt bos sos e bos motz. E fetz se joglars per ocaison qu' el perdet a joc de

datz tot son aver. Hom fo que ac gran larguesa: e fo molt glotz de manjar e de beure: per so venc gros oltra mesura. Molt fo longa saiso desastrucs de dos e d' onor a prendre, que plus de vint ans anet a pe per lo mon,quel ni sas cansos no eran grazidas ni volgudas. E si tolc moiller una soldadera qu' el menet lonc temps ab si per cortz, et avia nom Guilelma Monja. Fort fo bella e fort enseingnada, e si venc si grossa e si grassa com era el. Et ella si fo d' un ric borc que a nom Alest, de la marqua de Proenssa, de la seingnoria d' En Bernart d' Andussa.

E missers lo marques Bonifacis de Monferrat mes lo en aver et en rauba et en tan gran pretz lui e sas cansos.

高赛勒姆·费迪出生在一个名叫乌泽尔切（Uzerche）的小镇，属于利穆赞教区，是资产阶级的儿子。他唱歌比全世界任何人都更难听，但创作了许多动听的旋律与歌词。因为掷骰子输掉了全部家当，他成了江湖艺人。他为人慷慨，贪恋饮食，因此变得很肥胖。很长一段时间他都非常不幸，既没有得到礼物，也未能获得荣誉，他就这样在世界各地徒步旅行

> 20多年，因为他和他的诗歌均未受到好评或赞赏。他娶了一个生活习惯很糟糕的女人，长年带着她穿梭于宫廷之间，她名叫吉尔玛·梦佳（Guillelma Monja），非常漂亮，且受过良好教育，却变得和他一样肥胖。她来自普罗旺斯一个名叫阿莱（Alès）的富裕村庄，属于贝尔纳·德·昂杜兹的领地。
>
> 梅西尔（Messire）的博尼菲斯·德·蒙菲拉侯爵为他提供了物资和衣物，并使他和他的诗歌名声大振。

一方面，这份“源起”收录在十部抄本中，让人们对游吟诗人的批评大增，并积累了许多负面印象。这是一个失去社会地位的人，自身恶习的受害者。作为资产阶级的儿子，他不得不去做江湖艺人，因为他已在赌博游戏中输尽了钱财。我们知道这种恶习的严重性，以及从何种角度将其视为恶习：于特伯夫和其他许多人在诗歌中的反对，以及皇家禁赌令都证明了这一点。赌博是要被定罪的。教会在某种程度上也谴责这种游戏，这种方式类似于占卜或念咒驱魔，又如同对未来的预测，均触犯了上帝的全能与自由。再者，中世纪的骰子很小，小酒馆光线昏暗，容易作弊（这就是禁止夜间游戏的原因）。回到高赛勒姆 · 费迪，如此贪吃贪喝，使他变得过于肥胖［这是游戏带给他的，也是小酒馆常客的恶习，正如我们在让 · 博代尔（Jean Bordel）的《圣尼古拉的游戏》（*Jeu de saint Nicolas*）或《阿拉斯的殷勤》中所看到的］，加上娶了一个生活习惯很糟糕的女人，这女人比他还要胖。而所有这些额外特征，似乎都在根据其恶习描绘人性的弱点，直到使他名誉扫地。最后（而这是“生平”最先说的内容），他唱歌“比全世界任何人都更难听”，而为了生存成为一名江湖艺人，也不能保证成功。这只是个玩笑而已，类似的玩笑在当时的文献中还有不少（他是个很好的江湖艺人，但既不会唱歌，也不会朗诵）。

如果说“生平”仅限于罗列这些负面特征，那将描绘出一个悲惨的恶习的受害者，而对这种恶习，人们很难产生太多兴趣，最多只有适度同情。但这却增加了积极的特质，对于诗人和他的诗作来说，这是决定性的。当然，“他唱歌比全世界任何人都更难听”，但他“创作了许多动听的旋律与歌词”。当然，他娶了一个生活习惯糟糕，后来变肥胖的女人（“源起”补充说，他“相信有一个儿子是一件很不愉快的事——言简意赅），但是她“非常漂亮，且受过良好教育”。当然，他贪吃且好酒贪杯，但为人慷慨。因此，高赛勒姆·费迪不像其他人那样悲惨。他是一位伟大诗人，也是自身的虚弱与恶习的受害者。一位伟大诗人，能将自己带到妓女家中，那是一位美丽而有修养的妓女——阿斯帕西（Aspasie）。

这些修正并没有削弱肖像的严肃性，反而加深了颓败的印象，并预设了失去社会地位的底层屈辱、敏锐的情感，为阅读诗歌做准备。“源起”就这样为他们冲出一条开放的道路。

高赛勒姆说，她们中的一位，玛丽·德·文塔杜尔（Marie de Ventadour），他以诗人的方式来爱她：“他歌唱她，并为她创作诗歌，在歌中恳求她，在歌中传道并歌颂她的伟大功绩。”而她呢，“容忍他”[1]对她大加赞美，却从未带给他爱的欢乐：

> 他就这样爱她七年，却从未尝到爱情的滋味。一天，高赛勒姆来到她面前，告诉她，如果她给予他

---

[1] 原文引拉丁文 ella lo sufria。

> 爱，这将让他幸福无比，他愿为此付出一切，否则她将失去这份爱，而且他将为另一位女士奉献服务，并将从她那里得到大爱。
>
> 而后他便告辞，愤然离去。

怎么办？让他走？但今后谁来赞美她并确保她的荣耀呢？再者，她不会因此受到责备吗？“在恋爱中”，抱怨并没有错。面临困境，玛丽·德·文塔杜尔向她的朋友奥蒂雅尔德·德·玛雷莫（Audarde de Malemort）咨询，“如何回应高赛勒姆，如何留住他，而又不让他得到爱的欢乐”。

> 奥蒂雅尔德夫人回答说，她不建议留住他，也不建议打发他，而她自己会为了玛丽女士离开她的爱，既不让他心生抱怨，也别让他成为敌人。听闻此言，玛丽非常高兴，并恳求奥蒂雅尔德履行她的诺言。奥蒂雅尔德夫人于是派一位彬彬有礼的使者前去告诉高赛勒姆·费迪，宁要掌中小鸟，不要天边飞鹤。

得知消息，高赛勒姆立刻找到奥蒂雅尔德·德·玛雷莫，向她解释说，那只无法接近的飞鹤正是玛丽·德·文塔杜尔，而自从离开那个残酷女人，她就成了他掌中只要求筑巢的小鸟。

“源起”说到，在这场表白中，他对她突如其来的爱感到如此惊讶，以至于晕倒。他为此创作了一首歌《我已忍受太久》，想让玛丽·德·文塔杜尔知道，他将离她而去，为了另一个女人，而这另一个已向他许下甜蜜诺言。两位女士都兴高采烈。高赛勒姆找到奥蒂雅尔德，想得到她的回报。然而她回答说，之所以做出这份承诺与表白，仅仅只是为了让他从那段爱情中挣脱并为她服务，而那段爱情什么也不能带给他，除了不幸。此外，他仍可以指望她的善意、尊敬和友谊：

> 听闻此言，高赛勒姆倍感痛苦，肝胆俱裂，他向这位女士大声祈求怜悯，恳求她不要杀了他，不要背叛或欺骗他。她告诉他，她不会杀死或欺骗他，相反，要将他从欺骗和死亡中拯救出来。而看到哭泣和祈求怜悯都无济于事，高赛勒姆起身离开，像一个绝望的男人，确信自己被出卖和欺骗，因为她让他离开了玛丽夫人，还假装告诉他，她愿意爱他。他想再次

大声呼唤，请求玛丽女士的怜悯，并为此创作了您将听到的这首歌，歌云：

No m alegra chans ni critz
D' auzelh mon fel cor engre…

无论鸟鸣莺啼，都无法
让我悲愤的心再生欢喜……

而无论是祈祷、歌唱，无论他再做什么，说什么，都不能让玛丽夫人宽恕他，或听他祷告。

所有年轻人都是高塞勒姆·费迪，不是因为善变，而是因为轻信。永恒的“过去的青春”永远都不想理解，在宽容与被爱之间存在着无法逾越的鸿沟。他们坚持将尴尬或隐藏的嘲笑，解释为完美的初恋。

这个“源起”完全建立在所引用的第一首歌的最后一句，其中提到“彬彬有礼的使者”[1]（“源起”本没有必要这样表达），还比较了飞鹤与小鸟。这首歌的上下文显

[1] “源起”引拉丁文 cortes messattge。

然适用于“源起”所描述的情形，第一节即明确表示诗人已厌倦了长时间爱一个残酷的女人：“因为她不想要我，我将另辟蹊径，因为失去我，失去我和我歌中的优美词句，她毫不在意。”在随后四个责难的精彩诗节中，他重申了自己想去别处看看的想法。之后便是这第 VI 诗节：

Ab tot aital mal e brau e tiran
Volgr' ieu estar voluntiers, si1 plagues,
Mais qu' ab autra que mais debem fezes,
E, pois noill platz, a tal vau per socors
De cui mi ven al cor plazens doussor.
Bell' es e pros, franch' e de bel usatge,
E am mandatperun cortes messatge
Qu' unpauca poing,que nois n' an,
Am mais q' al cel una grua volan…

无论她多么恶毒、野蛮、暴虐，
只要她愿意，我心甘情愿留在她身边，
胜过和另一个善待我的人在一起。
而这仍不能取悦于她，我于是向她求助。

她美丽、高贵、成就卓著，
令人心动，待人温和，
派一位彬彬有礼的使者来对我说，
爱一只掌中小鸟，
胜于天边飞鹤。

将飞鹤与小鸟对比，通过奥蒂雅尔德 · 德 · 玛雷莫之口说出，“源起”将她同时作为作者与诠释者。“源起”如此强调高赛勒姆的诗歌才能，可能是基于他的爱贯穿于全部诗歌。而事实上，他完全是无辜的，他忠实地爱着玛丽 · 德 · 文塔杜尔七年而没有从她那里得到任何回报，直到发现她参与阴谋才离开她（总之，连他自己也没意识到，他离开也是为了让她高兴）：尽管受到如此赞美，她还是剥夺了他的一切。他为女人的诡计所害，没有人曾经爱过他，甚至他的诗歌诗意的创作也不属于他。“源起”摘录了诗人的抱怨并创作了完整的故事，为这些抱怨找到充分理由。

至于诗歌“无论是鸟鸣莺啼 / 都无法再让我心生欢喜”，其奥依语的抄本收录了最初译成这种语言的一些诗歌，包含旋律，证明了这首诗的成功。这其实是一首悔改之诗，诗人自述曾误入歧途，被一名女子诱骗，为此，他曾恳求她的宽恕（“双手合十，谦卑而悔恨”）。诗歌完全符合“源起”中所说的，“源起”也是。但诗歌中显然没有提及这两位女士的谋虑，也没有说明他从“具有邪恶之美的女骗子”那里一无所获，只说他也曾回头片刻，转向自己所爱之人。“源起”就这样尽其所能，给这首诗做出了对于诗人来说最冒犯、最可耻的解释。

第十八章

“向您大声呼喊仁慈，我寄出这首诗”

制造伤害。通过各种可能的途经，以谦卑、讽刺、自怜，以所能想象的最堕落的方式，“生平”与“源起”就这样充斥着欲望和享乐的挫败感，连同所受的刺激以及恼羞成怒，并尽力尝试从游吟诗人的诗歌中提取最受伤害的因素。有时只在字面意义上。

吉尔赫马·德·巴拉恩（Guilhema de Balaun）的那首诗歌“向您大声呼喊仁慈，我寄出这首诗”，长长的“源起”保存了两种截然不同的形式，尽管故事大致相同。因此很难引用，但容易总结，对于吉尔赫马·德·巴拉恩来说一切都好，而他爱着饶雅克（Jaujac）领主的夫人吉尔赫玛（Guilhelma），夫人接受了他的爱。他们竟以相同的名字命名。他的心灵友人佩尔·德·巴尔雅克（Peire de Barjac）与饶雅克城堡（château de Jaujac）

的另一位夫人维耶尔内达（Vierneta）也加入了爱的行列。佩尔与维耶尔内达闹不和。吉尔赫马劝他们和解。之后佩尔向他表示感谢并告诉他，相比于第一次征服，重新赢得夫人的芳心更让他欣喜。吉尔赫马也想要体验一下这种喜悦。于是，他就和女友吉尔赫玛不停地争吵，以最羞辱的方式虐待她，尽管不幸的女子温柔又耐心，反过来向他示爱，以至于甘愿为他冒险，为他卑躬屈膝。而最终，恰逢他开始为自己的疯狂而后悔，并且比以往任何时候都更爱她之际，她不想要他了。这才叫绝望。吉尔赫玛的父亲贝尔纳·德·安杜兹（Bernard d' Anduze）与游吟诗人的世界来往密切，他于是毛遂自荐，作为中间人在他们之间进行斡旋，请他的女儿原谅吉尔赫马，如果女儿愿意，可以先向他复仇。她接受了，并要求复仇，要他拔出小拇指指甲，并和一首诗歌一起送给她，同时承认自己的罪过。他做到了，跪着向她呈上了指甲并为她吟唱诗歌，她这才原谅他，“而此后他们倍加相爱，胜于从前”。

当关注故事情节的一波三折，给我们印象深刻的不是吉尔赫马·德·巴拉恩的巴洛克式思想（试探爱情在不和又和好之后是否真的更甜蜜），而是他自杀式的固执，以及剧烈的伤害与自我伤害。这种固执在一段时间内只是内心想法，无任何征兆，因为他阻止了它的实现。而这种剧烈的伤害与自我伤害只是通过痛苦的结晶，从自身的生理痛苦中体现出来，即拔指甲的行为。这种无情的伤害与自我伤害就是以撕裂的形式伤害自己，只有撕裂才能修复、弥合。正如吉尔赫马对吉尔赫玛说：试看拔除自己的一部分是多么痛苦。

同样让我们印象深刻的还有模仿行为：吉尔赫马想体验和朋友佩尔一样的享受。

这些故事中的许多内容，以及几乎所有刚引用的故事，都可以从社会学的角度来阅读，例如受马克 · 布洛赫启发的艾里克 · 科勒的作品，玛丽亚 · 路易莎 · 梅内盖蒂（Maria Luisa Meneghetti）的著作，读着能让人眼前一亮的科勒（Köhler）的"生平"和"源起"。低级的游吟诗人，高赛勒姆 · 费迪或雷蒙 · 德 · 米拉瓦勒，受到与其竞争的大领主的欺骗和性羞辱。在他看来，这种情况自然而然，几乎无法避免，以至于他认为即便不是在这种情况下，他也会遭遇同样的窘境，就像一篇"源起"指出，不幸的高赛勒姆 · 费迪误以为乔尔达尼 · 德 · 昂布伦（Jordane d' Embrun）与阿尔丰斯 · 德 · 普罗旺斯

（Alphonse de Provence）一同合伙欺骗他。当然，这样的阅读是必要的。但“源起”本身并没有采用这个结论，其故事十分明确，而只是按照另一种顺序，触及更深的层次。

游吟诗人的诗歌是欲望之诗。确实如此。所有爱情诗都是欲望之诗。尤其是游吟诗人的诗歌，是他人目光中的欲望之诗，是他人享乐的欲望之诗。

在他人目光中的一首欲望之诗：它建立在要求“约束”的基础上，却又使这种要求成为不可能，而仅仅只是个幌子。这就是为什么要坚持对恋人的“嫉妒”[1]，通过嫉妒窥视并试图伤害恋人，因此有必要要求丈夫威胁性地在场。

至于对他人享乐的渴望，在法语而不再是奥克语中。中世纪文学的巅峰之作，英国诗人托马斯的诗里[2]有一段

---

[1] 原文引拉丁文 lauzengiers。

[2] 在 15 世纪的英国，出现了《亚瑟王之死》，全书包括八个故事，由英国诗人托马斯 · 马洛里（？ —1471）依照亚瑟王与圆桌骑士法文版的传奇翻译编纂而成。

特里斯当的伟大独白，自问是否应当娶“白手伊索特”[1]。他的内心独白说：在我和“金发伊索特”之间存在着不平等，因为她被迫与马尔科国王（Marc）同枕共眠，禁不住与他一同享乐，而我，我没有和任何人同房；因此我要娶“白手伊索特”，只想体会一下“金发伊索特”的相同处境，也就是和一个自己不爱的人在一起能达到怎样的快乐。我要娶“白手伊索特”，只为在我们之间重建性的平等[2]。

这些思考给人以怎样的启示？科勒式的社会学解释不是阅读“源起”的目的，而是它的起点。描述一个游吟诗人被大领主欺骗并击败的境遇，不是要进行社会学的辨析，而是借助一种他所处的境遇（大领主总赢得胜

[1] 特里斯当是亚瑟王传奇中的圆桌骑士之一，武艺高强，多愁善感。他爱上的一位女子伊索特，不幸也是马尔科国王之所爱，特里斯当被迫离开。机缘巧合下，他迎娶的另一位女子也叫伊索特，而他心中对过去那位伊索特的思念与日俱增。为区别两者，他将从前和日后的两位女子分别称为“金发伊索特”和“白手伊索特”。直到日后，特里斯当在一场战役中倒下，临终前祈愿要与“金发伊索特”相见。按照约定，约好她来，船上扬白帆，若她没来，船上就扬黑帆。而最终，“金发伊索特”来了，但出于嫉妒，妻子“白手伊索特”对苦苦等待的特里斯当说，来的是黑帆船。特里斯当于是死在她怀里。

[2] 参见托马斯《特里斯当的传奇故事》。参照原注。

利），让人感受到一种被偷窥者侵占、侮辱、嫉妒与折磨的性行为的加剧。这种欲望之诗最终的真实，不是其创作本身的社会条件，恰恰相反：人们借助他们不言自明的社会关系所表达出的真实，正是欲望的真实。

想想佩洛乐的“生平”：多芬·德·奥维涅促成了他和自己妹妹塞乐·德·克劳斯特拉（Sail de Claustra）的爱情，然后变得嫉妒，并利用他对游吟诗人，他的附庸，“贫穷骑士”的权威，又将他们拆散：

> E l'amors de la dompna e de Peirol monta tan quel Dalfins s'engellosi d'ella, car crezet qu'ella li fezes plus que convengues ad ella. E parti Peirol de si el loniet, e nol vesti ni l'armet.

> 这位女士和佩洛乐的爱情达到如此程度，以至于多芬开始嫉妒，认为她给予他太多，超过他应得的，他于是又让佩洛乐远离她，且不再为他提供服饰与佩剑。

大领主多芬·德·奥维涅王子发现，他的妹妹为贫穷的骑士佩洛乐付出太多：这本身是一个阶级的反应，不足为奇。而另一方面，“他开始嫉妒她”[1]这一点引起关注。这种嫉妒的本质是什么？若不作粗暴、任意的过度解读，人们不至于认为多芬·德·奥维涅对他的妹妹产生不伦之恋，也不至于认为他对佩洛乐的友谊充满激情，甚至包含性欲色彩。不可否认，“他开始嫉妒她”一词是s' engellosi d' ella，人们自然会用它来表示丈夫的嫉妒。然而还记得兰博·德·瓦格拉的“源起”：兰博相对于博尼菲斯·德·蒙菲拉侯爵和他的妹妹贝雅特丽斯，其情形恰好就相当于佩洛乐对于多芬·德·奥维涅和他的妹妹。在“源起”中，是蒙菲拉侯爵，换句话说是她哥哥，进入了贝雅特丽斯的房间，把剑搁在床边。她富于挑衅地把玩哥哥的剑。然而，这个兄弟丝毫没有反对兰博和他妹妹相爱，而且根本不知道兰博正从通风口观察他在房间里的妹妹。他不嫉妒任何人。正是兰博让外界意外发现了这对兄妹的隐私，假如整个场景没有呈现一种幸福衰减的迹象，他可能会被排斥在外。

而所有这些都排除了戏剧性。当人们了解到“云

[1] 原文引拉丁文 engellosi d' ella。

雀”的“源起”，再去看佩洛乐的“生平”，仿佛具有连续性（也确实存在着连续性），从适当的性嫉妒，到典型地怕被排除在外——排除在三人组之外，怕另外两个人合谋，以牺牲第三者为代价达成协议，或根本不再需要他。因此，这些感官的含义由三人相互赋予，而这种情形所掩饰的，以及吉尔汉姆·德·圣-迪蒂耶（Guilhem de Saint-Didier）的“生平”所提示的威胁，似乎碰巧与多芬·德·奥维涅的妹妹有所关联：

> Et entendet se en la marquesa de Polonhac, qu’era sor del Dalfin d’Alverne et de Na Sail de Claustra, e moiller del vescomte de Polonhac. En Guillems de Saint Leidier si fasia sas canons d’ella e l’amava per amor e disia li《Bertran》; et a · N Ugo Marescal disia atresi《Bertran》, qu’era sos compaing e sabia tot lo faith el dic de Guillem de San Leidier e de la marquesa; et tuit trei si clamaven《Bertran》l’uns l’autre. Mot aguen gran alegreza ensemble tuit trei; mas a · N Guillem de San Leidier tornet en gran tristessa, queill dui《Bertran》feron gran fellonia de lui.

> 他爱上了波里涅阿克侯爵夫人，多芬·德·奥维涅的妹妹，塞乐·德·克劳斯特拉夫人，波里涅阿克伯爵的妻子，并为她创作诗歌。他很爱她，称她为“贝尔特朗”·尤科·玛丽夏乐（Uc Maréchal），她是他的同伴，知道吉尔汉姆·德·圣–迪蒂耶和侯爵夫人之间所发生的一切，无论言行。这三人都互相称呼“贝尔特朗”，一同享受着极大的快乐，然而对于吉尔汉姆·德·圣–迪蒂耶而言，这种快乐随后变成巨大的悲伤，因为另外两个“贝尔特朗”对他犯下了严重罪行。

这个故事令人发笑，但所言均直截了当，触及根本。

重回佩洛乐的“生平”，我们看到，多芬·德·奥维涅既没有体验与姐妹的不伦之恋，也没有对佩洛乐产生同性恋，但他不能忍受被排除在三重奏之外，或是退至三人组末位，他对其他二人拥有权威。正如贝尔纳·德·文塔杜尔所说，他羡慕所见到的享乐之人，其原因不是因为他要去享乐，而是因为他不想被他所见的他人世界排除在外，不希望享乐世界里没有自己。这又让我们回想起纪霍·德·波尔内勒的黎明，其时，一个朋友监视着他的朋友的爱情并警告他，黎明已降临，恋人必须分别。这理想化的和平愿景否认这种嫉妒，却因此证实了它的存在——朋友从外部进行了同样的干预，迫使他们分离。

所有这些，“源起”都已阐明并充分解释了看似晦涩的内容，这些诗歌都是淡淡的，模糊不清的。而“源起”就这样发挥了批判性的评论作用，通过将逸闻趣事注入诗歌，而让诗歌本身听起来流畅，看起来并没有什么逸事；或者说它的唯一粗糙之处就在于语言，似乎无可避免永远写爱情的抱怨，或者说狡黠地在其中偷偷添加了调料，而这是“源起”无法摆脱的方式。它在叙述中通过对比，重现了诗歌隐去的故事内容；通过反对诗歌，构成对诗歌的必要补充，在否定的形式下衍生出诗歌的意义，而与此同时，它们再现了一种诗意的“悖论”[1]，故事在其中缺席，而这正是游吟诗人的诗意。

---

[1] 原文引拉丁文 a contrario。

第十九章

珍贵的诗韵

应该说，这个课题来得太晚。因为“生平”和“源起”并未使我们脱离诗歌，而是通过诗歌的暗喻或隐藏的灵光，以及“源起”对“事例”[1]的解释，将我们的注意力引向情感或心理的内容上？而其实，诗歌创作本身不存在“源起”，“源起”所带来的，不是养育诗歌的迷恋，而是诗歌之所以成为诗歌的行为本身？“源起”不是起源，而是有关诗歌创作的故事？据我所知，这样的“源起”只有一个，且非常著名，也很奇特。不是创世，而是反创世。不是诗歌创作的故事，而是由诗歌创作偶然造就的故事。

这便是阿尔诺·丹尼埃尔的诗歌“源起”。“我从未拥

[1] 原文引拉丁文 exemplum。

有过她，爱情，她却始终拥有力量，掌控我的一切。”[1]人们知道，阿尔诺·丹尼埃尔受到但丁的赏识，以六节诗著称，但他的其他诗歌更打动人心，通过对不可能的爱的张力作出回应，成为语言悖论和痛苦张力的大师（不连贯的节奏，粗糙的音色，罕见的词汇，省略，逆喻），他的简短“生平”和其中引用的诗歌对此做了充分说明。在现存的七部抄本中，这是罕见的，专门关注游吟诗人诗歌风格的“生平”之一：

> Arnautz Daniels si fo d’aquella encontrada don fo N’Arnautz de Meruoill, de l’evesquat de Peiregors, d’un castel que a nom Ribairac, e fo gentils hom. Et amparet ben letras e delectet se en trobar.Et abandonet las letras, et fetz se joglars, e pres una maniera de trobar en caras rimas, per que soas cansons non son leus ad entendre ni ad aprendre. Et amet una auta domna de Gascoingna, muiller d’En Guillem de Buovilla, mas non fo cregut que

[1] 原文引拉丁文 Anc ieu non l’aic，mas elha m’a / Totz temps en son poder Amors。

la domna li fezes plaiser en dreit d’ amor; per qu’ el dis:

Eu son Arnautz qu’ amas l’ aura
E chatz la lebre ab lo bou
E nadi contra suberna.

阿尔诺·丹尼埃尔与佩里高尔（Périgord）的主教阿诺·德·马赫耶在同一地区，这里有座城堡叫里贝拉克（Ribairac）。他是一位绅士，文字功底很好，热衷于“诗歌”[1]。而后放弃了文字研究，成为一名江湖艺人，掌握了“找到”珍贵诗韵的方法，因此他的诗歌不易理解[2]，也很难学习。他爱上加斯科涅的一位贵妇人，吉列姆·德·布维尔（Guillem de Buovilla）的妻子，但据信这位贵妇人从未依据爱的权利带给他快乐，这就是为什么他说：

---

[1] “诗歌”，原文引拉丁文 trobar，法译 trouver，指早期游吟诗人的诗歌，本身包含“找到”之意。

[2] 但原始文本说 leu“容易”，就好像是对 trobar leu（明快之诗）的暗示，与阿尔诺·丹尼埃尔的方法正好相反。

我是聚风者阿尔诺，
骑公牛追野兔，
逆流沉浮。

我们感兴趣的“源起”也是唯一的“源起”，与其中的一首歌有关，它保存在唯一抄本 R 中，看起来像个滑稽故事：

E fon aventura qu' el fon en la cort del rey Richart d' Englaterra, et estant en la cort, us autres joglars escomes lo com el trobava en pus caras rimas que el. Arnaut[z] tenc so ad esquern e feron messios, cascu[s] de son palafre, que no fera, en poder del rey. El rey[s] enclaus cascu en una cambra. E · N Arnautz, de fasti que n' ac, non ac poder que lasses un mot ab autre. Lo joglarl[s] fes son cantar leu e tost: e[t] els non avian mas detz jorns d' espazi, e devias jutgar per lo rey a cap de cinc jorns. Lo joglar[s] demandet a · N Arnautz si avia fag, e · N Arnautz repos que oc, passat a tres jorns; e non avia pessat. E · l joglarl[s] cantava tota nueg sa canso, per so que be la saubes. E.N Arnaut[z] pesset col traysses isquern; tan que venc una nueg, e · l joglar[s] la cantava, e · N Arnaut[z] la va tota arretener, el so. E can foro denan lo rey, N' Arnaut[z] dis que volia retraire sa chanso, e comenset mot be la chanso quel joglar[s] avia facha. El joglarl[s], can l' auzic, gardet lo en la cara e dis qu' el l' avia facha. El rey dis cos podia far; el joglars preguet al rey qu' el ne saubes lo ver; el rey[s] demandec. a · N Arnaut com era estat. E · N Arnaut[z] comtet li tot com era estat, el rey[s] ac ne gran gaug e tenc so tot a gran esquern; e foro aquitiat li gatge, et a cascu fes donar bels dos. E fo donatz lo cantar a · N Arnaut Daniel, que di:

Anc yeu non l' ac, mas ela m' a
Et aysi trobaretz de sa obra.

他来到英格兰国王查理的宫廷。当他出现在宫廷里，另一位江湖艺人向他发起挑战，（宣称）他“找到”了比他更好的诗韵。阿尔诺感到可笑。他们每个人都赌上自己的马，由国王决定胜负，而（对方）不想这么做。国王就把他们两人各自关进一个房间。阿尔诺在困境中，无法遣词造句。另一位江湖艺人则迅速完成了他的诗歌：只剩十天的延长期限，国王［已然］将在五天后作出判决。江湖艺人问阿尔诺他是否已写完（他的歌），阿尔诺回答说，三天前他就完成了，而这会儿他已不去想它了。而江湖艺人为了更加熟练，整夜吟唱他的诗歌。阿尔诺思考着如何上演一出好戏，直到一天夜晚来临：江湖艺人开始吟唱（他的歌），阿尔诺悉数记下诗歌文字，包括音调旋律。当他们站在国王面前，阿尔诺说他要先背诵他的诗歌，随后一字不差地背出了此前江湖艺人创作的诗歌。听到这一切，江湖艺人当面质问他，宣称那是他的作品。国王说这怎么可能。江湖艺人恳请国王明察真相。国王问阿尔诺是怎么回事。阿尔诺和盘托出。国王大喜，并将所发生的一切当成一个大玩笑。所有抵押全部退还，国王还给所有人都赠送了精美礼物。人们把这首歌交给了阿尔诺·丹尼埃尔，诗云：

我从未拥有过她，爱情，她却……

在这里，您可以看到他的作品节选。

大诗人阿尔诺·丹尼埃尔恰逢灵感枯竭期，无法应对一个不值得应付的江湖艺人的挑战，不得已偷了他的诗歌。被关在屋里，因“心烦意乱”而无法创作。可见，真正的诗人需要自由，而他自由的灵感，与埋头苦干，在任何地方、任何条件下都能从事的劳作之间存在根本区别：江湖艺人在诗歌创作中既无忧虑，也毫不费力，只要别人提出要求，他就可以根据需要，一挥而就。他创作诗歌轻而易举。形容词 leu（“容易”）再次与阿尔诺·丹尼埃尔神秘而丰富的“封闭”（clus）式方式，与“晦涩之诗”和“封闭之诗”[1]形成鲜明对照：阿尔诺的诗歌创作艰难，诗意艰深。

但国王为什么要把这首诗歌送给阿尔诺·丹尼埃尔呢？将这首不是他创作的诗歌给他意味着什么？为什么恰恰是这首诗歌保存在十三部抄本中并引出这段奇闻逸事呢？这里省略了最后一个诗节和献词的最后一节，这些诗歌出自抄本 R，这个抄本也传播了“源起”：

---

[1] 原文为拉丁文 trobar clu，trobar ric。

I

Anc ieu non l’aic, mas elha m’a
Totz temps en son poder Amor,
E faim irat let, savi fol
Cum selhui qu’en re nos torna,
C’om nos defen qui ben ama,
Qu’Amors comanda
Qu’om la serv’e la blanda:
Per qu’ieu n’aten
Sufren
Bona partida
Quan m’er escarida.

我从未拥有过她，爱情，
她却始终拥有力量，掌控我的一切，
让我悲伤，快乐，陷入疯狂，
就像一个人一无所求，也不反抗，
因为真爱者，从不捍卫自己。
爱情吩咐人们
毕恭毕敬，为她奉献服务，

幸亏如此，我耐心等候，
这真是一个美好的
奖赏，当她
被赐予我的时候。

II

Eu dic pauc q' ins el cor m' esta
Q' estar me fa temen paors;
La lengas feing mas lo cor vol
So don dolen si sojorna:
Ien languis, mas no s' en clama,
Qu' en tant a randa
Cum mars terra guaranda
Non a tan gen,
prezen,
Cum la cauzida
Q' ieu ai encobida.

内心深处的声音，我近乎绝口不提，
因为恐惧使我颤栗;

尽管语言掩饰，但内心在
痛苦之中，渴求欢愉：
我感到疲倦，
但从不抱怨，
因为整个大地，
直到海滨，没有谁
比我所选择，
我心之神往的
她，更清澈美丽。

III

Tan sai son pretz fin e certa
Per qu' ieu nom puesc virar alhors;
Per so fatz ieu quel cor m' en dol,
Can soleilz clau ni sojorna:
Eu non aus dir qui m' aflama;
Lo cor m' abranda
eill uelh n' an la vianda,
Quar solamen
Vezen

M' estai aizida.

Veus quem ten a vida!

我深知她的价值：

因此，不会偏离；

为此，我会忍受苦难，

尽我所能，当夕阳西沉歇息：

我不敢说

是谁点亮我；

我的心燃烧我，

我的眼睛饱足，

只要

能看见她，

我就可以活着！

IV

Fols es qui per parlar en va

Quer com sos jois sia dolors,

Que lauzengiers, cui Deus afol,

Non an ges lengua adorn:

L’ us cosselh’ e l’ autre brama,
Per ques demanda
Amors Cals fora granda;
Mas ieum defen
Fenhen
De lor bruida
E am ses falhida.

疯狂，当一个人用虚妄的话
将他的喜悦变成痛苦，
因为诽谤者（愿上帝摧毁它们！）
确实没有好话可说：
一个大喊，另一个咬耳朵，
终于让原本伟大的爱情
望而却步，
但我要为自己辩护，
我将抗击流言，
爱无止境。

V

Maint bon chantar levet e pla
N' agr' ieu plus fait sim fes secors
Cil quem dona joi el ma tol,
Q' er sui letz er m' o trastorna,
Car a son vol me liama.
Re noil demanda
Mos cors ni noil fai guanda,
Mas franchamen
Li m ren:
Donc, si m' oblida,
Merces es perida.

那些轻松明快之诗，我可以写很多，
如果她能救我，而她能给我幸福，
亦能予取予夺：有时我真幸福，
转眼又很失落，
因为她总是随心所欲捆绑我。
对于她，我心无所求，
亦无需任何借口，

但忠诚，
把我还给她：
当怜悯之心已死，
当她忘了我。

这些诗节以相同的顺序收录在其他三部抄本（I、K、N）中，但与抄本R不同，在这五个诗节之后，出现了“而我保持快乐与健康”[1]这样一节，根据马里奥·欧塞比和莫里齐奥·佩鲁吉[2]的版本，这一节属于第五节和倒数第一节（不包括献词最后一节），因此在“那些轻松明快之诗，我可以写很多”[3]之前。这三部抄本I、K、N，以及我们的抄本R都省略了献词最后一节，正如我们所看到的，它也省略了下一节Pero jauzen……这样做并不是没有原因的，即使他知道献词最后一节，也无法在不与“源起”相抵触的情况下进行抄录，因为毕竟不很清楚命名为“阿尔诺”的献词最后一节作者是谁，因此就将它

---

[1] 原文引拉丁文Pero jauzen me te e sa。
[2] 马里奥·欧塞比（Mario Eusebi）和莫里齐奥·佩鲁吉（Maurizio），当代研究中世纪的著名学者。
[3] 原文引拉丁文Maint bon chantar levet e pla。

归于诗歌作者的名下。

Mielz-de-ben ren,
Sit pren,
Chansos grazida
Qu' Arnautz non oblida.

如果这首大受欢迎的诗歌
打动你，并展现了
至高水准，
阿尔诺不会忘记。

同时，人们不禁会想起这献词的最后一节，它证实了“源起”所讲的笑话：这首诗歌是为阿尔诺而写的，因为它曾帮助他摆脱困境。这首诗歌“展现了至高水准，阿尔诺不会忘记”，这一句或具有双重含义：一是阿尔诺不会忘记其至高水准，二是他没有忘记这首诗歌——这首诗歌的确被完好保存下来，如果相信“源起”，那是在听了江湖艺人吟唱之后。

实际上，“源起”完全基于这种模棱两可，从这首诗歌里发挥想象，好像其中所指的不是爱情（或爱人），而是诗歌创作本身，认为诗歌创作是关于言说与沉默的思考，语言和内心的矛盾冲突等，正是这种隐藏的戏法，使这首诗歌能够适应其创作难度。

果真如此，与阿尔诺本人有关，而与江湖艺人无关。根据“源起”，阿尔诺没有写成自己的诗歌，那位江湖艺人才是诗歌真正的作者（但正如第 IV 节开头所言，他是“用虚妄的话，将他的喜悦变成痛苦”——让阿尔诺听见他吟唱的诗歌并占为己有）。换句话说，这是阿尔诺·丹尼埃尔的诗歌，因为这不是他的。他没有能力创作一首诗歌，因此这首诗歌不可能是他写的。而在这首诗歌中，诗人自言他无法创作，因此这是他的创作。

这也正是国王最终将诗歌“送给”他的原因：这是他的诗歌，因为他没能写出，而恰恰是因为诗歌确切说到困难，说明诗人创作了这首诗歌。但反过来说，因为这首歌确实是他的作品（按照他的典型方式，而不是想象中的江湖艺人的“轻松”风格），因此“源起”有权解读这双重的隐喻及创造的痛苦：眩晕、空虚、灵感，人们期望得到和听见的诗歌……第 V 节开头难道不正是“明快之诗”与痛苦爱情之间关系的真实写照吗？

这是因为阿尔诺所爱之人并不爱他，因为爱情对他异常艰难，所以创作也难，创造的作品同样难以理解。而相互的爱彼此回报，产生的作品也“轻松愉快”，并由此产生诸多“明快之诗”。因此阿尔诺经历的诗意枯竭与他所爱之人的残酷有关：这是一场惨败。但由于创作这些诗韵让他付出了昂贵的代价，因此，他的诗歌的品质也如此贵重。在第V节全文中，如果“她”是指这首诗歌而非女士，关于遗忘的最后两句诗则具有迥然不同的含义：诗人担心他的诗歌会忘了他，也就是说他没能创作这首诗，因为它要求严苛，而且与他可以信手拈来的“那些轻快、平庸之诗”截然不同。爱情与诗歌就这样运行：轻而易举的爱情，轻松纷繁的诗歌；艰辛的爱情，艰难的诗歌，或根本没有诗歌。

然而，暗示这首诗歌取代了爱情或爱人的是“源起”，只有“源起”，其中故事道出了诗歌的惨败和偷来的诗歌。这是一件趣事，这种存在于伟大诗人和伟大国王之间的洒脱而愉快的默契，对卖力的江湖艺人很不公正，让他做出牺牲，并通过转移诗歌的方式来创造自身，以此对诗歌创作进行反思。

从这种反思中，几乎可以得到马拉美式的教训，即诗的无能正是诗歌天才的特征。唯有苛刻的、饱受折磨的诗人，唯有伟大的诗人令人刻骨铭心，唯有他，感恩逆境（拘禁、烦恼，或孤独的忧郁）。一个肤浅而轻浮的诗人，当他想写，或别人要他写的时候，他便洋洋洒洒，写出蹩脚的诗歌。

再次得到这一教训，以双重的强词夺理为代价。首先，这首诗的含义发生了扭转变形，从爱情诗变成了关于诗歌创作之歌：这种转移从 elha（她）得到许可，人们相信第 I 节中，elha 是指所爱的女人，而从第 II 节的结尾，人们发现 elha 开始指爱情，并假设在此之后，整首诗中的 elha 都是指诗歌创作。再者，这是对诗歌逻辑的强词夺理：这首诗将诗歌创作的疑难锁定在阿尔诺·丹尼埃尔身上，认为是这道难题阻碍了他的创作，甚至不得不从江湖艺人那里窃取。但这位江湖艺人显然不懂得这种疑难困惑，因为他太轻浮，无法创作除曼语轻歌外的其他任何诗歌。也正因为如此，他无法创作他所创作的，而阿尔诺之所以无法创作，是因为他原本就是唯一有能力创作其诗歌的诗人。

人们有理由多费些笔墨与口舌在纪尧姆九世的《我将写一首虚无之诗》上。而“源起”紧紧围绕着这首诗错综复杂的诗意及逻辑关系的结点喋喋不休，就是说这首诗歌不可能是阿尔诺·丹尼埃尔写的，因为只可能是他写的？

结束语

我已道出了一部诗歌史。其中至少包含一个小故事：阿尔诺·丹尼埃尔偷了那首诗歌。至于这本书所承诺的游吟诗人的长篇诗歌史，结果变得很短。我几乎只是断断续续谈到他们中最初的一批游吟诗人，直到13世纪诗歌发生变化，直到出现了奥克语、意大利语或加泰罗尼亚语的伟大诗人，直到后来的吉豪·瑞吉耶，他没有被公正对待而被视为没落诗人，也是13世纪末最后的游吟诗人之一。而我试图即刻还他公道。在此，我几乎没有冒险进入12世纪下半叶。什么！我甚至没有，或几乎没怎么说起贝特朗·德·伯恩，他的长篇“源起”构成了一部小小说，而此前，确切地说，是吉豪·瑞吉耶将它按顺序整理，和他自己的“源起”合并出了一本书。

不，我没有说尽，也没有说全。我的诗歌史只是在这些诗歌中漫步。疲倦的漫步，不堪卒读的书？谈论诗歌，很难不让人心生厌倦，难得令人兴趣盎然！我试图走捷径以实现这一目标。我试图通过感触来重建一幅图景，从一首诗到另一首诗，从一个诗人到另一个诗人，接着是下一首诗，下一个诗人，然后再回到开头，从单一个体，一首诗或一个诗节，转向所有，从个体眼光观察这些诗歌及其“源起”，由此及彼，从这一个“源起”自由联想到另一个。

如果拒绝系统化所产生的唯一效果只是让您头晕眼花，我将满盘皆输。我严谨的理性与“源起”狡黠的清新相互交织，无疑窒息了词语紧扣、交织的灵光与活力。也许有人就这么脆弱而固执，不顾一切，固守在记忆中，就像八个世纪以来一直如此。水泉小溪，春天流得更清澈。那爱的忧虑。

书目注释

所引用的游吟诗人书目（游吟诗人的出版物包含诗歌原文及出版语言的译文）

艾梅里克·德·贝雷诺瓦（Aimeric de Belenoi）（Bordelais，13世纪前半期）

——Maria Dumitrescu，《游吟诗人艾梅里克·德·贝雷诺瓦的诗歌》（Aimeric de Belenoi），巴黎，Societe des anciens textes francais 出版，1935.

——《艾梅里克·德·贝雷诺瓦，诗歌》，a cura di Andrea Poli. Florence. Positivamail，1997.

阿尔诺·丹尼埃尔（Arnaut Daniel）（Périgord，12世纪末期）

——Maurizio Perugi，*Le canzoni di Arnaut Daniel*，Milan-Naples，Ricciardi，1978.

——Arnaut Daniel，*Il sirventes e le canzoni*，a cura di Mario Eusebi. Milano，Scheiwiller，1984.（第二版：Arnaut Daniel，*L'aur'amara*，a cura di Mario Eusebi，Parme，Pratiche，1995.）

阿尔诺·德·马海勒（Arnaut de Mareuil）（Périgord，12 世纪中后期）

——Mario Eusebi，*L'ensenhamen di Arnaut de Mareuil*，Romania，90，1969，第 31—78 页 .

——Salutz d' amor，*Edizione critica del corpus occitanico*，a cura di Francesca Gambino，nota ai testi di Speranza Cerullo，Rome. Salerno，2009，III-VII，第 268—397 页 .

——Ronald C. Johnston，《游吟诗人的抒情诗》，阿尔诺·德·马海勒，巴黎，Droz，1935.

阿泽马尔·洛·奈格尔（Azemar lo Negre）（Languedoc. 12 世纪末至 13 世纪初）

——Jacques Gourc，Azemar lo Negre，《13 世纪阿尔比的游吟诗人》，巴黎，CNRS，1991.

Bernard Marti（Languedoc？ 12 世纪中期？）

——Fabrizio Beggiato，*Il trovatore Bernart Marti*，Modène，Mucchi. 1984.

Bernard de Ventadour（利穆赞，13 世纪中后期）

——Carl Appel，*Bernart von Ventadorn. Seine Lieder*，*mit Einleitung und Glossar*，Halle，Niemeyer，1915.［导言法语翻译:《贝尔纳·德·文达杜尔导言》. 德语版，由 Luc de Goustine 译自德语 .Miquèla Stenta 译自奥克语 .Yves Rouquette 作“后记”.《十字路口的文塔杜尔》（*Carrefour Ventadour*）Lucien Souny 编辑，1989.］

——Bernart de Ventadour，《爱情诗歌》，Moshé Lazar 编辑，Paris，Klincksieck，1966.

Bertrand de Born（Périgod，12 世纪后半期，1215 年参加十字军东征）

——Gérard Gouiran，《奥特弗的游吟诗人阁下》（*Le Seigneur troubadour d'Hautefort*），《贝特朗·德·伯恩》（*L'oeuvre de Bertran de Born*），Aix-en-provence，Université de Provence. 1987.

——William D. Paden Jr.,《游吟诗人贝特朗 · 德 · 伯恩的诗歌》(*The Poems of the Troubadour Bertran de Born*), Berkeley-los Angeles-londres，University of California Press，1986.

Blacatz (Provence，12 世纪末至 13 世纪前期，1237 或 1239 年参加十字军东征)

——Otto Soltau，*Die Werke des Trobadors Blacatz*，*Zeitschrift für romanische Philologie*，23，1899， 第 201—248 页 .

Bonifacio Calvo (Gênes，13 世纪后半期)

——Francesco Branciforti，*Le rime di Bonifacio Calvo*，Catania，Università di Catania，1955.

——William D. Horan，*The Poems of Bonifacio Calvo.* 增补版，La Haye-Paris，Mouton &Co，1966.

Cercamon (利穆赞？12 世纪前半期)

——Valeria Tortoreto，*Il trovatore Cercamon*，Modène，STEM Mucchi，1981.

——Cercamon,《塞尔卡蒙诗歌作品》，由 Luciano Rossi 编注，增添双语评注及导言，巴黎，Champion 出版，2009.

蒂伯爵夫人（comtesse de Die）（Provence，12 世纪后期）

——Angelica Rieger，Trobairitz. *Der Beitrag der Frau in der alto-kzitanischen höfischen Lyik. Edition des Gesamtkorpus*，Tübingen，Niemeyer，1991（Beihefte zur Zeitschrift für romanische Philologie，233），XXXIV-XXXVII，第 585—626 页 .

Gaucelm Faidit（利穆赞，12 世纪中后期）

——Jean Mouzat，《12 世纪游吟诗人高赛勒姆 · 费迪诗集》，Paris，Nizet，1965.

Gausbert de Poicibot（Périgode，13 世纪初叶）

——William P. Shepard，《13 世纪游吟诗人高斯伯尔和布伊西博》（*Les Poésies de Jausbert de Puycibot*），巴黎，Champion，1924.

Gui d' Ussel（利穆赞，12 世纪末至 13 世纪初）

——Jean Audiau，《在抄本出版之后，于塞勒的四位游吟诗人的诗歌》（*Les Poésies des quatre troubadours d'Ussel*，*Publiées d'apres les manuscrits*），Villefranche du Rouergue – Paris，Delagrave，1922.

Guilhem Adémar（Languedoc，12 世纪末至 13 世纪上半期）

——Kurt Almqvist，《游吟诗人吉汉姆 · 阿德马的诗歌》（*Poésiedu trabadour Guilhem Adémar*），Uppsala，Almqvist & Wiksells，1951.

Guilhem de Balaun（Languedoc，13 世纪初叶，vd. Guida in MR 1986）

——Jean Boutiere，《游吟诗人吉尔赫马 · 德 · 巴拉恩》（*Le troubadour Guilhem de Balaun*），Annales du Midi，48，1936，第 225—251 页 .

Guilhem de Cabestany（Roussillon，13 世纪前半期？）

——Arthur Langfors，《吉尔汉姆 · 德 · 卡贝斯达尼

的诗歌》(*Les Chansons de Guilhem de Cabestanh*), Paris, Champion, 1924.

——Montserrat Cots, *Las poesías del trovador Guilhem de Cabestany*, *Boletín de la Real Academia de Buenas Letras de Barcelona. 40*, 1985-1986, 第 227—330 页.

Guillaume IX d' Aquitaine (Poitou, 1071—1126 年)

——Alfred Jeanroy,《普瓦蒂哀伯爵,纪尧姆九世的诗歌》(图卢兹—巴黎, 1905)

——Guglielmo IX, *Poesie*, a cura di Nicolò Pasero, Modène, STEM Mucchi, 1973.

——Guglielmo IX, *Vers*, a cura di Mario Eusebi, Parme, Pratiche, 1995.

Guiraudo lo Ros (Languedoc, 12 世纪末至 13 世纪初)

——Anna Maria Finoli,《纪霍多·洛·罗的诗歌》(*Le poesie di Guiraudo lo Ros*), Studi medievali, s.3, 15, 1974, 第 1—57 页.

Guiraut de Borneil (利穆赞, 12 世纪后半期)

——Adolf Kolsen，*Sämtliche Lieder des Trobadors Giraut de Bornelh*，Halle，Niemeyer，1910.

——Ruth V Sharman，*The Cansos and Sirventes of the Troubadour Giraut de Borneil: a Critical Edition*，Cambride，Cambridge University Press，1989.

Guiraut de Calanso（Gascogne，13 世纪前半期）

Willy Ernst，*Die Lieder des provenzalischen Trobadors Guiraut von Calanso*，*Romanische Forschungen*，44，1930，第 255—406 页 .

Guiraut Riquier（Narbonne，13 世纪后半期）

——Ulrich Mölk，*Guiraut Riquier. Las Cansos*，Heidelberg，Winter. 1962.

——Maria Grazia Capusso，*L'Exposition di Guiraut Riquier sulla canzone di Guiraut de Calanson Celeis cui am de cor e de saber*，Pise，Pacini，1989.

——Joseph Linskill，《13 世纪的游吟诗人吉豪 · 瑞吉耶》（*Les Epîtres de Guiraut Riquier*，*troubadour du XIII siècle*），翻译、注释，列日，国际奥克语研究协会，1985.

——Monica Longobardi，*I vers del trovatore Guiraut Riquier*，*Studi mediolatini e volgari*，29，1982—83，第 17—163 页．

——Valeria Bertolucci Pizzorusso，*La Supplica di Guiraut Riquier e la risposta di Alfonso X di Castiglia*，*Studi meatolatin e volgari*，14，1966，第 9—135 页．

Jaufré Rudel（Bordelais，12 世纪中后期）

Giorgio Chiarini，*Il canzoniere di Jaufre Rudel*，L' Aquila，Japadre，1985（重印：Jaufre Rudel，L' amore di lontano，a cura di Giorgio Chiarini，Rome，Carocci，2003）．

Marcabru（Gascogne，12 世纪上半叶）

——Jean-louìs- Marie Dejeanne，《游吟诗人马尔加布吕全集》（*Poésies complètes du troubadour Marcabru*），图卢兹，Privat 出版，1909.

——Aurelio Roncaglia：

I due sirventesi di Marcabruno ad Alfonso VII，*Cultura neolatina*，10，1950，第 157—183 页．

Il gap di Marcabruno，*Studi medievali*，n.s.，17，1951，

第 46—70 页 .

Marcabruno: Lo vers comens quan vei del fau（编号 293，33），Cultura neolatina，11，1951．第 25—48 页 .

Marcabruno: Al departir del brau tempier，*Cultura neolatina*，13，1953，第 5—33 页 .

Marcabruno: Aujatz de chan（编号 293.9），Cultura neolatina，17，1957，第 20—48 页 .

Per un'edizione e per l'interpretazione dei testi del trovatore Marcabruno 于“法国南方文学及语言第一届学术讨论会”，Avignon，Rullière，1957，第 47—55 页 .

Cortesamen vuoill comensar，*Rivista di cultura classica e medievale*，7，1965，第 948—961 页 .

La tenzone fra Ugo Catola e Marcabruno，*dans Linguistica e filologia: omaggio a Benvenuto Terracini*，Milan，Il Saggiatore，1968，第 203—254 页 .

——Marcabru，*A Critical Edition* 由 Simon Gaunt 增补，Ruth Harvey and Linda Paterson，Cambridge，D. S. Brewer，2000.

Peire d' Auvergne（Velay，12 世纪后半叶）.

——Aniello Fratta，*Peire d'Alvernhe.*《佩尔 · 德 · 奥维涅诗集》.Manziana（罗马），Vecchiarelli，1996.

Peire Cardenal（Velay，13 世纪上半期）

——René Lavaud，《游吟诗人佩尔 · 卡德纳勒诗歌全集》（1180—1278），图卢兹，Privat，1957.

——Sergio Vatteroni，*IL trovatore Peire Cardenal*，Modène，Mucchi，2013.

Peire Rogier（Auvergne，12 世纪中后期）

——《游吟诗人佩尔 · 罗吉埃诗集》（*The Poems of the Troubadour Peire Rogier*），by Derek E.T. Nicholson，Manchester，Manchester University Press，1976.

Peire Vidal（Toulouse，12 世纪后半期至 13 世纪初）

D' Arco Silvio Avalle，*Peire Vidal. Poesie*，Milan-Naples，Ricciardi. 1964.

Peirol（Auvergne，12 世纪末至 13 世纪前半期）

——Stanley C. Aston，Peirol，《奥维尼的游吟诗人》

(*Troubadour of Auvergne*), Cambridge, 1953.

Raimbaut d' orange (Provence, 1144—1173)

——Walter T. Pattison,《游吟诗人兰博 · 德 · 奥朗日的生活与工作》(*The Life and Works of the Troubadour Raimbaut d'Orange*), Minneapolis, The University of Minnesota Press, 1952.

——Luigi Milone, *El trobar envers de Raimbaut d'Aurenga*, Barcelone. Columna, 1998.

Raimbaut de Vaqueiras (Provence, 12 世纪末至 13 世纪初)

——Joseph Linskill,《游吟诗人兰博 · 德 · 瓦格拉诗集 》(*The Poems of the Troubadour Raimbaut de Vaqueiras*), La Haye, Mouton, 1964.

Raimon de Miraval (Languedoc, 12 世纪末至 13 世纪初)

——《游吟诗人雷蒙 · 德 · 米拉瓦勒》(*Les Poesies du troubadour Raimon de Miraval*), LeslieT. Topsfield, Paris,

Nizet，1971.

Raimon Vidal de Besalù（Catalogne，12 世纪末至 13 世纪上半期）

——Jean-Charles Huchet，《中世纪奥克语小说》（*Nouvelles occitanes du Moyen Age*），Paris，Flammarion，1992，第 37—249 页 .

——Giuseppe Tavani，*Raimon Vidal. Il Castia-gilos e i testi lirici*. Milan-Trente，Luni，1999.

Rigaut de Barbezieux（Saintonge，12 世纪后半期至 13 世纪初）

——Rigaut de Berbezilh，*Liriche*，a cura di Alberto Varvaro，Bari，Adriatica，1960.

——Rigaut de Barbezieux，*Le canzoni*，a cura di Mauro Braccini，Florence，Olschki，1960.

Uc de Saint-Circ（Quercy，13 世纪前半期）

——Alfred Jeanroy et Jean-Jacques Salverda de Grave，《尤克 · 德 · 圣-西尔克诗集》（*Poésies de Uc de Saint-circ*），

Toulouse，Privat，1913.

“生平”和“源起”

Jean Boutière et Alexander，Schutz，《游吟诗人传记》(*Biographies des troubadours*)，《13—14 世纪普鲁旺斯诗集》(*Textes provencaux des XIIIe et XIVe siècles*)，第二版，由 Jean Boutière 与 Irénéé-Marie Cluzel 合作，Paris，Nizet，1964。

所引用的手抄本书目

A Rome，Biblioteca Apostolica Vaticana，vat. lat .5232.

Vénétie，13 世纪末 .

C Paris，Biblithèque nationale fr.（巴黎，法国国家图书馆）. 856.

Narbonne，14 世纪 .

E Paris，Biblithèque nationale，fr. 1749.

Languedoc（montpellier-Béziers），14 世纪初 .

G Milan，Biblioteca Ambrosiana，R 71.

Lombardie，14 世纪前半期 .

H Rome，Biblioteca Apostolica Vaticana，vat. lat. 3207.

Vénetie，13 世纪末 .

I Paris，Biblithèque nationale. fr. 854.
Vénétie，13 世纪末至 14 世纪初 .

K Paris，Bibliothèque nationale，fr. 12473.
Vénétie，13 世纪末至 14 世纪初 .

M Paris，Bibliothèque nationale. fr. 12474.
Italie（Naples？），13 世纪末至 14 世纪初 .

N New York，Pierpont Morgan Library，819.
Italie septentrionale（Trévise？），14 世纪初 .

N^2 Berlin，Staatsbibliothek，Phillipps 1910.
Italie，16 世纪前数十年 .

P Florence. Biblioteca Laurenziana，Plut. XLI，42.
Toscane，13 世纪末至 14 世纪初（1310 之前）.

R Paris，Bibliothèque nationale，fr. 22543.
Languedoc（Toulouse？），14 世纪初 .

Sg Barcelone，Biblioteca Central de Catalunya，146.
Catalogne（Gerone？），14 世纪后半期 .

T Paris，Biblithèque nationale，fr. 15211.
Italie septentrionale（vénétie？），15 世纪 .

W Paris，Biblithèque nationale，fr. 844.
Artois，13 世纪末 .

a 和 a[I] 贝尔纳 · 阿莫洛的歌谣集抄本有两部分内容在同一典籍中，包含后来的抄本（Toscane，1589），（13 世纪末，奥维尼）

a Florence，Biblioteca Riccardiana，2814.
a Modène，Biblioteca Estense，y. N. 8.4.

一些关于游吟诗人的作品

关于游吟诗人的作品汗牛充栋，这里只是手抄本或综合文选。其余书目，读者可以在本书原文的注释中找到参考书籍和文章。

Akehurst，F. R. P，et Davis，Judith M. d. *Handbook of the Troubadours*（《游吟诗人手册》），Berkeley-los Angeles-londres，Universty of California Press. 1995.

Avalle. D' Arco Silvio，*I Manoscritti della letteratura in linguad'oc. Nuova edizione*，*a cura di* Lino Leonardi，Turin，Einaudi，1993（2）.

Bec，Pierre，*Anthologie des troubadours*（《游吟诗人诗选》），Paris，10/18，1979.

Bec, Pierre, *Chants d'amour des femmes-troubadours*（《女游吟诗人诗歌集》）Paris，Stock/ Moyen Age，1995.

Boutiere，J，et Schutz，A-H，*Biographies des*

troubadours（《游吟诗人传记》）.

Textes provencaux des XIIIe et XIVe siècles（《13—14 世纪普罗旺斯诗集》），Paris，Nizet，1964.

Davenson（Henri）：参见 Marrou（Henri-Irénée）

Di Girolamo，Costanzo，*I trovatori*，Turin，Bollati Boringheri，1989.

Di Girolamo，Costanzo，et Lee，Charmaine，*Avviamento alla filologia provenzale*，Rome，La Nuova Italia Scientifica，1996.

Gaunt，Simon，et Kay，Sarah，*The Troubadours*（《游吟诗人》）. *An Introduction*（《导言》），Cambridge University Press，1999.

Jeanroy，Alfred，*La Poésie lyrique des troubadours*（《游吟诗人的抒情诗歌》）2卷，Toulouse-paris，Privat，1934.

Lazzerini，Lucia，*Letteratura medievale in lingua d'oc*，

Modène. Mucchi. 2001.

Marrou(Henri-Irénée), *Les Troubadours*(《游吟诗人》), Paris，Editions du Seuil. 1961（在 Henri Davenson 名下），新版，1971.

Meneghetti，Maria Luisa. *Il pubblico dei trovatori. La ricezione della poesia cortese fino al XIV secolo*，Turin，Einaudi，2e édit.1992.

Ricketts. Peter T. *Concordance de L'occitan médiéval*（《中世纪奥克语中的协调一致》），*Les Troubadours*（《游吟诗人们》），*Les Textes narratifs en vers*（《叙事诗》）(COM 2)，Cédérom，Brepols，Turnhout，2005.

Riquer，Martin de，*Los trovadores*. *Historia literaria y* textos，3 vol，Barcelone，Editorial Planeta，第二版，1989.

Roubaud，Jacques，*Les Troubadours*，*Anthologie bilingue*（《游吟诗人，双语诗集》，Paris，Seghers，1971.

Roubaud，Jacques，*La Fleur inverse*（《颠倒的花》），*Essai sur L'art formel des troubadours*（《略论游吟诗人的艺

术形式》)，Paris，Ramsay，1986.

Zink，Michel，*Litterature francaise du Moyen Age*（《中世纪法国文学》)，Paris，PUF 1992，新版于 2014.

游吟诗人与行吟诗人的诗歌

提及游吟诗人和他们的歌谣在经典作品中的书目分类（编号，BdT），阿尔弗雷德·皮耶（Alfred Pillet）和亨利·卡尔斯顿（Henry Carstens）曾于1933年编辑了游吟诗人参考书目，Halle（Saalet），M. Niemeyer。根据字母顺序分为两部分：第一部分为游吟诗人，第二部分是歌谣集。对于行吟诗人也是如此，参见RS—— G. Raynauds. Bibliographie des altfranzosischen Liedes, neu bearbeitet und erganzt von Hans Sparke,Levde, Brill, 1955.

BdT 3.3, Azemar lo Negre, De solaz e de chanzos: 349.

BdT 9.5, Aimeric de Belenoi (Guilhem Ademar), Al primpres dels breus iorns braus: 348.

BdT 29. 10, Arnaut Daniel, Ab gai so cuindet e leri: 353.

BdT 29.11,Lancan son passat li giure:73.

BdT 29.13, L’aur’amara: 178, 235, 333.

BdT 29. 14, Lo ferm voler qu’el cor m’intra: 321, 327.

BdT 29. 15, Pus Raimons e Truc Malecx:321.

BdT 29.2, Anc ieu non l’aic, mas elha m’a:299,303,353

BdT 30. Ill, Arnaut de MareuilDona genser que no sai dir:349.

BdT 46.4, Comtesse de Die, Estat ai en greu cassirer: 323.

BdT 3, Bernart Marti, Bel m' es lai latz la fontana: 330, 349.

BdT 63.8, Quan l' erb' es reverdezida: 349.

BdT 70.13, Bernard de Ventadour,Bem cuidei de chantar sofrir: 331, 346.

BdT 70.14, Bernart de Ventadorn, del chan: 346.

BdT 70.15, Chantars no pot gaire valer: 346.

BdT 70. 22, Ja mos chantars no m' er onors: 333.

BdT 70.26, Lancan vei per mei la landa:223,334,346—347.

BdT 70.27, Lonc tems a qu' eu no chantei mai: 347.

BdT 70.28, Lo gens tems de pascor: 347.

BdT 70.30, Lo tems vai e ven evire:221, 331.

BdT 70.31, Non es meravelha s' euchan:318, 346.

BdT 70.33, Pel doutz chanquel rossinhols fai: 346.

BdT 70.36, Pois preyats me, senhor:346—347.

BdT 70.37, Can la douss' aura venta: 326.

fallir: 344.

BdT 356.6, Per far esbaudir mos vezis:340, 343—344.

BdT 364.1, Peire Vidal, Ab l' alen tir vas me l' aire: 327.

BdT 364.36, Plus quel paubres, quan jai el ric ostal: 343—344.

BdT 389.10a, Raimbaut d' Orange,Aram platz, Guiraut de Borneill: 345.

BdT 389.16, Er resplan la flors enversa: 342.

BdT 389.22, Cars, dous e fenhz: 330.

BdT 389.32, No chant per auzel ni per flor: 349.

BdT 392.20,Raimbaut de Vaqueiras, Ja non cujei vezer:258, 350.

BdT 392.27,Can lo dous temps comensa: 347.

BdT 392.32,Truan,mala guerra: 350.

BdT 392.5a, Altas undas que venez suz la mar: 327.

BdT 392.9, Kalenda maia: 243.

BdT 406.11, Raimon de Miraval,Bajona, per sirventes: 276, 351.

BdT 406.8, Ar ab la forsa del freis: 351.

BdT 421.2, Rigaut de Barbezeux, Atressi con l' orifanz:

人物与地名索引（中法对照）

古代与中世纪的作者及历史人物

Audierne de Tripoli 奥蒂埃讷·德·的黎波里

Augustin d’Hippone 奥古斯丁·德·希波讷

Ausàs March 奥萨·马尔什

Azalaïs de Boissezon 阿扎莱·德·布瓦松

Azalaïs de Montpellier 阿扎莱·德·蒙彼利埃

Azalaïs de Porcairagues（编号 43）阿扎莱·德·波凯拉格

Azemar lo Negre（编号 3）阿泽马尔·洛·耐格尔

Baudouin de Jérusalem 波杜安·德·耶路撒冷

Baudri de Bourgueil 波德里·德·布尔格耶

Bétrice de Die（见 Comtesse de Die）贝雅特里斯·德·蒂埃（蒂埃伯爵夫人）

Bétrice de Montferrat 贝雅特里斯·德·蒙特菲拉

Bernard d’Anduze 贝尔纳·德·安杜兹

Bernard de Clairvaux 贝尔纳·德·克莱翁

Bernard de Ventadour（编号 70）贝尔纳·德·文塔杜尔

Bernard Marti（编号 63）贝尔纳·马蒂

Bertrade de Monfort 贝尔特拉德·德·蒙弗尔

Bertrand de Born（编号 80）贝特朗·德·伯恩

Bertrand de Saint-Gilles 贝特朗 · 德 · 圣–吉勒

Blacatz（编号 97）布莱卡兹

Boniface de Montferrat 博尼菲斯 · 德 · 蒙菲拉

Bonifacio Calvo（编号 101）博尼法西奥 · 卡尔沃

Cadenet（编号 106）卡德内

Cassiodore 卡西奥多尔

Catulle 卡杜勒

Cercamon（编号 112）塞尔卡蒙

Cerverí de Girona（编号 434）塞尔维里 · 德 · 吉洛纳

Charlemagne 夏尔勒马尼

Cicéron 希塞翁

Comtesse de Die（编号 46）蒂哀伯爵

Conon de Béthune 科诺 · 德 · 贝杜纳

Dangereuse de Châtellerault（la Maubergeonne）“沙泰勒罗的危险女人”（莫贝尔乔妮）

Dante Alighieri 但丁 · 阿利吉耶里

Dauphin d' Auvergne（编号 119）多芬 · 德 · 奥维涅

Dominique de Guzmán 多米尼克 · 德 · 古兹曼

Eble d' Ussel（编号 129）艾伯勒 · 德 · 于塞勒

Eble II de Ventadour（“歌手”，编号 130）艾伯勒二

世 · 德 · 文塔杜尔

Eble III de Ventadour 艾伯勒三世 · 德 · 文塔杜尔

Eble IV de Ventadour 艾伯勒四世 · 德 · 文塔杜尔

Eble V de Ventadour 艾伯勒五世 · 德 · 文塔杜尔

Elias de Barjols（编号 132）艾利亚 · 德 · 巴尔乔勒

Elias Rudel 艾利亚 · 于戴乐

Elvire de Castille 埃勒维尔 · 德 · 卡斯蒂耶

Enrico del Carretto 恩里科 · 德勒 · 卡雷托

Ermengarde d' Anjou 艾芒卡尔德 · 德 · 安茹

Ermengarde de Castres 艾芒卡尔德 · 德 · 卡斯特尔

Ermengarde de Narbonne 艾芒卡尔德 · 德 · 纳尔伯恩

Etienne de Muret 埃蒂安 · 德 · 穆雷

Eve 夏娃

Folquet de Marseille（编号 155）弗尔盖 · 德 · 马赛

Foulque IV le Réchin d' Anjou 弗勒格四世 · 勒 · 海山 · 德 · 安茹

Foulque V le Jeune d' Anjou 弗勒格五世 · 勒 · "安茹青年"

François Villon 佛朗索瓦 · 维雍

Gace Brulé 加斯 · 布鲁内

Gaucelm Faidit（编号 167）高赛勒姆 · 费迪

Gaudaìrença de Miraval 高戴航萨 · 德 · 米拉瓦勒

Gausbert de Poicibot（编号 173）高斯伯尔 · 德 · 布瓦西博

Geoffroy de Bretagne 乔弗瓦 · 德 · 布列塔尼

Geoffroy de Vendôme 乔弗瓦 · 德 · 万多姆

Geoffroy de Vigeois 乔弗瓦 · 德 · 维日瓦

Geoffroy Martel d' Anjou 乔弗瓦 · 马尔岱勒 · 德 · 安茹

Gérard de Blaye 钱拉 · 德 · 布莱耶，饶弗莱 · 于戴乐之子

Gérard de Blaye 钱拉 · 德 · 布莱耶，饶弗莱 · 于戴乐的兄弟

Gerard，évêque d' Angoulême 钱拉，昂古莱穆主教

Gui d' Ussel（编号 194）吉 · 德 · 尤塞勒

Guilhalmi 吉尔汉密

Guilhelma de Jaujac 吉尔赫玛 · 饶雅克

Guilhelma Monja 吉尔赫玛 · 莫尼亚

Guilhem Adémar（编号 202）吉汉姆 · 阿德马

Guilhem Bremon 吉尔汉姆 · 布莱蒙

Guilhem de Balaun 吉尔汉姆 · 德 · 巴拉恩

Guilhem de Bouville 吉尔汉姆 · 德 · 布维勒

Guilhem de Cabestany 吉尔汉姆 · 德 · 卡贝斯达尼

Guilhem de la Tor（编号 236）吉尔汉姆 · 德 · 拉 · 托尔

Guilhem de Montanhagol（编号 225）吉尔汉姆 · 德 · 蒙当哈哥勒

Guilhem de Saint-Didier（编号 234）吉尔汉姆 · 德 · 圣-迪蒂耶

Guillaume d'Angoulême 纪尧姆 · 德 · 昂古莱姆

Guillaume d' Omelas 纪尧姆 · 德 · 奥梅拉

Guillaume d' Malmesbury 纪尧姆 · 德 · 马姆斯伯里

Guillaume de Montmaur 纪尧姆 · 德 · 蒙特莫尔

Guillaume de Parthenay 纪尧姆 · 德 · 巴尔当内

Guillaume de Saint-Thierry 纪尧姆 · 德 · 圣-蒂埃瑞

Guillaume de Tyr 纪尧姆 · 德 · 蒂尔

Guillaume Frelande de Blaye 纪尧姆 · 弗莱朗德 · 德 · 巴莱

Guillaume IV de Toulouse 纪尧姆四世 · 德 · 图卢兹

Guillaume V le Grand d' Aquitaine（III comte de

Jausserande 饶塞朗德

Jean Bodel 让·博戴勒

Jean de Meun 让·德·摩恩

Jean Froissart 让·弗瓦萨德

Jean Scot 让·司各特

Jésus-Christ 耶稣基督

Jodan d' Embrun 乔·德·昂布兰

Juan Ruiz，archìprêtre de Hita 希塔的本堂神甫，原·瑞兹（Juan Ruiz）

Louis VI le Gros de France“法兰西胖子”路易六世

Louis VII le Jeune de France 法兰西“年轻的”路易七世

Louis le Pieux 虔诚者路易

Manuel Comnène 马努埃勒·高奈纳

Marbode de Renne 马尔博德·德·海纳

Marcabru（编号 293）马尔加布吕

Marguerite de Turenne 玛格丽特·德·图海纳

Marie de Campagne 玛丽·德·香槟

Marie de France 法兰西的玛丽

Marie deVentadour 玛丽·德·文塔杜尔

Pétronille de Chemillé 佩特罗尼耶 · 德 · 舍米耶

Philippa de Toulouse 菲利帕 · 德 · 图卢兹

Philippe Ier de France 法兰西的菲利普一世

Piere II，évêque de Poitiers 皮埃尔二世，普瓦蒂哀主教

Pierre II d' Aragon 皮埃尔二世 · 德 · 阿拉贡

Pierre de Pierre-buffiere 皮埃尔-布菲耶尔（Pierre-Buffière）城的皮埃尔

Polignac（marquise de）波里涅阿克（侯爵夫人）

Pons de Toulouse(fils de Guillaume IV）彭斯 · 德 · 图卢兹（纪尧姆四世之子）

Pons II de Toulouse 彭斯二世 · 德 · 图卢兹

Raimbaut（编号 388）兰博

Raimbaut d' Orange（编号 389）兰博 · 德 · 奥朗吉

Raimbaut de Vaqueiras（编号 392）兰博 · 德 · 瓦格拉

Raimon de Miraval（编号 406）雷蒙 · 德 · 米拉瓦勒

Raimon Jordan（编号 404）雷蒙 · 乔丹

Raimon Vidal de Besalù（编号 411）雷蒙 · 维达勒 · 德 · 贝撒鲁

Raymond de Castel-Roussillon 雷蒙 · 德 · 卡斯戴尔-

鲁西荣

Raymond de Saint-Gilles 雷蒙 · 德 · 圣-吉耶

Raymond II de Tripoli 的黎波里的雷蒙二世

Raymond III de Tripoli 的黎波里的雷蒙三世

Raymond IV de Toulouse 图卢兹的雷蒙四世

Raymond V de Toulouse 图卢兹的雷蒙五世

Raymond Lulle 雷蒙 · 吕勒

Raymond-Bérengaire II de Provence 雷蒙-贝朗盖尔二世 · 德 · 普罗旺斯

Richard Ier，dit Coeur de Lion（编号 420）查理一世，“狮心王”

Rigaut de Barbezieux（编号 421）里高 · 德 · 巴尔贝齐

Robert d' Arbrissel 罗伯特 · 德 · 阿尔布里塞勒

Robert de Normandie 罗伯特 · 德 · 诺曼底

Rutebeuf 于特伯夫

Ryka de Pologne 瑞卡 · 德 · 波洛涅

Sail de Claustra 塞勒 · 德 · 克洛斯特拉

Savaric de Mauléon（编号 432）萨瓦里克 · 德 · 莫雷翁

Sordel（编号 437）索尔戴勒

Thomas d' Angleterre 英格兰的托马斯

Thomas d' Aquin 托马斯 · 德 · 阿甘

Uc de la Bachèlerie（编号 449）尤克 · 德 · 拉 · 巴什勒里

Uc de Mataplana（编号 454）尤克 · 德 · 马达普拉纳

Uc de Saint-Circ（编号 457）尤克 · 德 · 圣–希尔克

Uc Maréchal 尤克 · 马海夏勒

Urbain II 乌尔班二世

Walther von der Vogelweide 瓦尔特 · 封 · 德尔 · 弗格尔瓦伊德

现代作者与评论家

人　名

Almqvist，Kurt 科特 · 阿尔莫维斯特

Appel，Carl 卡尔 · 阿贝勒

Aragon，Louis 路易 · 阿拉贡

Asperti，Stefano 斯丹法诺 · 阿斯贝尔蒂

Avalle，D' Arco Silvio 德阿尔科 · 希尔维奥 · 阿瓦勒

Balzac，Honoré de 奥诺雷 · 德 · 巴尔扎克

Barbero，Alessandro 阿里桑德罗 · 巴尔贝罗

Barbieri，Giovanni Maria 吉奥瓦尼 · 马里雅 · 巴尔比里

Baroncini，Lucia 鲁西卡 · 巴罗希尼

Bec，Pierre 皮埃尔 · 贝克

Bédier，Joseph 约瑟夫 · 贝蒂耶

Beltrami，Pietro G. 皮耶特罗 G. 贝尔特拉米

Benozzo，Francesco 弗兰西斯科 · 贝诺兹

Bertolucci Pizzorusso，Valeria 瓦勒里亚 · 贝尔托鲁

希·皮佐鲁希
Bezzola，Reto R. 雷多 · R. 贝佐拉
Billy，Dominique 多米尼克 · 比利
Bloch，Marc 马克 · 布洛赫
Bloy，Léon 雷翁 · 布罗瓦
Bogin，Meg 梅根 · 博金
Boissonnade，Pierre 皮埃尔 · 布瓦松纳德
Bonnefoy，Yves 伊夫 · 博纳富瓦
Bourgain，Pascale 帕斯卡尔 · 布尔甘
Boutière，Jean 让 · 布提埃
Browning，Robert 罗伯特 · 布罗宁
Burgwinkle，William E. 威廉 E. 布尔维克
Buridant，Claude 克洛德 · 布里当
Camproux，Charles 夏尔 · 坎布鲁克斯
Capusso，Maria Grazia 马里亚 · 格拉扎 · 卡普索
Carapezza，Francesco 弗兰希斯克 · 卡哈贝扎
Careri，Maria 马利亚 · 卡雷里
Centili，Sara 萨拉 · 桑蒂利
Chailley，Jacques 雅克 · 柴利
Chiarini，Giorgio 乔治 · 希阿瑞尼

Cluzel，Irénée-Marie 伊雷内–玛丽 · 克鲁塞尔

Courbet，Gustave 古斯塔夫 · 古贝尔

Cravayat，Paul 保罗 · 克拉瓦雅

D' agostino，Alfonso 阿勒弗松 · 达哥斯蒂诺

D' heur，Jean-marie 让–玛丽 · 德 · 奥尔

Dalarun，Jacques 雅克 · 达拉翰

Davy，Marie-madeleine 玛丽–马德莱纳 · 达维

De Bartholomaeis，Vincenzo 万桑佐 · 德 · 巴尔托洛马埃

Dejeanne，Jean-marie-louis 让–玛丽–路易 · 德让纳

Denomy，Alexander J. 亚历山大 J. 德诺米

Di Girolamo，Costanzo 科斯当佐 · 迪 · 纪霍拉莫

Diez，Friedrich 弗里德里希 · 迪埃

Doss-Quinby，Eglal 埃格拉 · 多斯–甘比

Dostoievski，Fiodor 费奥多尔 · 陀思妥耶夫斯基

Dragonetti，Roger 罗杰 · 德拉贡内蒂

Duby，Georges 乔治 · 杜比

Dumitrescu，Maria 马利亚 · 杜密特莱斯居

Errante，Guido 基多 · 埃朗特

Eusebi，Mario 马里奥 · 欧塞比

Faral，Edmond 埃德蒙 · 法拉勒

Fasso，Andrea 安德雷阿 · 法索

Finoli，Anna Maria 安娜 · 马利亚 · 菲诺利

Fontanier，Pierre 皮埃尔 · 封塔尼埃

Frank，Istvan 伊斯恩 · 弗兰克

Fratta，Aniello 阿尼埃罗 · 弗拉塔

Gadamer，Hans-Georg 汉斯–乔治 · 加达梅尔

Gambino，Francesca 弗兰希斯卡 · 甘比诺

Gatien-Arnoult，Adolpne-Felix 加提安–阿尔努 · 阿道夫–菲利克斯

Gaunt，Simon 西蒙 · 噶恩

Girard，René 雷内 · 吉拉德

Giraudoux，Jean 让 · 吉罗杜克斯

Gouiran，Gerard 吉拉德 · 古伊朗

Grimaldi，Marco 马尔科 · 格里马尔蒂

Gruber，Jorn 乔恩 · 格鲁贝尔

Gubbini，Gaia 加雅 · 顾比尼

Guida，Saverio 萨维利奥 · 吉塔

Harvey，Ruth 鲁斯 · 哈维

Heine，Heinrich 海因里希 · 海涅

Heliaz，Pierre Jakez 皮埃尔-雅凯 · 赫利亚兹

Henriet，Patrick 帕特里克 · 亨里耶

Hirdt，Willi 韦利 · 赫特

Hoepffner，Ernest 欧内斯特 · 奥普弗奈

Jeanroy，Alfred 阿尔弗雷德 · 让罗伊

Jensen，Frede 弗莱德 · 让森

Jung，Marc-René 马克-雷内 · 茹安

Kohler，Erich 埃里克 · 科勒

Kolsen，Adolf 阿多弗 · 科尔森

Lacan，Jacques 雅克 · 拉康

Lazar，Moshe 莫什 · 拉扎尔

Lazzerini，Lucia 卢西亚 · 拉泽瑞尼

Le Gentil，Pierre 皮埃尔 · 勒 · 让蒂

Lecoy，Felix 菲力克斯 · 雷克瓦

Lee，Charmaine 夏尔曼 · 李

Lejeune，Rita 瑞塔 · 勒热纳

Lemaitre，Jean-loup 让-鲁 · 勒麦特尔

Leonardi，Lino 利诺 · 雷昂纳迪

Leopardi，Giacomo 加科莫 · 雷欧帕迪

Levy，Emil 艾米勒 · 勒维

Linskill，Joseph 约瑟夫 · 兰斯基尔

Maalouf，Amin 阿曼 · 马阿鲁弗

Malherbe，Francois de 弗朗索瓦 · 德 · 马莱博

Malkiel，Yakov 亚科夫 · 马勒齐埃勒

Mancini，Mario 马里奥 · 曼希尼

Melani，Silvio 希尔维奥 · 梅拉尼

Meliga，Walter 瓦特 · 梅里加

Menard，Philippe 菲利普 · 梅纳尔

Meneghetti，Maria Luisa 玛丽亚 · 路易莎 · 梅内盖蒂

Menendez Pidal，Ramon 哈蒙 · 梅南滋 · 皮达勒

Menocal，Maria Rosa 马利亚 · 罗萨 · 梅诺卡勒

Mirbeau，Octave 奥克塔弗 · 米尔博

Mocan，Mira 米拉 · 莫冈

Molk，Ulrich 于勒里什 · 莫尔克

Monfrin，Jacques 雅克 · 蒙弗兰

Monteverdi，Angelo 安热罗 · 蒙戴维尔蒂

Mouzat，Jean 让 · 穆扎

Nelli，René 雷内 · 奈利

Nelson，Daniela 达尼埃拉 · 奈尔森

Oulmont，Charles 夏尔 · 乌勒蒙

Paden，William D. Jr 威廉 D.Jr · 帕登
Paris，Gaston 加斯顿 · 巴利
Pasero，Nicolo 尼科洛 · 帕塞罗
Paterson，Linda 琳达 · 巴泰尔森
Pattison. Walter T 瓦特 T. 帕迪森
Payen，Jean-charles 让–夏尔 · 巴杨
Perugi，Maurizio 莫里兹奥 · 佩胡吉
Pfister，Max 马科思 · 菲斯特尔
Picone，Michelangelo 米开朗其罗 · 皮高纳
Poe，Elizabeth Wilson 伊丽莎白 · 维尔森 · 坡
Poli，Andrea 安德雷雅 · 波里
Regnier-Bohler，Danielle 达尼埃勒 · 雷尼耶–波莱
Ricketts，Peter T 皮特 T. 瑞克特
Rimbaud，Arthur 阿尔蒂尔 · 兰波
Riquer，Isabel de 伊莎贝勒 · 德 · 里盖尔
Riquer，Martin de 马蒂 · 德 · 里盖尔
Robertson，William D. Jr 威廉 D. Jr · 罗贝尔松
Roncaglia，Aurelio 欧莱利奥 · 罗加格利亚
Roques，Mario 马里奥 · 罗格
Rossi，Luciano 鲁希阿诺 · 罗斯

Rostand，Edmond 埃德蒙 · 罗斯当

Roubaud，Jacques 雅克 · 鲁博

Saariaho，Kaija 凯雅 · 萨里亚霍

Sakari，Aimo 艾默 · 萨卡里

Salverda de Grave，Jean-jacques 让-雅克 · 萨维尔达 · 德 · 格拉夫

Sansone，Giuseppe E 基尔塞普 E. 桑松

Sayce，Olive 奥利弗 · 塞斯

Scheludko，Dimitri 迪米特里 · 斯谢吕德科

Soltau，Otto 奥托 · 索尔托

Soulages，Pierre 皮埃尔 · 苏拉吉

Spaggiari，Barbara 巴尔巴拉 · 斯帕基雅里

Spank，Hans 汉斯 · 斯邦克

Spitzer，Leo 雷翁 · 斯比泽尔

Tanesco，Miche 米什 · 达奈斯科

Stendhal 司汤达

Stern，Samuel M 萨缪埃尔 M. 斯特恩

Storost，Joachim 乔阿珊 · 斯托罗斯特

Straub，Richard 里查 · 斯托波

Stranski，Stanislaw 斯塔尼斯洛 · 斯特朗斯基

Strubel，Armand 阿尔芒 · 斯特鲁贝勒

Swinburne，Algernon Charles 阿勒热侬 · 查尔斯 · 斯温伯恩

Tavani，Giuseppe 吉塞普 · 塔瓦尼

Tobler，Adolf 阿多尔弗 · 托贝勒

Topsfield，Leslie T 莱斯利 T. 托普斯菲尔德

Tortoreto，Valeria 瓦勒利亚 · 托尔托雷托

Toulet，Paul-jean 保罗–让图雷

Uhl，Patrice 帕特里斯 · 于勒

Uhland，Ludwig 鲁德维格 · 乌兰德

Varvaro，Alberto 阿尔贝托 · 瓦尔瓦洛

Verlaine，Paul 保罗 · 魏尔伦

Verrier，Paul 保罗 · 维里埃

Vielliard，Francoise 弗朗索瓦 · 维尔雅

Vinge，Louis 路易 · 万吉

Zambon，Francesco 弗兰西斯科 · 桑波

Zinelli，Fabio 法比奥 · 冉奈利

Zingarelli，Nicola 尼科拉 · 冉加莱里

Zink，Michel 米歇尔 · 冉刻

Zufferey，Francois 弗朗索瓦 · 于弗莱

地　名

Al-Andalus 阿勒–安达路斯

Albigeois 阿尔比茹瓦

Alès 阿莱

Alier 阿里埃

Ambazac 昂巴扎克

Angers 昂热

Angleterre 英格兰

Angoumois 昂古穆瓦

Anjou 安茹

Antiche 安提奥什

Aquitaine 阿基坦

Arbrissel 阿布里塞勒

Asie Mineure 阿希 · 米纳尔

Atlantique（Ocean）大西洋

Auvergne 奥维尼

Bayona 巴约拿

Beaucaire 博盖尔

Beziers 贝齐耶

Blaye 布莱

Bretagne 布列塔尼

Carcassonne 卡尔卡松

Catalogne 卡塔洛尼

Champagne 香槟

Charente 夏朗特

Chypre 塞浦路斯

Clermont-Ferrand 克莱蒙-费朗

Come 高姆

Constantinople 君士坦丁堡

Corrèze 科海茨

Courthézon 库尔泰宗

Craon 克拉翁

Cutanda 居当达

Dalon（abbaye）达龙（修道院）

Dordogne 多尔多尼

Ecosse 埃科斯

Espagne 西班牙

Europe 欧洲

Excideuil 埃克斯西德伊

Fontdouce（abbaye）丰杜斯（修道院）

Fontevraud（abbaye）丰泰弗罗（圣母修道院）

France 法兰西

Galice 加利斯

Gascogne 加斯科涅

Gévaudan 热沃当

Grandmont（abbaye）格朗蒙修道院

Guyenne 基耶尼

Hautefort 奥特弗尔

Haute-vienne 上维埃纳

Héraclée 赫拉克莱

Italie 意大利

Jaujac 饶雅克

Jerusalem 耶路撒冷

Le Puy-en-velay 俾伊–昂–韦莱

Limagne 利马尼

Limoges 利摩日

Limousin 利穆赞

Lombers 龙贝尔

Lunel 吕奈勒

Madrid 马德里

Mantoue 芒杜埃

Marseille 马赛

Massif central 中央高原

Maumont 莫蒙

Mediterranee 地中海

Meyrueis 梅吕埃

Milan 米兰

Montferrat 蒙菲拉

Montpellier 蒙彼利埃

Muret 穆雷

Narbonne 纳尔博讷

Nimes 尼姆

Niort 尼奥尔

Normandie 诺曼底

Orange 奥朗日

Paris 巴黎

Périgord 佩里高尔

Peunouveau 波努温

Poitiers 普瓦蒂哀

Poitou 普瓦图

Provence 普罗旺斯

Puivert 皮伊韦尔

Pyrénée 比利牛斯

Quercy 凯尔西

Reims 汉斯

Rennes 海纳

Ribérac 里贝哈克

Rodez 罗戴

Rouen 鲁昂

Saintes 圣特

Sainte-Trie 圣特-特里

Saint-Jacque-de-Compostelle 圣-雅克-德-孔波斯戴

Sanit-Martial de Limoges（修道院）利摩日的圣-马尔蒂阿勒修道院

Salzbourg 萨尔斯堡

Taillebourg 泰勒布尔格

Terre sainte 圣地（耶路撒冷）

Tessalonique 泰萨洛尼克

Toulouse 图卢兹

Tripoli（Liban）的黎波里（黎巴嫩）

Troie（guerre de）特洛伊（战争）

Uzerche 乌泽尔切

Venétie 威尼托

Ventadour 文塔杜尔

Vezelay 维泽莱

Vienne 维也纳

Viennois 维也纳

Vigo 维哥

文学作品中的人物

Agnès 阿涅斯

Alamanda 阿拉芒达

Arsen 阿尔桑

Arthur 阿尔蒂尔

Aspasie 阿斯帕西

Aucassin 奥加山

Comtesse de Tripoli 的黎波里伯爵夫人

Echo 回声（指希腊神话中水仙少年吹笛之回声）

Edna 艾德纳

Ermessen 艾尔梅桑

Flamenca 弗拉芒卡

Gaiete 盖耶特

Guillaume de Nevers 纪尧姆 · 德 · 纳维尔

Hercules 赫拉克勒斯

Iseut aux Blanches Mains 白手伊索特

Iseut la Blonde 金发伊索特

Marc（roi）马尔克（国王）

Marchenoir 马尔歇努瓦

Narcisse 水仙少年

Omphale 翁法勒

Oriour 奥里乌

Pathelin 巴德兰

Perceval 珀西瓦尔

Thibaud l' Agnelet 蒂波 · 勒阿尼莱

Tristan 特里斯当

Vierneta 维耶尔内塔

Werther（少年）维特

Zorro（电影）佐罗

致 谢

对于这些为编辑游吟诗人和他们的诗歌付出热情的年轻、活跃又博学的意大利文献学家：Alessia Marchiori 和 Andrea Valentini，我亏欠太多。尤其是对于 Federico Saviotti，他在文献目录学，以及解决历史或文本难题方面，具有完美的知识和超强的能力，“将我从绝望的困境中”拯救出来。他扎实的功力和友情协助，使这本书超出了我的能力范围。

我一直在努力，谨防学术的脚手架掩盖了诗歌之美，碾压了诗歌的轻盈。奥迪勒·庞巴德（Odile Bombarde）的直觉判断与精妙的文学品位[1]，给了我极大的帮助，同时也注入到我的夫人奥迪勒·冉刻（Odile Zink）的相同品质中，而我每日都从中获益，却并未获得足够的认知或认可。

[1] 奥迪勒·庞巴德（Odile Bombarde），与作者一同从事文学研究的同事。

译后记

这是2020年7月19日，一个平凡的早晨，被疫情封在家里的日子，我刚译完《游吟诗人》的最后一个字，看看天色，窗口已露出文艺复兴的曙光——

是的，这六七个月以来，我不停地变幻身形，“游吟诗人”，“从一个到另一个”，“断断续续”，穿越了中世纪。

译者，也是一名深度的读者。本书作者对“系统化的拒绝”并没有让我头晕目眩，相反，感觉作者的这种表述，这种“反学术”的学术，不仅“进入诗人的心灵”，而且让读者感同深受，如兰波所言：“Je est un autre.”❶

我相信，一直以来，拒绝被系统化、学术化的不仅是“我”，还有历代“游吟诗人”，他们不属于任何流派，

❶ “我是另一个。”法国诗人兰波名言。

也不专属某个时代、某一国度或民族。从本质上讲，他们呈现一种作为诗人的生命状态：浪迹天涯，与自由和爱情相伴，这就足够了。

而“游吟诗人”始终包含一个悖论：古老而年轻，单纯而神秘，是真正的诗人的起点也是终点；活得一个比一个荒唐、悲惨，却一个比一个更令人羡慕，以致于为后世所瞩目。值得注意的是，在冉刻先生的这本书中，逐字逐句，用心读下来、译出来，我没看到一个“黑暗时代”的字样。的确，提到中世纪，人们第一印象就是“黑暗年代”；而至少我的这种根深蒂固的观念，被《游吟诗人》这部“微型诗歌史”打破。一言以蔽之，中世纪不再黑暗，只是因为“游吟诗人”的缘故。这让我想起多年前一位敦煌女艺术家亲口对我说的：“其实世上本没有艺术，真正的艺术只是一个生命的故事。”《游吟诗人》为此提供了很好的例证：给人印象深刻的，有“没有诗歌的游吟诗人”艾伯勒二世，还有灵感枯竭的大诗人阿尔诺·丹尼埃尔。而全书还具有这样几个重要特征：

首先，将“生平”和“源起”放在突出位置，使诗歌与诗人生命的故事相融合，并连成一体，相得益彰。如在“遥远的爱”中，饶弗莱·于戴乐爱上未曾谋面的的黎波里伯爵夫人，为她创作诗歌，且身体力行，登船出海，到达远方，在一家乡村客栈与情人相见，并死在她怀里。而因为诗人的死亡带来的痛苦，伯爵夫人当即出家成为修女。类似的传说故事与游吟诗人的诗歌一样，在今天看来似乎有些老套，殊不知，作为“原型”，它们当初可是崭新的，故此深入人心，并对后世产生深远影响，而受其影响的人们却浑然不知。听听当代芬兰女作曲家凯雅·萨里亚霍的歌剧《遥远的爱》，或将对我们有所启示。

其次，作者冉刻先生认为，游吟诗人的爱情与诗歌似乎停留在“青少年时期”，有一个章节（《青少年的爱》）专门对此做了详尽论述。我想，作者这里所指的，或许已不是某一位或某一代游吟诗人，而是人类世代。回顾人类历史或人的一生，最闪光的总在暗处：如果说中世纪是人类青春，那么游吟诗人又是中世纪的青春。对于这“青春之青春”，不必失望或过于苛刻：就像蒙娜丽莎的一个微笑足以笑破千年愚暗；贝尔纳·德·文塔杜尔的一句诗，足以捍卫整个中世纪“游吟诗人”的荣誉：

当她赤裸，雪落在她身边，

都像是棕色的，灰暗的……

仅仅这一句足矣。这也印证了一些游吟诗人和作者的一致观点：貌似简单的“明快之诗”，胜于“晦涩之诗”，愿他们的诗歌，在“泉边回荡”！

第三，按照作者的观点，伟大的诗人对自身总是苛刻的，其创作艰难源于自身在生活与爱情中备受煎熬。同样的悖论隐藏其中：游吟诗人似乎早已参透自身的宿命，而独具“黑色幽默”（后来才有的词）：一边自嘲，一边自虐；一边受苦，一边享乐；一边节制，一边放纵，而最终（如纪尧姆九世）“离开了钟爱的一切，骑士生活及其骄傲”，为了“取悦上帝”。游吟诗人在经历了荒诞人生之后，大多选择皈依，信仰上帝。

而译（读）完最后一个章节，感觉无论作者与读者，都意犹未尽。此话怎讲？在全书结尾，作者留下大诗人阿尔诺·丹尼埃尔与无名江湖艺人的公案：阿尔诺·丹尼埃尔在创作低谷、灵感枯竭之时，盗取了江湖艺人的诗歌，个中滋味，按作者的说法：“因为爱情对他（阿尔诺）异常艰难，所以创作也难，创造的作品同样难以理解。”而与此相反，对于江湖艺人来说，似乎爱情与诗歌，两者都轻而易举，故一气呵成，双双“明快”。

作为一名小小的诗人，译者本人也曾有过各种创作体会，在此只想说一句：假以时日，阿尔诺或与江湖艺人合一，成就“通灵者”与通灵诗歌，一如兰波的《醉舟》，在“饮尽毒药”，经历了所有不幸与苦难之后，忽一日，思如泉涌，犹如神灵附体，洋洋洒洒，一挥而就。

最后，借此机会，请允许译者谈谈翻译此书的“源起”。若干年前，北京大学法语系主任董强先生曾邀请本书作者冉刻教授来北京大学举办了一场游吟诗人的专题讲座，译者有幸聆听，亲眼见到作者，并在会后与作者进行了短暂交流。一年多前，译者许久未见的恩师金丝燕女士，从巴黎回北京，参与组织在北京师范大学举办的“跨文化学研究生国际课程班”，我有幸再度见到了不起的冉刻先生。而这一次，金丝燕老师恰好带来了《游吟诗人》，并将翻译此书的光荣任务交给了我。作为学生，我一口答应，尽管在日后的工作中才发现，这份“作业”的难度与工作量远超想象，但唯有以辛勤的工作，报答金丝燕老师多年来的信任与理解。尤其是近两三年，大到整个世界，小到个人命运，似乎都在电闪雷鸣。而此间信守承诺，成了我生活的依靠。是的，既然答应了恩师，答应了“中世纪”，就要完成它。而翻译期间，不知不觉，“中世纪”成了避难所，我成了其中的游吟诗人。想起自己多年前周游世界，恰好写作并出版过一部长篇旅行记《游吟》。仿佛一切在冥冥之中早已由上天注定。可巧的是，就在我远走他乡，在北美的一座荒凉小镇隐居翻译之时，偶遇来自法国的 Audrey Collec 女士，我们在一家小咖啡馆萍水相逢，我问她问题，她就耐心回答。这半年多来，她不知帮我解决了多少难题，在此深深感谢 Audrey Collec 女士！

尽管如此，翻译实在是一种冒险，作为译者，我的心态始终是战战兢兢、如履薄冰，生怕出错。毕竟自己水平有限，译文中的错误与疏漏在所难免，敬请方家及翻译同行批评指正。

另一点需要说明：本书包含大量“原注”，译者克服重重困难，已然译出，但最终审阅时发现，由于“原注”包含多种语言，多重学术背景、各种版本的拉丁文以及奥克语、奥依语经籍的出处，这对于大多数中国读者恐怕意义不大，反而影响阅读，故最终选择删除。只在个别几处保留部分内容，并注明“参照原注”字样，请作者及读者谅解。翻译为读者服务，如专家学者仍需探索究竟，请参见原书附录。关于拉丁文诗歌出处、版本、语言及学术讨论，作者均有详尽注释。

持续半年多的翻译对我而言，是人生低谷的一次隐居，或者美其名曰，前往“中世纪”做了一次漫长旅行。而就在这本“中世纪”结束的当夜，我在北美一座荒山上亲眼看见彗星陨落，仿佛“游吟诗人”拖着长剑，策马飞奔；晚风轻寒，吹开他们的黑斗篷；群星小心翼翼，替他们扣上征衣。

王以培

2020 年 7 月 19 日

于旧金山湾区小城莫拉加（Moraga）

附录

“跨文化研究”丛书出版书目[1]

1 乐黛云《跨文化方法论初探》，中国大百科全书出版社，2016。

2 [法]汪德迈（Léon Vandermeersch）《中国文化思想研究》，中国大百科全书出版社，2016。

3 [法]金丝燕、[法]法宝（Dhammaratana Tampalawela）《佛经汉译之路:〈长阿含·大本经〉对勘研究》，北京大学出版社，2016。

4 [法]金丝燕《文化转场：中国与他者》，中国大百科全书出版社，2016。

5 程正民《跨文化研究与巴赫金诗学》，中国大百科全书出版社，2016。

6 董晓萍《跨文化民间文艺学》，中国大百科全书出版社，2016。

---

[1] “跨文化研究”丛书是教育部人文社会科学重点研究基地重大项目“跨文化视野下的汉语、汉字与民俗文化研究”的综合性研究成果，[法]金丝燕、董晓萍主编，国内出版社加盟出版的有：中国大百科全书出版社、北京大学出版社、商务印书馆、中国人民大学出版社、中国社会科学出版社、北京师范大学出版社、文化艺术出版社和上海大学出版社。法国出版社同步出版的有：Paris:Éditions You Feng Libraire & Éditeur 与 Paris：Nuvis，乐黛云、[法]金丝燕、董晓萍主编。

7 [法]劳格文(John Lagerwey)华南民俗志》, 中国大百科全书出版社, 2016。

8 王邦维《跨文化的想象: 文献、神话与历史》, 中国大百科全书出版社, 2017。

9 王一川《跨文化艺术美学》, 中国大百科全书出版社, 2017。

10 董晓萍《跨文化民俗学》, 中国大百科全书出版社, 2017。

11 董晓萍《跨文化民俗志》, 中国大百科全书出版社, 2017。

12 董晓萍《钟敬文与中国民俗学派》, 中国社会科学出版社, 2017。

13 [爱沙尼亚]于鲁·瓦尔克(Ülo Valk)《信仰·体裁·社会》, 董晓萍译, 中国大百科全书出版社, 2017。

14 [法]劳格文(John Lagerwey)、谭伟伦主编《(一)闽西客家社会——长汀》, 中国人民大学出版社, 2017。

15 [法]劳格文(John Lagerwey)、谭伟伦主编《(二)闽西客家社会——宁化》, 中国人民大学出版社, 2017。

16 [法]劳格文(John Lagerwey)、谭伟伦主编《(三)与非客的社会》, 中国人民大学出版社, 2017。

17 [法]劳格文(John Lagerwey)、谭伟伦主编《(四)粤东粤北社会》, 中国人民大学出版社, 2017。

18 [法]汪德迈(Léon Vandermeersch)《中国思想的两种理性: 占卜与表意》, [法]金丝燕译, 北京大学出版社, 2017。

19 王宁《汉字六论》, 中国大

百科全书出版社，2017。

20 [法] 汪德迈（Léon Vandermeersch）、金丝燕编著《古文言读本》（法文版），Paris：Éditions You Feng Libraire & Éditeur，2017。

21 [法] 金丝燕等译《药师琉璃光七佛本愿功德经》（法文版），Paris：Éditions You Feng Libraire & Éditeur，2017。

22 董晓萍《中国经典故事》（法文版），Paris：Nuvis，2017。

23 [德] 艾伯华（Wolfram Eberhard）《中国民间故事类型》（修订版），王燕生、周祖生译，刘魁立审校，董晓萍校注，商务印书馆，2017，2018。

24 [法] 汪德迈（Léon Vandermeersch）《跨文化中国学》，中国大百科全书出版社，2018。

25 乐黛云、陈越光主编《全球视野下的中国文化本位》，中国人民大学出版社，2018。

26 乐黛云、陈越光主编《全球治理、国家治理和社会治理》，中国人民大学出版社，2018。

27 [法] 金丝燕主编《中国当代艺术》（法文版），Paris Nuvis，2018。

28 [法] 白乐桑（Jöel Belensan）《跨文化汉语教育学》，中国大百科全书出版社，2018。

29 [英] 白馥兰（Francesca Bray）《跨文化中国农学》，董晓萍译，中国大百科全书出版社，2018。

30 董晓萍《跨文化民俗体裁学》，中国大百科全书出版社，2018。

31 王宁《跨文化汉字学》，Paris：Éditions You Feng Libraire & Éditeur，2018。
32 程正民《巴赫金诗学》，Paris：Éditions You Feng Libraire & Éditeur，2018。
33 程正民《巴赫金的诗学》，程正民主编，中国社会科学出版社，2019。
34 王志耕《俄罗斯社会学诗学》，程正民主编，中国社会科学出版社，2019。
35 张冰《俄罗斯形式主义诗学》，程正民主编，中国社会科学出版社，2019。
36 贾放《普罗普的故事诗学》，程正民主编，中国社会科学出版社，2019。
37 马晓辉《俄罗斯历史诗学》，程正民主编，中国社会科学出版社，2019。
38 张冰《洛特曼的结构诗学》，程正民主编，中国社会科学出版社，2019。
39 钟敬文《钟敬文全集》第1册，董晓萍编《总目》，高等教育出版社，2018。
40 钟敬文《钟敬文全集》第2册，连树声编《中国民俗学派》，高等教育出版社，2018。
41 钟敬文《钟敬文全集》第3册，钟敬文主编、许钰、董晓萍副主编《民俗学概论》，高等教育出版社，2018。
42 钟敬文《钟敬文全集》第4册，董晓萍编《歌谣学/故事学》，高等教育出版社，2018。
43 钟敬文《钟敬文全集》第5册，董晓萍编《神话传说学/谚语与谜语/民族民间文学》，高等教育出版社，2018。
44 钟敬文《钟敬文全集》第

6册，董晓萍、刘铁梁编《民间文艺新论集/民间诗歌与文人诗/歌谣史与诗歌史》，高等教育出版社，2018。

45 钟敬文《钟敬文全集》第7册，董晓萍编《民间文学（香港版）/人民口头创作》，高等教育出版社，2018。

46 钟敬文《钟敬文全集》第8册，钟敬文主编《民间文学概论》，高等教育出版社，2018。

47 钟敬文《钟敬文全集》第9册，陈子艾编《民俗文化学与文化史》，高等教育出版社，2018。

48 钟敬文《钟敬文全集》第10册，董晓萍整理《民俗文化学个案研究：女娲考/〈水浒传〉专书研究》，高等教育出版社，2018。

49 钟敬文《钟敬文全集》第11册，王宁整理《民间文化传承学卷（第一册）/国学与外来学说》，高等教育出版社，2018。

50 钟敬文《钟敬文全集》第12册，王宁整理《民间文化传承学卷（第二册）/民间宗教与民间口头传承研究》，高等教育出版社，2018。

51 钟敬文《钟敬文全集》第13册，萧放编《历史民俗学》，高等教育出版社，2018。

52 钟敬文《钟敬文全集》第14册，杨利慧编《民间艺术学》，高等教育出版社，2018。

53 钟敬文《钟敬文全集》第15册，万建中编《民俗教育学》，高等教育出版社，2018。

54 钟敬文《钟敬文全集》第16册，程正民编《文艺学》，高等教育出版社，2018。

55 钟敬文《钟敬文全集》第17册，张恩和编《鲁迅研究文存（第一册）/关于鲁迅的论考与回想》，高等教育出版社，2018。

56 钟敬文《钟敬文全集》第18册，张恩和编《鲁迅研究文存（第二册）/鲁迅研究札记与译著》，高等教育出版社，2018。

57 钟敬文《钟敬文全集》第19册，何乃英编《国际交流卷》，高等教育出版社，2018。

58 钟敬文《钟敬文全集》第20册，童庆炳编《散文卷（第一册）/五四以来散文创作与抗战报告文学》，高等教育出版社，2018。

59 钟敬文《钟敬文全集》第21册，童庆炳编《散文卷（第二册）/现代散文与创作论》，高等教育出版社，2018。

60 钟敬文《钟敬文全集》第22册，董晓萍、康丽编《诗歌概论/诗歌通论/诗词格律要略》，高等教育出版社，2018。

61 钟敬文《钟敬文全集》第23册，胡友鸣编《考证〈白香词谱〉》，高等教育出版社，2018。

62 钟敬文《钟敬文全集》第24册，赵仁珪编《诗词总集》，高等教育出版社，2018。

63 钟敬文《钟敬文全集》第25册，赵仁珪、钟宜编《诗词补集》，高等教育出版社，2018。

64 钟敬文《钟敬文全集》第

26册，宫苏艺编《报刊文章》，高等教育出版社，2018。

65 钟敬文《钟敬文全集》第27册，秦永龙、董晓萍编《学术书信卷》，高等教育出版社，2018。

66 钟敬文《钟敬文全集》第28册，史玲玲、朱霞、赖彦斌、赵娜编《钟敬文与北师大民俗学史（1949–2013年）》，高等教育出版社，2018。

67 钟敬文《钟敬文全集》第29册，董晓萍、赖彦斌、赵娜编《钟敬文录像图文卷》，高等教育出版社，2018。

68 钟敬文《钟敬文全集》第30册，钟少华、钟宜、曹文瀚编《图片手迹》，高等教育出版社，2018。

69 董晓萍《文献与口头》，上海大学出版社，2019。

70 [法]金丝燕《文化转场：法国早期汉学视野研究》，中国大百科全书出版社，2019。

71 董晓萍《跨文化技术民俗学》，中国大百科全书出版社，2019。

72 董晓萍《跨文化民间叙事学》，中国大百科全书出版社，2019。

73 王一川《中国艺术心灵》，中国大百科全书出版社，2019。

74 李国英《〈说文解字〉研究四题》，中国大百科全书出版社，2019。

75 韩琦《康熙皇帝·耶稣会士·科学传播》，中国大百科全书出版社，2019。

76 [法]罗栖霞（Julie Lechemin）《法国国家图书馆：汉学图书的跨文化典藏》，中国大百科全书出版社，2019。

77 刘宁《跨文化俄苏文学访谈录》，李正荣整理，中国大百科全书出版社，2019。

78 [爱沙尼亚]于鲁·瓦尔克（Ülo Valk）《信仰故事学》，董晓萍译，中国大百科全书出版社，2019。

79 董晓萍《国家·历史·民俗》，中国大百科全书出版社，2019。

80 [法]汪德迈（Léon Vandermeersch）《中国教给我们什么》，[法]金丝燕译，中文繁体版，香港中文大学出版社，2019。

81 陈越光《谦卑》，中国大百科全书出版社，2019。

82 [法]冉刻（Léon Vandermeersch）《谦卑》，金丝燕译，中国大百科全书出版社，2019。

83 [法]金丝燕《读》，中国大百科全书出版社，2019。

84 [法]约翰－弗朗索瓦·塞纳（Jean-François Sené）《读》，赵宗红译，中国大百科全书出版社，2019。

85 [法] Danielle Marcoin trans. Folk Sayings on Cigarette Boxes《烟盒上的谚语》，法文版，Paris：Editions Nuvis，2019。

86 [法]汪德迈（Léon Vandermeersch）《中国教给我们什么》，[法]金丝燕译，中文简体版，中国大百科全书出版社，2020。

87 [法]汪德迈（Léon Vandermeersch）《中国思想的两种理性》，[法]金丝燕译，中文简体版，中国大百科全书出版社，2020。

88 [法]汪德迈（Léon Vandermeersch）《跨文化中国学》（上），中国大百科全书出版社，2020。

89 [法]汪德迈（Léon Vandermeersch）《跨文化中国学》（下），中国大百科全书出版社，2020。

90 [法]汪德迈（Léon Vandermeersch）《新汉文化圈》，陈彦译，中国大百科全书出版社，2022。

91 陈越光、董晓萍、金丝燕编《跨文化的星辰——汪德迈》，中国大百科全书出版社，2022。

92 [法]汪德迈（Léon Vandermeersch）《中国文学的独特起源》，金丝燕译，中国大百科全书出版社，即出。

93 [法]汪德迈（Léon Vandermeersch）《中国礼制社会》（上），中国大百科全书出版社，即出。

94 [法]汪德迈（Léon Vandermeersch）《中国礼制社会》（中），中国大百科全书出版社，即出。

95 [法]汪德迈（Léon Vandermeersch）《中国礼制社会》（下），中国大百科全书出版社，即出。

96 [法]汪德迈（Léon Vandermeersch）金丝燕《古文言读本》（第一册），中文版，Paris : Éditions You Feng Libraire & Éditeur，2020。

97 [法]金丝燕、路士栋、[法]法宝（Dhammaratana Tampalawela）译，《长阿含·阇尼沙经》，中法双语，Paris : Éditions You Feng Libraire & Éditeur，2020。

98 [法]金丝燕、[法]法宝（Dhammaratana Tampalawela）《佛经汉译之路:〈长

阿含·闍尼沙经〉对勘研究—中古汉土的期待视野》，中文版，Paris：Éditions You Feng Libraire & Éditeur，2020。

99 [俄]契切罗夫《俄罗斯人民口头创作》，连树声译，中文版，Paris：Éditions You Feng Libraire & Éditeur，2020。

100 [法]金丝燕等译（JIN Siyan，Robert Lechemin，Tmpalawela Dhammaratana）《典尊经》Soutra du Grand Exemplaire Vénérable，Traduit et annoté par，中法双语版，Paris：Éditions You Feng Libraire & Éditeur，2020。

101 [法]金丝燕、董晓萍主编 Transfert culture：Textes，arts，langues et cultures，sous la direction de Jin Siyan et Dong Xiaoping（《文化转场：文本、艺术、语言与文化—联合国教科文国际会议论文集》），英文版，Paris：Éditions You Feng Libraire & Éditeur，2020。

102 董晓萍《田野民俗志》（第三版），北京师范大学出版社，2020。

103 乐黛云、陈越光主编《跨文化学研究的理论与方法》，中国人民大学出版社，2021。

104 [法]金丝燕《诗学的悖论》，中国大百科全书出版社，2022。

105 董晓萍《跨文化学的文化批评》，中国大百科全书出版社，2022。

106 王一川《跨文化学的要素》，中国大百科全书出版社，2022。

107 [法]皮埃尔－西尔万·佛辽若（Pierre-Sylvain Filliozat）《法国的印度学》，赵悠译，中国大百科全书出版社，2022。

108 [英]白馥兰（Fransesca Bray）《技术作为一种文化—跨文化研究的一种尝试》，董晓萍译，中国大百科全书出版社，2022。

109 程正民《跨文化诗学——以俄罗斯诗学为例》，中国大百科全书出版社，2022。

110 [比]巴得胜（Bart Dessein）《跨文化学的研究范式》，董晓萍译，中国大百科全书出版社，2022。

111 [法]米歇尔·冉刻（Michel Zink）《游吟诗人》，[法]王以培译，中国大百科全书出版社，2022。

112 [美]傅罗格（Frog）《跨文化的芬兰学派》，董晓萍译，中国大百科全书出版社，2022。

113 [法]米歇尔·西班牙（Michel Espagne）《跨文化的文化转场》，董晓萍译，中国大百科全书出版社，2022。

114 [日]内田庆市《文化交涉学十六讲》，中国大百科全书出版社，2023。

115 [法]冉刻（Michel Zink）《中世纪文学研究》，[法]金丝燕译，中国大百科全书出版社，2022。

116 董晓萍等《非常跨文化对谈录》，中国社会科学出版社，2022。